残り物に……る。3

日向そら
Sora Hinata Presents

fairy kiss

この作品はフィクションです。
実際の人物・団体・事件などに一切関係ありません。

残り物には福がある。3

一、旦那様、微睡《まどろ》む

薄明を迎え、番《つがい》を誘う鳥の澄んだ囀《さえず》りに自然と意識が浮上した。

まだ早朝だというのに生温《なまぬる》い空気に汗ばんだ肌。今日も暑くなりそうだと思いながらも、自分の胸の中で隙間なく、ぴったりとくっついている華奢《きゃしゃ》な身体《からだ》に苦笑する。

穏やかな寝息を立てている少女……というにはここ数年ですっかり大人の女性へと成長したナコの身体をそっと抱き締めた。小さく形のいい頭を抱え込み、艶やかで指通りのなめらかな髪に顔を埋《うず》めると、花のような甘い香りが鼻をくすぐる。自然と身体の力が抜け、ほっと息を吐いた。

それがジルベルト・シュバイツァー・グリーデンの、幸せな朝の日常だった。

さて、いつも同じ時間に目覚める自分には珍しく随分と早起きしてしまったらしい。サイドテーブルに置かれた時計を視線で確認して、ふむ、と独りごちる。

すっかり遠ざかった眠気に身体を動かしたい気分になるが、使用人もまだ動き始めたばかりの時刻だろう。年寄りといえども下手に起き出して、彼らの仕事の邪魔をするのも忍びない。

寝室に持ち込んだ書類に目を通すかと、ナコを起こさないように慎重に身体をずらし、そのままベッドボードに背中を預けたが――温《ぬく》もりが遠ざかったことに気づいたのだろう。ナコは目を閉じたままむっと眉を顰《ひそ》めて手を伸ばしてきた。細く白い手が私の太股《ふともも》に触れたかと思えばぎゅっとしがみついてくる。

ナコの頭を撫《な》でたついでに、肩までシーツを引き上げてやれば、むにゃむにゃと呟《つぶや》いたナコの眉間の皺《しわ》が緩まり、その稚《いとけな》い愛らしさに自然と笑みが浮かんだ。

いい夢を見ているのだろうか。果たしてそこに自分がいればいいのだが――。そう願わずにいられないのは、自分の臆病さからくる独占欲のせいだろう。しかし最近はこの苦くて甘い感情を楽しむ余裕ができた。それもきっと全力で態度や表情、仕草で愛情を伝えてくれる素直な妻のおかげに違いない。

「まだ眠っていても大丈夫ですよ」

上半身を屈《かが》めて耳元に囁《ささや》けば、ナコは笑みを深くさせ、柔らかな頬を太股に擦り寄せてきた。子犬のような仕草にまた頬が緩み、いつしか書類に伸ばそうとしていた手を膝の上へ戻していた。

「んー……」

眠っている間すらくるくる変わる表情は、ずっと見ていても飽きることはない。

頬に流れた髪が鬱陶しそうで耳にかけてやろうとすれば、触れた黒髪の艶やかな手触りが心地好《よ》く、つい指で梳《す》いてしまった。

よく手入れされた細い髪は、手の中に残ることなくさらりと滑り落ちてしまう。なんとなく寂しくなった指先に、シーツの上に逃げた髪をもう一度、今度は少し多めに一房掬《すく》い上げてみた。

特に理由もなく指を動かした後、以前ナコに習ったシロツメクサの要領で緩く編んでみた。……が、生来不器用なことに加えて角度が悪いのだろう。やはり髪はスルスルと滑って解けてしまう。なかなか難しい。

そして少し時間をかけ、細くなった毛先まで編めた時には妙な達成感があった。途中、ナコの薄い瞼《まぶた》が痙攣《けいれん》するように震えていたことに気づいたが、好きなようにさせてくれたので、そのまま何も言わずに黙々と続けてしまった。

ほどなくして指の動きが止まったのが分かったのだろう。

ナコはそうっと瞼を開けると、寝起きというには、はっきりとした視線で私を見上げてきた。その口許《くちもと》は機嫌よく弧を描いている。

「旦那様、何をしてらっしゃるんですか？」

ナコの声音にも笑みが含まれていて、我に返れば気恥ずかしさが先に立った。

「……何となく編んでみようと思ったのですが、貴女《あなた》のように上手《うま》くはいきませんね」

半ば意地になってしまった自分の幼さを誤魔化すように軽い調子で答えると、ナコは私の指先へ視線を流した。そして私がつまんだままだった三つ編みを見つけて、驚いたように目を瞬く。

少し考えるように大きな瞳がくるりと上を向き、何か思いついたらしくきゅっと口角が上がった。おもむろに自分の寝着の胸のリボンの端をつまみ、解いた勢いのまま引き抜く。

「ナコ？」

「えへへ。勿体《もったい》ないから結んでおきます」

そう言って私の指から毛先を引き取り薄桃色の細いリボンで、丁寧に結んでいく。

「……不揃《ぞろ》いですよ？」

あまりに大事そうに扱うナコに、些《いささ》か居心地が悪くなり思わず解こうと手を伸ばせば、ナコはぱっと上半身を起こして、私から逃げるように後ろへと遠ざかった。

「じゃあ、朝の支度まで！」

両手でリボンごと握り締めながら真面目な顔でお願いされ、一瞬言葉に詰まってしまった。

「……ナコがそうしたいのなら」

「やったぁ！」

上目遣いに乞われてすぐに頷《うなず》いてしまった自分に呆《あき》れてしまう。しかし元の位置に戻り、にこにこしながら編んだ髪の毛を観察しているナコを見れば、満更でもない気持ちになる。

緩んだ頬を隠すために手のひらで顔半分を覆うと、再び視線を感じた。悪戯《いたずら》げにその目が三日月を描く。

「旦那様。シロツメクサより、髪を編む方が上手なんじゃないですか？」

思いがけない言葉に目を瞬く。

のんびり過ごしたいような休日にナコと二人で出かける森には、シロツメクサが群生している。器用に花冠を作るナコに習って何度か挑戦してみたが、ナコが編んだものとは比べようがないほど不格好な出来だった。

しかし今回は眠っているナコの眠りを妨げないよう慎重になった分、丁寧に指先を動かしていたのは確かで、すぐに解けてしまうシロツメクサの結び目と違い、編んだ髪はいまだナコの手の中で形を留めている。

「でも髪の毛の方が難しいと思うんですけどね」

すっかりからかうつもりらしい。くすくすと鈴が転がるような小さな声で笑ったナコに、ふと悪戯心が芽生えた。

しかし表情には出さずに「なるほど」と少し大袈裟《おおげさ》に頷いて見せる。

「では貴女の髪をきちんと結えるように、シロツメクサ以上に練習しなくてはいけませんね」

「え？　あ、冗談ですっ！　そこまでしなくても大丈夫です、……よ？」

最初は焦ったナコだったが、含んだ笑いに首を傾《かし》げ、視線が絡み合う。

「髪を結えるようになれば――」

リボンを失いはだけた服の胸元を指先でなぞる。意味深に笑って見せれば、ナコの目が零《こぼ》れそうなほど大きく見開かれた。

「いつでもどこでも、いくら髪が乱れたとしても直せるでしょう？」

身体を傾けてナコの耳元で囁くと、小さな耳が食べ頃とばかりに朱色に染まっていくのを目の端で捉えて、ふっと笑った。

ああ、全く最愛の妻は、いくつ年を重ねてもいつまでも初々しい。

顔を戻すついでに耳と同じように薄紅色に染まって、熱を持った頬に軽く口づける。ようやく我に返ったナコが「わぁっ」と小さく悲鳴を上げた。

何かに堪《こら》えるようにきゅっと唇を引き結び、足をジタバタさせる。そしてうつ伏せになりシーツに突っ伏してしまった。

「朝から旦那様の色気がすごくてツライ……っ‼」

くぐもった冗談を聞き取って苦笑すると、枕を抱えたナコがじとりと私を睨《にら》んでくる。

からかった自覚はあるので、機嫌を窺《うかが》うべく手の甲で優しく頬を撫でれば、ナコは唇を尖《とが》らせたまま悔しそうに手の上に自分の手を重ねてぎゅっと握り締めてきた。

拗《す》ねた顔も愛らしい、と今度は小さな手の感触を楽しんでいると、ふいに何かを思い出したようにナコの目が瞬いた。

「あ……そういえばわたし、小さい時はお父さんに髪の毛を結ってもらってたんです」

「父君が、ですか？」

「はい。お母さんよりお父さんの方が器用だったんですよ」

「……そうでしたか」

ナコの父親は随分手先が器用らしい。この世界では髪結い職人でもない限り、父親が娘の髪を結うことはない。

遠い思い出を引き寄せるように、目を細めたナコの様子が気になり、慎重に表情を窺う。

神子《みこ》として召喚されたナコは、元の世界に戻ることができない。それに加えて折り合いのよくなかった両親に、もっと自分から歩み寄れなかったことを後悔している。

それ故にナコの口から出た父親の名前に引っかかったのだが――心配したような郷愁や寂寥《せきりょう》感と

いった感情を持て余している雰囲気はなさそうだ。

「編み込みとは……本当に器用な方だったのですね」

相槌《あいづち》を打って話を促せば、ナコは一旦言葉を切り、うつ伏せから話しやすいように上半身を起こして両手で顎を支えた。視線をどこか遠くに置いて、ゆっくりと口を開く。

「わたし、お父さんに髪の毛編んでもらうの好きだったんです。だから……もしこれから先、娘が生まれたら旦那様に時々編んであげて欲しいなって」

少し照れたようにそう言って最後は小さく笑う。私はといえば、ナコの口から出た言葉に、驚いていた。

「娘、ですか」

ナコの言葉を繰り返す。

そして、一呼吸置いて言葉にするには少し勇気がいる問いを口にした。

「……ナコは子が欲しいですか？」

異なる世界にたった一人でやってきたナコ。元の世界の医療技術は高く、子供を産むことで命を落とす女性はほぼいないとの話だが、こちらはそれほどの安全性はない。きっと恐ろしく感じるだろうと思い、ナコと相談して避妊を続けていたのだが――。

そうか。その話をしたのも、もう三年も前になるのか。

「欲しいです！　旦那様の赤ちゃんなら何人でも！」

思わずといったように私の上に乗りかかったナコは、強い口調で言い切った。真っ直《す》ぐに向けられる視線は強く、本気なのだと分かる。

「異世界人だし、赤ちゃんができるかどうかは分からないんですけど、挑戦はしたいです！」

「ナコ……」

確かにナコの言う通り、歴代の神子の生涯が記録された神殿の蔵書には、故意か偶然か子を残したという記述はなかった。見た目こそ変わらないが、異世界人であるナコと身体の造りが違う可能性は少なからずある。だからこその言葉だろう。

不安にさせていたのかと、自分の浅慮を悔やむ。

「……それを言うなら、むしろできない理由は私の方にあるかもしれませんよ」

ナコが万が一にも気を病むことがないように、そう伝える。あながち嘘《うそ》でもない。ナコの特殊能力で若返ったと言っても、その中身までもそうだとは限らないだろう。

二人なら二人で。むしろナコさえいればいい。独占欲の塊のような自分には、それ以上のものは手に余る――違う。分不相応だと思っていたが。

小さな赤子を胸に抱くナコはきっと微笑《ほほえ》んでいるだろう。その隣に自分が寄り添うことができれば幸せに目が眩《くら》むかもしれない。

数十年前に『子供はいいぞ』と顔を合わせる度に、見合いを勧めてきた上官を思い出して、胸の奥がじんわりと熱くなる。

「……貴女に似た子供なら、きっと可愛《かわい》いでしょうね」

おそらく娘なら髪も結ってやりたくなるほど。

ナコは、ぱあっと花が咲くように顔を輝かせた後、勢いよく私の首に手を回して抱きついてきた。受け止めて背中を支えると、いっそう抱擁が強くなる。

「旦那様に似たら、もっともっと可愛いですよ！」

耳の近くで聞こえた声は喜びに溢《あふ》れた明るい声だ。心からそう言ってくれているのだと顔を見ずとも分かる。

「……ありがとう」

自然とそんな言葉が口から零れ落ちた。自分の血を未来に繋《つな》ぐ、それも心から愛した人と――などと、昔の自分が聞けば夢物語か妄想かと鼻で笑ったかもしれない。しかし今胸の奥から込み上げるような歓《よろこ》びは形容しがたく、ただただ受け入れてくれた胸の中の妻が愛《いと》おしく思う。

「こちらこそ、ですよ」

手の力を緩め至近距離ではにかむナコに言葉にできない感情を噛《か》み締めていると、私の顔をじっと見つめていたナコがむずかるように顔を伏せた。

「ナコ？」

さらりと流れた髪が肌に触れて、くすぐったさが我慢できず腰を捕まえようとすれば、するりと逃げたナコは反対側の私の首筋に顔を埋めた。

耳の下の皮膚の薄い部分に感じた甘やかな痛みに、ぴくりと反応すれば、ナコがぐっと息を詰めた気配がした。

「旦那様、可愛すぎる……」

どこか陶然とした口調で呟いたナコに、自分はそんなに脂下《やにさ》がった顔をしていたかと慌てて唇を引き結ぶ。――が、そんな焦りなど見透かしたかのようにナコはまた一つ小さく笑った。私の首筋や胸元に顔を埋めて、小鳥が啄《ついば》むような軽い口づけを繰り返した。

「……可愛い、ですか」

ふふっと吐息で笑ったナコを抱え直す。

ナコが楽しいのならば何よりだが、実年齢では親子以上に年が離れている妻に言われて喜べる言葉ではない。そもそも今日はナコに調子を崩されてばかりで、些か面白くないのは確かだ。

「……」

同時にぴったりくっついた柔らかな胸の感触が、身体の芯に燻《くすぶ》り出した欲を否応《いやおう》なしに掻《か》き立ててくる。

ひっそりと笑い、――そして、まだ早い時間だということに感謝して、ナコの背中を支えていた手を腰へと滑らせた。

「……え、だ、旦那様?」

戸惑って吐き出された言葉ごと、呑《の》み込むように唇を合わせる。

すっかり油断していたのだろう、僅かに開いた唇の隙間から舌を差し入れて、丁寧に歯列をなぞる。舌同士を擦《こす》り合わせればナコの背中が小さく反った。

「……っん」

濡《ぬ》れた唇から零れる吐息は色香が交じり、いやが上にも欲望を加速させる。指に絡んだ髪ごと頬を撫でてから、一旦唇を離して零れた唾液を拭った。

間近で見たナコの瞳は、息苦しさと羞恥心で甘く潤んでいて、続きを強請《ねだ》るように艶やかさを増していた。

「旦那様……」

掠《かす》れた囁《ささや》きに誘われて再び下唇を噛めば、緩くナコの唇が開かれる。今度は思うまま口腔《こうこう》内を蹂《じゅう》躙《りん》すると、薄暗い寝室に粘着質な水音が響いた。

「は……ぁ、あ」

ナコの身体が自分の身体に乗り上げていることに気づいて、素早く抱き上げる。すっかり力の抜けた小さな膝を割って自分の腰へ跨《また》がせれば、ひくっとナコの喉が鳴ったのが分かった。

図らず勃《た》ち上がったものがお尻に当たったのだ。

「あの、朝、っです、が……っ」

髪を乱したまま自分の上で馬乗りになったナコはそう言いながら、困ったように眉尻を下げる。

「可愛い口づけを何度もしてくれたので、誘われたのかと思いまして」

内緒話をするように低くそう囁いて、先ほどのナコの動きをさらうように額と頬、そして最後に首筋に唇を当てて軽く吸い上げる。と、ナコは私の胸に手を置いて突っ張り、ぶんぶん首を振った。

「さ、誘っては……っ」

「おや、残念」

片眉を吊《つ》り上げてくすりと笑う。

ん、と小さく声を上げたナコに気をよくして、ねっとりと舌を這《は》わせた。身体を震わせながらも最後の抵抗を見せるナコの耳に唇を押し当てる。

「――では、私が誘いましょうか」

柔らかな耳朶《みみたぶ》を嚙みながらそう尋ねれば、ナコの身体からくたりと力が抜ける。

「あ、……ッ耳だめ……っ」

そう言いながらも、胸にもたれかかったナコに最後の一押しとばかりに、吐息交じりに言葉を続けた。

「ナコ……抱いてもいいですか……?」

「ん……っ⁉ っ……～っ」

艶やかな黒髪を優しく撫でて、本格的に首筋に顔を埋める。

「可愛い顔で可愛い声を上げて、私を受け入れて……この奥に、注いでも……?」

我ながら意地の悪い聞き方だと思いつつも、ナコの薄い腹に手を添えて優しく撫でて、そう尋ねてみる。返ってくる言葉はないが、ぴったりとくっついたナコの胸の鼓動は大きく動揺を伝えてくれていた。視線を上げて確認したナコの顔は熱があるのかと思うほど真っ赤で、目元まで潤んでいる。羞恥心と期待が複雑に入り交じった表情に、ひどくしてしまいそうだ、と後悔する。

こくり、と唾を吞み、乞うように尋ねた。

「返事は頂けませんか?」

殊更弱いナコの耳朶を唇で嬲《なぶ》れば、「ひっ、あっ」っと高い声が上がる。追い込むように指でも弄《いじ》って返事を強請ると、ますます顔を赤くさせ、こくりと頷いてくれた。

半ば無理やり得た許しにほくそ笑み、柔らかな太股をゆっくりと撫で上げて、乱れた寝着の裾から手を差し入れる。

片方の下着の紐《ひも》を外して、緩んだ布の隙間から奥の秘められた場所に触れれば、熱を帯び昨日の残滓《ざんし》を残した蜜口はまだ柔らかかった。

つぷ、と中指を含ませてから、親指で前の突起をそっと押し潰すように捏《こ》ねる。華奢な身体は痙攣して魚のように跳ね、同時に埋め込んだ指で、ゆっくりと中を拡《ひろ》げていく。

いくつかあるナコの好きな場所を探して指を動かすと、どろ、っと中が溶けたように愛液が溢れた。

「っあ、あっあ、っ……！」

中に入れる指を増やしてバラバラに動かせば、いっそう声は切なく喉が戦慄《わなな》く。薄闇に映えた白い喉に舌を這わせ、血管の透けた薄い皮膚の感触を楽しむ。

その下ですっかり寝着がはだけて揺れる胸の先端をつまみ、指先で軽く押し潰すと「ふ、あっ」と高い声が上がった。

たまらなくなって反対側にしゃぶりつくように吸いつく。

「あ、っだん、なさま……、もう」

中を探る手を押さえて腰を揺らすナコに、手早く下穿《したば》きを脱ぎ捨てた。サイドボードの引き出しからいつものように香油を取り出そうと、一旦身体を離せば、それよりも早くナコが腰を落とした。

切っ先が泥濘《ぬかるみ》に沈み、甘い刺激に喉が鳴る。いっそ言葉通りに突き入れたくなったが、すんでのところで堪えてナコの腰を摑《つか》んだ。

「……っナコ、まだです。香油を」

「や、……大丈夫、っはや、く……ぅ」

甘えるように腕を取られ外され、ナコの腰が落ちて、ゆっくりと呑み込まれていく。

意図しているわけではないのだろうが、焦《じ》らされているような快感に耐えながら、注意深くナコの表情を窺う。

苦しげな表情だが、黒い瞳は蕩《とろ》けて朧《おぼろ》げに宙を見ており、痛みを堪えるような身体の強張《こわば》りは感じない。

「ナコ……痛くありませんか……?」

婚姻を結んで数年。慣れたといっても、体格差はいかんともし難く、小柄なナコに痛みを感じさせずに受け入れてもらうために、香油を使うことが多い。

「あ、あ、あ」

しかし昨日の情交でナコの蜜壺《みつつぼ》は滴《したた》るほど濡れているし、今や私自身の形を覚えてぴったりと添うようになっている。

ならば、と手から少し力を抜けば、ナコはゆっくりと目を閉じて最後まで腰を落とした。

「ふ、……ん……、っは」

はぁ、と大きなため息をついたナコは、目を閉じたまま顔を近づけて口づけを強請る。

それに応えて唇を合わせせると、ゆっくりと掻き回している動きに耐えかねるように、ナコがぐっと前のめりになって腰を揺らし始めた。

きゅうきゅうと締めつける中の熱さに、こちらが先に参ってしまいそうだ。

「……っ痛かったら、すぐ、仰《おっしゃ》って下さいね」

ナコの動きを手伝い、中を拡げるように腰を使う。

慣れた頃に奥までぐっと突き入れれば、一際高い声が寝室に響いた。

何度か腰を打ちつけ、ゆっくり腰を引けば中がうねるように動いて引き止める。

「っ、あ、気持ち、い……ッ」

濡れたナコの声に、頭の芯と腰が蕩けそうになる。

穿《うが》つスピードを速めれば、瞼を閉じて私にしがみついていたナコが上擦った声を上げた。

「あ、あ、……だ、め……」

僅かに聞こえたナコの拒絶に理性が戻ってくる。緩やかに腰を揺らし「何が駄目ですか？」と尋ねると、ナコは何度も首を振った。

「ほら、教えて下さい……？」

「……髪、ほどけちゃ……」

たどたどしく懸命に紡がれた言葉に、一瞬虚を衝《つ》かれて動きが止まる。甘やかな力で胸が締めつけられ、くっと喉が鳴った。

——ああ、愛しさに目が眩みそうだ。

「ナコ」

嚙みつくように口づけて、激情を抑え込む。苦しげな吐息に少し理性が戻り、優しく唇を貪りながら、乱れた髪を見れば、少し遅かったらしい。もともと緩やかにしか編めていなかった髪はリボンごと解けて背中に流れていた。

伝えれば残念そうにナコの目が潤む。

「すみません……、でも、いつでも編んで差し上げますよ。練習に、付き合って下さい、ね……っ」

緩やかに動きを再開させながら、そう約束すれば、こくりと稚い様子で首を振った。

「やく、そく、……ですっ」

「ええ」

弾む胸を押さえるように撫でて先端を口の中に含む。舌で押し潰して苛《さいな》み、反対側も同様に愛撫する。

「はッ……、あ、あ、あっ、……んんんっっ」

濡れた水音と荒い息が絡まり、部屋の中にひっきりなしに響き、繋がっている場所から蕩けるような感覚が背中を駆け抜ける。

奥歯を嚙み締め声を押し殺す。そして強請った言葉通り、ナコの一番奥に留めるように欲望を吐き出したのだった。

二、木枯らしは胸騒ぎと共に

窓から吹き込んだ冷たい風にレースのカーテンが大きく膨らみ、ぶるりと肌が粟立《あわだ》った。

「さむっ……風が冷たくなってきたなぁ……」

わたしは両腕を擦《さす》りながら書き物机から立ち上がる。カーテンを押さえ、蝶番《ちょうつがい》を閉めたついでに窓の向こうへ視線を投げれば、すっかり見慣れた光景が目に飛び込んできた。

思わずため息をついてしまう。

「あー……また来てる」

すっかり葉の落ちた細い枝の向こうに見える外門には、『奇跡を起こした神子』に会いに来た人達が面会を求めて門番さんと交渉中だ。

そう、あの旦那様の若返り事件から三年以上も経《た》つというのに、こうして懲りもせず面会を求める輩《やから》がちょくちょく訪ねてくるのである。

ただ以前と違い、貴族ではなく商人さん達《たち》なので門番さん達でも追い払えるんだけど、それなりに迷惑な客であることは間違いない。

この前なんて街の広場に吟遊詩人が来ていることを知って、メイドさん達と聞きにいこうとしたところで捕まってしまい、馬車を止められてしまった。

どうにか門番さんに馬車から彼らを引き離してもらい向かったものの、到着した頃には広場はすっかりもぬけの殻だった。僅かに残っていた若いお客さん曰《いわ》く、案の定ここ最近王都で流行《はや》っている『孤独な英雄と異世界からの神子の奇跡』（つまりわたしと旦那様）のお話だったらしい。とてもロマンチックかつドラマチックな内容だったそうで、こっちが引くくらい熱く語ってくれた。

神子についても過剰に褒めそやかされているらしいので、そこは正直あんまり聞きたくはないけれど、旦那様が活躍しているらしいところだけは是非聞きたかった……！

その内だんだん寒くなってきて、吟遊詩人さんも広場に来るような季節ではなくなってしまい今に至る。そう、自分達のことだというのに、いまだに直接聞けたことがないのである。

……あーテステス……聞こえてますか。今、貴方《あなた》の脳に直接呼びかけています……もうそろそろここに来ることを諦めて下さい……。

とりあえずカーテン越しに念を飛ばしてみる。効き目なんてないと思うけれど、なんだかんだ言ってわたしは旦那様を若返らせた『神子』である。奇跡の力の残りカスが、どこかに沈殿してるかもしれないしね！

「まぁ、でもこの天気だし……」

すぐ帰るか、と心の中で続けて、そのまま視線を上げて空を仰いだ。

ここのところめっきり寒くなってきたせいか、雲は灰色でいかにも重たく、今にも雪が降ってきそうだ。一緒に気分まで鬱々してしまって、身体まで怠《だる》くなってしまう。

ああ、澄み渡った青空の下で、マイナスイオンたっぷりの空気が吸いたい。ついでに旦那様とお出かけしたい。あ、違う。旦那様とお出かけついでに外の空気が吸いたい。いやむしろ旦那様を吸いたい……と、いかんいかん。思考がマズイ方向に流れてしまっている。

軽く首を振って妄想を振り払うけれど、すぐに今朝お見送りした時に見た、でき上がったばかりの冬のコート仕様の旦那様を思い出してしまう。まぁ、わたしの頭の中の引き出しは全部、旦那様だからね！

ああ、格好良かったなぁ……濃紺色のコートに襟に縫いつけられたファーがイイ仕事をして、旦那様をよりいっそう凛々《りり》しく、そしてどこか可愛らしく見せていた。格好良い人にモコモコのファーって無敵だよね。鬼に金棒、旦那様にファー……大丈夫かな、旦那様盗撮なんてされてないかな、この世界カメラないけど！　だけど舐《な》めるように視姦《しかん》している輩はいるかもしれないから、今度ユアンさんに確認してみよう。

ちなみにユアンさんというのは旦那様の部下で、時々お城での様子をこっそり教えてくれる、同じモブ顔同盟のメンバーである。最初に出世頭ですよ、と紹介してもらった言葉通り、二年ほど前に貴族の家に養子入りし、今や旦那様の補佐官の一人になったので接点も増えた。

「――ナコ様。あまり身を乗り出すのは止《や》めて下さい。外からお姿が見えてしまいます」

「わぁ⁉」

気配もなかったのに、突然背後から声をかけられ、びっくりして飛び上がる。

やましいこと考えている時に声をかけられると、大袈裟に驚いちゃうよね！　いや！　やましくない！　国一番の旦那様の妻として当然の権利である！

脳内突っ込みしつつも、慌てて一歩下がってから振り返った先にいたのは、言うまでもなく家庭教師のリンさんだ。お城の侍女から家庭教師へとジョブチェンジしてまで、わたしについて来てくれた彼女とは、もう五年以上の付き合いになる。驚くことにその見た目は当時から全く変化がなく、リンさんも私の『奇跡の力』で若さを保っているという噂《うわさ》まであるくらいだ。ちなみに同じくらい一緒にいるマーサさんやリックは年相応の見た目なので、これはリンさん本来の資質なのだろう。

……なんというか、いい意味でリンさんには魔女っぽさがあるから、そんな不思議さもそれほど違和感がないんだよね……。

そして本当は宰相の孫娘で筆頭貴族であり、一人娘のリンさんが何故いまだ伯爵家に留まっているのかというと、実は去年、めでたくリンさんのご両親に双子の弟が誕生したからである。つまりリンさんのお家の跡取り問題が一気に解決し、その好機を逃がさず、リンさんは宰相と両親にしばらく結婚しないと宣言したのだ。

というわけで、ありがたいことに今現在も、伯爵家でわたしの教師役……というよりは今や相談役を務めてくれている。わたしが伯爵家に嫁いでから三年。家政や社交も段階を追って参加し、大分慣れたとはいえ、完璧とは言えないわたし宛に来る集まりやお茶会のお誘いに対する手紙の最終チェックと、それらの付き添いをしてくれているのだ。礼儀作法に関してはたまに注意されるので、いまだに頭が上がらないほど頼りになる存在なのである。

「淑女が大きな声を出してはいけません」

うっかり悲鳴を上げたわたしに、リンさんは僅かに眉を寄せて淡々と注意する。そして隣に並ぶと、レースのカーテンをきっちりと閉めた。

「すみません……」

大きな声というよりは、悲鳴なんだから許して欲しい……と、心の中で言い訳をしつつ机に戻る。

リンさんが来たということは、これから勉強の時間の始まりだ。短い休憩だった……と、しょんぼりしつつも今日の予定を頭の中でさらう。だけど机に向かおうとした途中で、時計を流し見て足が止まった。

んん？　約束の時間より随分早い。

「リンさん。授業には早くないですか？」

首を傾げつつ振り返ると、リンさんの手に教本はない。リンさんは緩やかに頷くと、いつも通りクールな表情で静かに目的を告げた。

「ナコ様。旦那様がお呼びです」

――わたしこと三枝奈子、通称ナコが、この世界に召喚され、素敵な旦那様と正式に婚姻を結んでから三年と少し。

もちろん結婚してからも色んな事件はあったけれど、その度にわたしと旦那様との仲は深まっていき、いわゆる新婚時代は終わっても、相変わらず仲睦《むつ》まじく暮らしている。

嬉《うれ》しいことに結婚当初に比べれば旦那様のお仕事も落ち着きを見せ始めて、年中行事が開催される時以外はお城に泊まり込むことは少なくなり、リオネル陛下の地方視察の見張り役もほぼなくなった。

数年前に何かと甘かったリオネル陛下の侍従さんを鍛え直し、旦那様と宰相が選んだという優秀な秘書官をつけたことで、リオネル陛下のサボり癖もちょっとずつ改善されてきたそうだ。

そんな感じで旦那様もようやくちゃんと休暇が取れるようになったので、来年の夏は旅行でも行こうなんて話も出ていて、とても楽しみにしていたのだけど。

——そんな幸せな秋の日に、事件は突然起こるのである。

「何かあったんですか？」

すぐに城に戻るらしく、旦那様が待っているのは玄関近くのお客様用のリビングらしい。それだけでも何事かという感じでちょっと不安になってしまう。

ここんとこ平和だったからなぁ……嫌だな。なんかソワソワしてしまう。

基本的に夜まで戻らないはずの旦那様が突然帰ってきた……というか途中で仕事を抜けてやってくるなんて初めてだった。

ちょうど同じタイミングで外門を見ていたのに、旦那様の帰宅に気づけなかったのは、裏口から自ら馬を駆けてのお戻りだったかららしい。

「おそらくそうでしょう。少し急ぎましょうか」

歩くスピードを上げたリンさんに、わたしもスカートをつまんで早足でついていく。

ほどなくして玄関横にあるリビングの前に到着し、リンさんが扉をノックした。

「ナコ様をお連れしました」

扉の向こうから入室を許可する旦那様の声が返ってくる。

リンさんに続いて扉を潜《くぐ》れば、立ったまま書類片手に窓の向こうを見ている旦那様の横顔が目に飛び込んできた。

自ら馬を駆けてのお戻りだったせいか、金の髪が形のいい額にかかっていてどことなく艶っぽい。窓からうっすらと差し込む光を浴びてなんて美しい……と感嘆したけれど、同時にその表情に違和感を覚えた。

僅かに眉を寄せ難しい顔……違う、憂い顔。滅多に見ない旦那様の表情に戸惑ったのは一瞬で、旦那様はわたしの方へ顔を向けると、柔和な笑みを浮かべた。

「旦那様……」

自然と強張っていた肩の力が抜ける。

旦那様は書類を一旦机に置いて、扉の前までわたしを迎えにきてくれる。外套《がいとう》も手袋も身に着けたままま。目の前に来て手を広げてくれたので、わたしはいつも通り旦那様に抱きついた。外套の表面はひやりとしていて、外の寒さが分かる。戻ってきてからそれほど時間は経っていないのだろう。

「お帰りなさい……、ではないんですよね」

コートを脱いでいないことからそう尋ねると、旦那様は申し訳なさそうに声のトーンを落とした。

「ええ。話をしたらすぐに城に戻ります。突然戻ってきたので驚かせてしまいましたね」

「いえ。あの……何があったんですか？」

名残惜しいと思いながら一旦身体を離してそう尋ねる。旦那様は笑みを湛《たた》えたまま、安心させるようにぽんと頭を撫でてくれた。

そして少し顔を傾けて、ソファへと視線を流した。

「あちらで話をしましょう」

旦那様がそう言うとちょうどいいタイミングで、執事のアルノルドさんがお茶の用意をしたワゴンを押して部屋に入ってきた。

……いつもならお茶の支度はメイドさんのお仕事だ。なのにアルノルドさんが、わざわざ給仕を引き受けるということは、あまり他の人に聞かれたくない話なのだろう。

アルノルドさんにも促されて先にソファに腰を下ろすと、旦那様は向かいのソファに腰を下ろす。すぐにテーブルに置かれた優しい紅茶の香りが部屋を満たしていくけれど、なんとなく口をつける気分にはならなくて、そわそわしながら旦那様の言葉を待っていた。

旦那様も同じ気持ちなのか紅茶に手を伸ばすことなく、一区切りつけるように軽く深呼吸をする。長い足の上に肘を置き、浮かべていた笑顔を少し苦いものにしてから、ようやく話を切り出した。

「ナコ。落ち着いて聞いて下さいね」

「……はい」

前置きをされたことで、いやが上にも高まる緊張にぐっと構える。

何だろう。

きゅっと顎を引いて頷くと、旦那様はゆっくりと言葉を続けた。

「神子が召喚されたそうです」

一瞬、理解できなくて、思考が止まった。

神子、召喚、――召喚？

「……え？」

思わず吐き出した戸惑いに、旦那様の目が気遣わしげに細められる。

タイミング良くパチリと暖炉の薪《まき》が爆《は》ぜて、我に返ったわたしに旦那様は再び、今度は少し丁寧に同じ言葉を繰り返した。

「神殿に新しい神子が現れたと、城に知らせが入りました」

神殿、神子、召喚と単語を繋ぎ合わせて、わたしはようやくその意味を理解する。

新しい神子――即《すなわ》ち、異世界から誰かが、この世界にやってきたということだ。

「……あ」

自然と止めてしまっていたらしい呼吸に気づいて変な声が出た。

慌てて口を閉じて、咳《せ》き込みかけたのを我慢する。

うわ、やだ。びっくりした……。そうか、そうだよね。わたしだって日本からこの世界に召喚されたんだから、二度目があったっておかしくない。

「……」

っていうか、あれ、なんだろう。驚いたのはもちろんなんだけど、ちょっと嬉しい、かもしれない……？

胸に込み上げた感情の中に、ふわっとした期待みたいなものを見つけて戸惑う。

元の世界の――地球の話を一緒に語れる人は、この世界には存在しない。だってわたしの前の神子はもう数百年以上前に召喚された人で、それすらも眉唾の存在だって言われていたから。

もしかして、その新しい神子だという人に、わたしがここに召喚された後の――未来の話も聞けるだろうか。

あ、でも異世界っていうだけなら地球以外の人かもしれない。たとえ同じだったとしても、日本人であるかどうかなんて、まだ分からないのだ。

……うん、期待しすぎちゃダメだ。

そう自分に言い聞かせるけれど、なかなか心臓は落ち着いてくれない。

「神殿側は『現れた』と主張していますが、リオネル陛下は大神官長が許可を得ないまま召喚術を使ったと考えています」

「勝手に召喚するのは駄目なんですね」

そんな制約があったなんて知らなかった。だってわたしが召喚された時の感じは……正直に言うとドタバタで軽い感じだったから。でも思い返せば、そこにはちゃんとリオネル陛下はいた。

「ええ、本来召喚は国の有事の時に現国王、つまりリオネル陛下のもとで行われる儀式なのです。大神官長といえども罰せられるのは免れません。ですからその聞き取りのためにも、リオネル陛下が正式に現れた神子との面会を求めたのですが、神子はいまだ混乱されていて、落ち着いて話もできないからと大神官長が突っぱねているそうです」

「混乱……」

そりゃ分かる。わたしだって今でこそこんなに落ち着いているけれど、召喚当初はずっと変な夢を見ているんじゃないかと疑っていたし。

……ああ、でもやっぱりみんな同じなんだ。

そう思えば一気に親近感が湧いた。

「……リオネル陛下は同郷である貴女に、神子の様子を確かめに行って欲しいそうです。神子である以上、神殿は迎え入れないわけにはいきませんし、同じ神子が逢《あ》いたいと言えば、よほどの理由がなければ断ることはできませんから」

「そう、なんですか？」

わたし自身、神殿になんて行ったこともないし、神殿関係者と呼ばれる人達と交流は持たないようにしているから、旦那様の言葉に少し驚いてしまう。

だけどそうか、なるほど。そういう事情でわたしにお鉢が回って来たんだ。

わたしが能力を発現させた途端、突然擦り寄って所有権を主張してきた神殿にいい印象はない。助けださなきゃ、と思ってしまったのは必然だっただろう。

「あの、大神官長はどうして今更召喚なんてしたんでしょうか。……特殊能力目当てとか？」

「いいえ。能力の有無はあれば幸運程度に考えていると思います。むしろ彼らの狙いはいつでもこの国での復権です。新しい神子を立てて、リオネル陛下……いえ、王と並ぶ権力を取り戻したいのですよ」

権力が欲しくて人を攫《さら》う？　ふつふつと怒りが込み上げてくる。わたしはある意味それほど元の世界に未練がなかったから、耐えられたようなものだ。

取り乱している、……ということは、きっと泣いている。

この世界に召喚されたひとりぼっちの女の子の気持ちを思うと、胸が痛くなった。行って顔を合わせて何ができるとは言えないけれど、もし地球から来たのなら、同じ世界から来たってことだけでも、彼女の安心材料にはならないだろうか。

「……どうしますか。もちろん行くのなら私も同行します。しかし断っても構いません。それなら――」

「っいえ！」

慌てて首を振る。

黙り込んだままだったので、わたしが行きたくないならと気遣ってくれたのだろう。そう言ってくれた旦那様に慌てて首を振り、勢い込んだ強い口調のまま「行きます！」と宣言する。

「――ナコ」

旦那様は静かなコバルトブルーの瞳で、わたしをじっと見つめる。

きっとわたしが今回この話を聞いて、故郷を思い出して寂しくなっていないかとか、神殿に行くことを不安に思ってないかとか色々心配してくれているのだろう。

旦那様は何よりわたしの心の平穏を願ってくれる。こちらが気を回しすぎだと笑ってしまうほど。

だからこそわたしは心配させないように、ちゃんと伝えなきゃいけない。

「旦那様、大丈夫です。新しい神子に……逆に会いに行かない方が気になります」

少し気持ちを落ち着けて、わたしは今度こそしっかりと返事をする。ちょっと過保護気味の旦那様なので、わたしの態度次第では「無理に行かなくていいですよ」なんて言って、遠ざけられてしまうかもしれない。

いつにない真面目なわたしの表情に、本心だと分かってくれたのか、旦那様はややあってから「分かりました」と頷いてくれた。

「では明朝に。先触れは出さず神殿に向かいましょう。全く遠出をしなかった貴女がまさか神殿に来るとは、夢にも思っていないでしょうから。神子に余計なことを吹き込まれる前に行動を起こした方がいい」

「分かりました」

こくりと頷いて、気持ちを引き締める。少し考えて思いついたことを尋ねてみた。

「あの……話して……その新しい神子がいいって言ったら、伯爵家に連れて帰ってきてもいいんでしょうか」

「もちろん。むしろ可能ならその方がいいくらいですよ。素直に神殿が引き渡すとは思えませんが、召喚された神子本人が強く望むのでしたら、叶《かな》うはずです」

心強い言葉に少しだけほっとして、肩の力を抜く。そりゃもちろん本人の意思を尊重するのが一番だけど、うちのお屋敷で働いている人達はいい人ばかりだし、神職故に男の人しかいないらしい神殿よりも居心地はいいと思うんだよね。

時計を見た旦那様は、アルノルドさんに馬を玄関に回すように指示した。

釣られて私も時計を見上げれば、お話ししていたのは、三十分くらい。このままトンボ帰りなのだろう慌ただしさに、旦那様のお身体は大丈夫かなと心配になる。

新しい神子の話も神殿に向かう話も、手紙か言伝《ことづて》で伝えることもできたはずだ。だけどわたしがショックを受けるかもしれないと思って、わざわざ戻ってきて旦那様自ら話してくれたのだろう。

話している間中、旦那様の目はずっと気遣わしげで、わたしの心を汲《く》み取ろうとしているのが分かる。その優しさに嬉しくなる一方で、いつまでも旦那様に頼り切っている自分を自覚して反省してしまう。

本当は忙しい旦那様にお供なんてさせずに、わたし一人で……は無理だったとしてもアルノルドさんやリオネル陛下の代理みたいな人と神殿に行った方がいいんじゃないかな。

……でもやっぱり不安で、「一人で行く」なんて口にできない。わたしは自分と同じ立場の女の子を見てどんな感情を持つのか予想がつかなくて、自分のことだというのになんとなく怖い。懐かしいと思うのか、嬉しいと思うのか、可哀想だと思うのか。

それになにより――。

ふっと顔を上げると、わたしをじっと見つめている旦那様に気づいた。

……もしかして、パニックになりすぎて、心の中の声まで漏れてしまったのだろうか。ただでさえ顔に出やすいと言われているので、焦るわたしに旦那様はおもむろに口を開いた。

「ナコ、隣に座っても？」

「え？　はい！　もちろん」

旦那様と相席――！

即座にしゅっとスライドして場所を空ける。完全な条件反射である。

動いてから優雅さの欠片《かけら》もない動きだったことに気づいて恥ずかしくなったものの、えへへ、と笑って誤魔化した。……リンさんがいなくてよかった。見られていたら『虫みたいな動きは金輪際しないで下さい』とかなんとか、確実に氷点下の眼差《まなざ》しで注意されただろう。

そんなわたしの動きに旦那様は口許に拳を置いて、ふふっと小さく笑い（え、やだ。可愛い）ゆっくりと立ち上がった。長い足三歩くらいで、ソファの、わたしの隣へ腰を下ろした。

「……ナコ。顔が強張っていますよ。出発は明日です。力を抜いてリラックスして」

そう囁いて頬に触れる指は優しい。スリ……と自分から頬を押し当てて、旦那様の苦くて甘い匂いを堪能する。

……やっぱり、心配させちゃってるなぁ……。

何があっても動じない落ち着きが欲しい。そういえば改めて聞いたことなかったけれど、リンさんはどうしてああもクールでいられるんだろう。今度秘訣を聞いてみよう。

「何か思うことがあったら、心に秘めずにちゃんと教えて下さいね」

「はい！」

念を押すように続けられた言葉にしっかりと頷けば、旦那様のコバルトブルーの瞳がきゅうっと細まった。反対側の頬にも手を添えられ、包み込むように顔を持ち上げられたかと思うと、あやすような優しさで下唇が噛まれ、離れていく。

僅かに漏れた吐息の後、再び角度を変えて唇が合わさった。ちょっとだけ舌が絡まって気づいたけれど、お互いの唇は少し冷たい。

そうしてアルノルドさんが呼びに来るまで、私達はお互いを労《いたわ》り合うような優しい口づけを交わし、温めあったのだった。


結局、旦那様がお城から戻ってきたのは次の日。夜明けより少しだけ早い時間だった。

着替えをしながらマーサさんに聞いたところ、リオネル陛下との打ち合わせや、仕事の采配等々行っていたせいで遅くなってしまったらしい。

それでも仮眠も取らずに、予定していた時間に出発すると聞いて心配したけれど、神殿側に気づかれないためには、できるだけ早く向かった方がいい、と言われれば納得せざるをえなかった。

……確かにその通りだし。

身支度を整え玄関を出たわたしは、アルノルドさんと話をしている旦那様を発見して、様子を窺う。……うん、確かに顔色は悪くない。だけど、険しいお顔をしているのは、旦那様もわたし同様神殿にいい思い出なんてないからだろう。それに何より新しい神子の存在が火種となって、この国の平和を脅《おびや》かす可能性もあるのだ。

……わたしもしっかりしなきゃ。

ぐっと両手を握り締めて小さく気合を入れ直したところで、馬車のそばに見知った顔を発見する。

「ユアンさん」

「ナコ様！　お久しぶりです」

桶《おけ》に鼻先を突っ込んで水を飲んでいる馬から視線を上げたユアンさんは、わたしを見つけると胸に手を当てて軽く騎士の礼を取った。

わたしも挨拶を返して、ちらりとマーサさんと話しているリンさんを確認してから、長いマントをつまんで、こそっと駆け寄る。お行儀が悪いと怒られるからね。

「今日はお休みだったのに、付き合わせちゃってごめんね」

わたしは伯爵夫人で、ユアンさんも今や子爵である。あまり人に聞かれてよろしい言葉遣いではないけれど、彼の大らかな雰囲気と付き合いが長い分、ついつい砕けた話し方をしてしまう。

「特に予定もありませんでしたし、きちんと代休も頂きますから大丈夫ですよ」

そう、神殿へ向かうメンバーは、わたしと旦那様、御者をするリックと伯爵家に仕えてくれている護衛さん達。それに目の前のユアンさんだ。

実は大神官長室や貴賓室がある神殿奥の本殿と呼ばれる場所は、貴族しか入れない決まりがあり、平民であるリックも護衛さんも足を踏み入れることができない。なので元は平民だけど養子になり貴族籍を持ち、かつわたしとも顔見知りである彼に、今回の神殿内部での護衛として白羽の矢が立ってしまったのだ。

「私で役に立つならいくらでも呼んで下さい。リオネル陛下から直接頂いた王命でもありますから、ナコ様はお気になさらないで下さいね」

「うん……ありがとうございます」

わたしの言いたいことを察して先回りしてフォローしてくれる。その優しさに感謝していると、ユアンさんがふと視線を下げた。沈黙が落ちる。……いや、言いたいことは分かる。言われる前に自分から言ってしまおうと口を開いたその時。

「ユアンさん、まだ水いりますか？　……って、ナコ様、滅茶苦茶気合入ってるっすね！」

いつの間に来ていたのかリックからそんな声がかかった。手にはバケツを持っているので馬の世話をしていたのだろうけど、わたしを見るなりにかっと笑った。

――そう、今日のわたしのコーディネートは、ドレスから靴、コートに至るまで真っ白なのである。汚したらめっちゃ目立つ、絶対にカレーうどん食べちゃいけないヤツだ。

「雪だるまみたいで可愛いっす！」

親指をぐっと立てて高らかにそう言ったリックに、ユアンさんがぶはっと噴き出した。じとりと薄い目をユアンさんに向ければ、「っ失礼」と口を押さえて俯《うつむ》いたけれど、その肩はいまだ小刻みに震えている。

やっぱおかしいんだ……。

いや、うん……。わたしも鏡を見て戸惑ったよ？

だけど神殿がある街は、北の方で寒いからって心配性のマーサさんと侍女さん達にコートを着せられ、その上に毛皮。そしてとどめに大きなマフラーでぐるぐる巻きにされてしまったのだ。もうほぼ毛玉……球体、いやその毛皮を腰で留めるリボンがあるから、リックの言う通り雪だるまそのものなのである。ついでにこの世界の雪だるまは、海外のあの、しゅっとした三等身のヤツじゃなくて、日本人お馴染《なじ》みの二等身だ。確実に悪口である。年頃のお嬢さんには思ってても言っちゃいけないことがあるんだぞ……！

「……リックぅ？　雪だるまは決して褒め言葉じゃないよ……？」

旦那様がいるのであくまでも大人しく、すすす……とリックに歩み寄り、がしっと腕を掴む。

ここ一年でますます開いてしまったリックとの身長差を苦々しく思いつつ、掴んだ腕を引っ張って引き寄せると、おどろおどろしい声で耳打ちした。

「ふふふ……帰ったら『わたしの本当に可愛いところを百個言うまで馬小屋に帰れません』大会だからねぇ？」

今日のわたしは神子仕様の目力強めのメイクである。巷《ちまた》では神秘的だと噂されているらしい癖のない黒髪もいい仕事をしたようで、気分は某ホラー映画の有名人だ。わたしの迫力にひっと悲鳴を上げたリックだったけれど、その内容――『馬小屋に帰れません』の方が衝撃だったらしく、指を折って必死にぶつぶつ呟いてる――けど、二つしか折れてないよ！　いくらなんでも、もっとあるでしょ！

「というか、好きでこんなにモコモコになったわけじゃないからね！」

実は神殿に乗り込むわたしにリンさんが用意してくれたのは、神子の神々しさと神秘的な雰囲気を前面に押し出したエンパイア型のドレス。いつもの社交用のドレスとは違って、フリルもレースもなく極力装飾を削《そ》いだような……元の世界の感覚で言えば古代ローマのお姫様みたいなドレスだった。

髪型もいつものように結い上げず、背中まで伸びた髪は櫛《くし》を通したのみ。控えめな白い花が模された髪飾りだけを耳の上に挿している。これにも理由があって、わたしが以前聞き損ねた吟遊詩人さんが謳《うた》う『英雄と神子の奇跡の物語』に出てくる神子は、神秘的な黒髪だとされているからだ。

「その下は神子の正装なのですよね。楽しみです」

「正装というよりはそれっぽい白いドレス、って感じです」

そつなく話を流してくれたのはユアンさん。さすが紳士な旦那様の部下である。

ポンと背中に手が置かれて、慌てて振り向く、というよりかは振り仰げば、旦那様が微笑んでわたしを見下ろしていた。

「楽しそうですね」

「旦那様」

いつの間にかアルノルドさんとの打ち合わせを終えていたらしい。

一旦体を離し、ダンスをするように両手を持たれて、くるりとその場で回転するわたし。旦那様はふわふわもこもこのわたしを見下ろすと、ふふっと笑って「抱き締めたら気持ち良さそうだ」と言ってくれた。

っくわぁ……！　旦那様好き……！　いくらでも抱っこして下さい！　そう、それくらいがちょうどいいよね！　なんでそういうことサラリと言っちゃうの、惚《ほ》れてまうやろー！　っていうか現在進行形の両想いだった。わたし幸せすぎる！

「……えぇ……オレが言ったのと大差なくないっすか」

「恋は盲目ですからね」

またやってるよ、みたいなリックの生温い視線とユアンさんの苦笑いなんて見えない聞こえない。

そうだ。メロメロになる前にやらなくちゃいけないことがあるのだ！

「旦那様、一睡もしてないそうですけど大丈夫ですか？」

「問題ありませんよ。それに馬車の中で仮眠を取りますから」

安心させるようにそう言って微笑む麗しいお顔には、確かにクマらしき影はない。そう、即ち健康チェック。

そしてわたしは知っている。仮眠とか言って仕事しちゃうんですよね？　伊達《だて》に旦那様の奥さんをしているわけじゃありませんよ。

旦那様が脇に抱えてる書類を横目でチェックしながら、意地でも馬車の中で眠って頂かねばと、決意する。

そうこうしている内に馬の準備も整い、マーサさんに冷えるから、と促されるまま一足先に馬車に乗り込んだ。同じタイミングで大きなバスケットを渡される。どうやら馬車で食べる軽食らしい。

「ナコ様、旦那様は朝食も召し上がっていないので、しっかり取らせて下さいね。ナコ様が言えばきちんと食べるでしょうから」

「任せて下さい！」

旦那様の健康管理も妻であるわたしの仕事である。

そして追加で侍女さんから毛布、走ってやってきた料理長からは焼き菓子を渡され、お礼を言いつつも苦笑してしまう。こっそり向かうはずが、なんだか大仰な見送りになってしまった。

だけどみんな——どことなく不安そう。一番分かりやすいマーサさんなんかは朝からずっと表情が暗い。膝に毛布をかけてくれているマーサさんにちょっと首を傾げて見せると、困ったように笑って「嫌ですねぇ……」とため息をついた。風が入らないように丁寧に毛布を折り込んでから、頬に手を置いた。

「……なんだかナコ様が神殿に取られて戻ってこないような気がしちゃって」

ぽつり、と呟かれた意外な言葉に目を瞬く。確かに特殊能力を発現させた時こそ、神殿はわたしの所有権を主張してきたけれど、それも随分前のことだ。

そっと手を伸ばしてマーサさんの手を取る。安心させるようにぎゅっと握り込んだ。

「旦那様もいますから安心して下さい。一緒に来てもらえるかまだ分かりませんけど、お部屋の用意お願いしますね」

「……ナコ様……ええ！　もちろんお任せ下さい！」

一瞬虚を衝かれたように、ぽつりとわたしの名前を呼んだマーサさんは、はっと我に返った後は頼もしく何度も頷いてくれた。

伯爵家にやってきた当時、お屋敷の人達はわたしが王城で不遇な生活を強いられていたと聞いて、それはもう我がことのように憤ってくれた。伯爵家のみんなは情に厚くて優しいのだ。だからこそ安心して、新しい神子をここに連れて帰ってこられる。

「頑張って説得してきますね」

「ええ、でもナコ様も気をつけて下さいね」

そう言って最後にぎゅっと握り直された手はふくふくしていて柔らかい。早朝の冷えた空気の中で冷たくなっていた手がポカポカしてくる。同時に胸も温かくなった。

「ナコ様、神殿関係者には毅然《きぜん》と、ですよ。多少傲慢なくらいを意識して接して下さい」

最後に馬車の小窓から顔を出し、そう念を押してくれたリンさんに真面目な顔で頷く。神殿というのはそもそも女神の神子のために造られたものらしく、こんな言い方をするのはどうかと思うけれど現実問題わたしが一番偉いのである。強気で交渉。うん、魂に刻んだ！

神子の処遇に関しては旦那様が交渉するより、わたしが話す方が通りやすい、とのことなので、プレッシャーは半端ないけど、ここは頑張りどころだ。

ちなみに寝殿は神子以外の女人は禁制なので、いつもなら付き添ってくれるリンさんも今回だけはお留守番。なので余計に気を引き締める。

ブレないように一番大事なことをもう一度頭に叩《たた》き込むと、旦那様も乗り込んできた。リックから声がかかり、旦那様が返事をすると馬車はゆっくりと動き出した。

「いってらっしゃいませ！」

リンさん、マーサさん、アルノルドさん、そして結局ほぼ総出となったお屋敷の使用人さん達に見送られ、わたし達は伯爵家を後にした。

三、神子と対面、そして森の中

「いやぁ、前もって言って下されば、充分なおもてなしができたのですが……」

「いえ、普段から清貧を掲げて祈りの日々を過ごしていらっしゃる神官達に、煩わしい思いをさせるわけにはいきませんからね。こうして妻と二人だけでお邪魔させて頂くことにしたのです。どうぞお気遣いなく」

旦那様の口から流れるように紡がれた言葉は、聞く人が聞けば嫌みに聞こえるものだろう。しかしそんなことにも気づく余裕がないのか、大神官長は冬だというのにハンカチを額に押し当てながら、「お気遣い頂きましてっ」と上擦った声で、こくこくと頷いていた。

そんな大神官長が身に着けているトーガという羽織は艶やかな光沢を放ち、金の縁取りと刺繡《ししゅう》まで入っていて、明らかに高級品と分かる代物だ。

どう見ても清貧という感じではないし、ムチムチの袖の下からチラチラ見える腕輪は、重くないんだろうか、と心配になるほど分厚い黄金製だった。

――馬車が神殿についたのは、太陽が中天にさしかかる頃。

緑豊かな郊外の森の中に建てられた真っ白な建物は、まさに荘厳の一言に尽きる代物だった。まだ開放前の早い時間だったせいか人影もなく、橋がかかったような造りの入り口は静まり返っていた。堂々と正門につけた馬車からまず旦那様が降り、そのまま反対側に回って扉を開けてくれた。リックがさっと用意してくれた足置きに注意深く足を下ろす。

馬車の中で毛皮もコートも脱いだせいで、秋らしい乾いた冷たい風が肌を刺す。少し寒いけれど神子の威厳を出すために我慢我慢。

わたしは旦那様の手を取り、さっそうと降り立つ。

手を差し出してわたしを支えてくれた旦那様が、軽く目を瞠《みは》ったのが視界の端に映った。

旦那様が降りてからコートを脱いだのでこの格好は初披露になる……けど、……どこかおかしいかな？　と心配になって改めて自分の姿を見下ろす。そんなわたしに気づいたらしい旦那様は安心させるように小さく首を振った。

「とても美しくて見惚れてしまいました。気の利いた言葉が咄嗟《とっさ》に出てこなくてね。こういった場面でなければと恨めしくなるほどです」

目を細めて微笑んだ旦那様の少し照れた顔が可愛くて、ぎゅっと心臓を掴まれる。わたしに尻尾があったら千切れんばかりに激しく振っていただろう。

「……！　ありがとうございます！　ちゃんと神子らしく見えますか？」

どうどう、と自分の中の獣を落ち着かせてから、一呼吸置いてそう尋ねる。今日の最終評価が雪だるまだったからね！　若干不安だったのだ。

「ええ。もちろん」

わたしと旦那様のやりとりを聞いていたらしいユアンさんまで「お似合いですよ」と褒めてくれた。護衛さんからも次々と賞賛の声が上がり、ちょっと鼻が高くなる。いやいかん調子に乗るな。雪だるまからのギャップというヤツだ！

よし、でも自信はついた！

「では行ってくる」

「いってらっしゃいませ！」

一人残ったリックは、馬車の番も兼ねてお留守番だ。

石畳の上を真っ直ぐ向かう内に門の両脇に立っていた門番さんが、手のひらを目の上に置いてこちらに視線を向けている。

あと数十メートル、と私達が近づいたところでようやく――旦那様の顔を確認できたらしい。旦那様は若返り騒動の時に何度もこちらに足を運んでいるので、顔を見たことがあったのかもしれない。二人の門番さんは顔を見合わせて、慌てたように片方が神殿の建物の中へと駆け込んで行った。おそらく旦那様がやってきたことを偉い人に伝えに行ったのだろう。

……主役であるはずのわたしの存在がスルーされているのは、やっぱり旦那様みたいなオーラがないからだろうか。まあ、それはそれで大神官長の油断を誘えるから問題はないんだけど、なんか寂しい……！

初めて踏み入れた神殿の――拝殿と呼ばれて一般公開されている部分は、元の世界で言うところの教会の礼拝堂みたいな造りだった。真ん中を避けてたくさんの椅子が並んでいて親戚の結婚式で見た雰囲気そのものである。ただ一つ違うのは、階段状になった正面の祭壇の壁には十字架ではなく、両手を差し出すように伸ばして微笑む女神様の彫像があることだった。足下にはたくさんの香炉が焚《た》かれていて煙たい。独特でひたすら甘い、ちょっと苦手な香りだ。

そのまま吸っていると気持ち悪くなりそうだったので、口で息をして素早く通り過ぎ、ちらりと女神像を流し見た。

……そういえば、女神像って初めて見たかも。

この世界の神話からいうと、この女神様は神子の母になるらしい。召喚される前にラノベであるような時の狭間《はざま》みたいな場所で説明を受けたわけでもないので、懐かしさも覚えない。当然ながら信仰心もないわたしは芸術品らしい美しさだけを観賞しつつ、その奥に続く扉を潜った。今度は椅子は並んでおらずホールみたいな広い空間だ。そこまで来てようやく人影を見つけて気を引き締める。お供え物を運んだり、拭き掃除をしていたりと忙《せわ》しく動いていた神官達は、突然現れたわたし達——というよりは、やっぱり旦那様を見て目を丸くした。

「シュバイツァー伯爵……？」

「ご訪問される予定なんて聞いてないぞ……」

ぼそぼそ呟く声は聞こえてくるけれど、直接確かめようと尋ねてくる神官はおらず、みんな遠巻きだ。

裾の短い簡易的な神官服を着て、くすんだ黄土色のトーガを羽織っている彼らはみんな若い。見習い神官なのかな、と観察していると、ようやく――と言っていいのか、わたしに気づく神官がちらほら現れた。

「神子……！」

「え？　――ええ⁉」

騒ぎ始めた一角に視線を向けて肯定するように微笑めば、神官達は蟻の巣をつつくように一斉に騒ぎ始めた。それと同時に奥から色の違うトーガを身に着けた人達が出てきて、騒ぐ神官達を宥《なだ》めていく。多分服装からして少し偉い神官さん達なのだろう。門番さんが知らせにいったのは、この人達だったのかもしれない。

「皆の者！　騒ぐな。落ち着いて持ち場に戻れ！」

若くがっしりとした体格の神官がそう怒鳴り、幾分落ち着いたところで、一番年上らしい白髪の神官が口を開いた。

「シュバイツァー伯爵と――そちらは神子様でしょうか。ご来訪頂きまして……」

わたしの存在は知らなかっただろうに、さすがに歳《とし》の功かわたしを見て飛び上がるなんてことはしなかった。だけどこちらに向ける視線は明らかに観察するもので、分かりやすく歓迎されていないことが分かる。むっとするよりも先に、旦那様がすっとわたしの前に立ち、その不躾《ぶしつけ》な視線を遮ってくれた。

「挨拶は大神官長にさせて頂きます。その度にこのように呼び止められては面倒ですから」

顔立ちが端整な分、冷ややかな笑みを浮かべる旦那様はかなり怖い。

わたしからは見えないけれど、案の定白髪の神官は「ひっ」と顔を引き攣《つ》らせて、その場に立ち竦《すく》んだ。気圧《けお》されたのか他の神官達も大理石の硬い床に縫いつけられたように足を止める。

その間に神官達から守るように護衛さん達が私達を囲んでくれて、バリケード状態になった。人の壁の向こうから、わたし達を呼び止める声がするけれど、足は止めずにひたすら奥へと進む。

「ナコ、本殿までもう少しかかりますが、疲れてはいませんか？」

「大丈夫です！」

今日の靴は防寒のために底のしっかりした踵《かかと》の低いブーツである。

社交の類は大抵高いヒール必須なので、このブーツなら全力疾走だってできる。

言い切ったわたしに旦那様は少しだけ表情を和らげる。腕に絡むわたしの手を上からそっと撫でてから、また真っ直ぐ前へと顔を戻した。

そして暫くして――ちょっと暑くなってきたな、と思ったタイミングで、前の護衛さん達がぴたりと足を止めた。

「ここから本殿になります」

旦那様が耳打ちしてくれて、わたしは姿勢を正す。

つまりここで護衛さん達とはお別れだ。

「――！　シュバイツァー伯爵……？」

本殿扉を守っていた門番、というには立派な体格の護衛の人が呼びかける声がした。神殿には神官しかいないって聞いていたけれど、確実に目の前の人は武闘派である。そういえば昔の日本にはお坊さんなのに戦士みたいな人がいたっけ……。まさにそんな感じだ。

旦那様とアイコンタクトしてからユアンさんが一歩前に出て、人当たりのいい笑顔で、のらりくらりと口上を述べる。

その間に護衛さんの一人がやや強引に、重そうな扉を開いた。

本殿の中では火を焚いているらしく、扉を開けた途端、むわっとした季節を忘れるような熱気と強いお香の香りが吹き込んできて少し咳き込む。

そうこうしている間に拝殿に置いてきたはずの神官達がまた戻ってきて、もう一つ奥の扉を開けようとする護衛さんを慌てて阻止した。

……これはそろそろわたしの出番？

旦那様を見上げれば、応援するように口角を上げて頷いてくれる。それに勇気をもらって神官達を静かに見渡して声を張った。

「――手を離しなさい」

一瞬しんと静まり返る。その後慌てたように手を離したのは、一番先に目が合ったまだ若い神官だった。

「み、神子様……」

一人が膝をつき頭を下げたのを皮切りに、次々とそれに倣っていく。

「下がりなさい。わたしが神殿に入るのに誰の許可がいるというのですか」

芝居がかった演技にムズムズしつつも、意識して声を低くして言い切れば、神官達はますます深く頭を下げた。幾人かは物言いたげにわたしを見つめる、返す言葉が見つからないのか、口をパクパクさせるだけで音にもなっていない。

すっと視線を流して目が合ったユアンさんに「今の内に！」とアイコンタクトを送れば、頷いた彼の手によって、豪華な装飾が施された重い両開きの扉が開かれた。

ざわっと騒ぎ出した神官達に構わずさっさと中に入る。

すると向こうに残った護衛さんが気を利かせて、数人がかりで一斉に閉じてくれた。

よし、突破！　と一緒に入室に成功した旦那様と成果を喜ぼうとして、扉から中へと振り返ったわたしの目の前に広がっている光景に一瞬固まった。

「……お風呂？」

思わず呟いてしまったわたしを誰が責められるだろうか。

だってまさにそのものずばりな光景が、目の前に広がっていたのである。

入ったその中はだだっ広いホールになっていて女神様を模した彫像を中心に湯気の立つ噴水があった。その四方には海外セレブが横になるような寝椅子があり、トーガを敷物にして半裸で寝転がっていた神官と目が合うと、すぐに建物の奥へ逃げていった。それも一人や二人じゃない。

昔映画で見た古代ローマの浴室みたいな造りで、悪趣味なほど豪華だった。

そして極めつけに女の人がいたような……。なんか肌色率高かったし、率直に言うと酒池肉林的な十八禁お断りのような光景が広がっていたのである。

え、いやそもそもここ女性厳禁なんじゃ、と旦那様に確認しようと顔を見れば、普段温厚な旦那様には珍しく、その顔に静かな怒りを湛えていた。どうやらわたしの見間違いではなかったらしい。

「ここまで腐っているとは……」

同じように言葉を失っていたユアンさんもこめかみを揉《も》み、半裸の男達が消えた通路の奥を呆れた目で眺めている。

女人禁制だからと真面目にリンさんを置いてきた自分が馬鹿らしい。

これが神殿？　間違いなく信仰なんて名ばかりだ。戒律すら守らず、神官達がお勤めを放棄してパリーナイト？

……本当ロクでもないな……。

女神様、ちゃんといるなら天罰下した方がいいよ……、とさっき見たばかりの女神像に向かってメッセージを送っていると、半裸の男達が消えたのとはまた違う別の扉から、一人の男が重そうな身体を揺らして出てきた。綺麗《きれい》に剃《そ》られた頭に、真っ赤なトーガ。裾を引きずっているので、横に伸びた体型も合わさって、男性にしては小柄な身体がますます小さく見えた。そんな小太りの小男が、――今現在、道案内をしてくれている大神官長なのである。

そう。よほどあちこち見て回られるのが心配なのか、御自《おんみずか》ら道案内を買って出てくれたのだ。

もちろん最初は渋られたものの、リンさんのアドバイス通り威圧的に命令して強制執行。……その時の『この小娘が……！』みたいな視線には、『えー？　わたし貴方達が信仰している女神の娘なんですけどぉ――？』とばかりに小首を傾げて見せてやった。

まぁ、すぐに旦那様に一睨みされて汗を浮かべていたけれど、トドメに『もしかしたら、わたしと会うことで神子の能力が芽生えるかもしれません』と嘯《うそぶ》けば、渋々ながらも面会を許可してくれたのだ。

「しかし、女神のお告げがあったとは驚きましたな！」

金の腕輪をじっと見ていることに気づいたのか、大神官長はわたしの視線から隠すように袖を引っ張りつつ話題を変えた。

それに頷いたのは旦那様だ。

「ええ。女神の啓示なのか夢に見たようでね。突然やってきた異世界に混乱されていると聞いた妻がどうしても会いたいと申しまして、こうして訪ねてまいりました。能力の顕現のお手伝いはできずとも同郷というだけでも、お心をお慰めできるかもしれないと」

もちろん、大嘘である。おそらく大神官長も疑っていると思うけれど、ただわたしには実際特殊能力があるので、きつく突っ込めないのだ。

「それはそれは！　実は私共も神子様のご乱心ぶりには手を焼いておりましてな。最初こそ落ち着いていらしたのに、時間が経つごとに手がつけられないほどの抵抗をお見せになられて、こちらの話も全く聞いてもらえないのですよ」

困った、とでも続きそうな大神官長の物言いに、イラッとくる。

……それ最初落ち着いてたんじゃなくて、異世界召喚なんて突飛な状況を理解できなかっただけなんだよ。なんでそんなことくらい分かんないの。

吐き出したくなった言葉を、苦い思いで呑み込む。わたしは心の中で深呼吸してから、旦那様と馬車でした打ち合わせ通り、神子モードで大神官長に尋ねた。

「新しい神子様は、どこで召喚されたのでしょうか。わたしの時はたくさんの神官さんがいらっしゃった記憶があるのですが」

「え……いえ！　私共が召喚したわけではないのです」

大神官長は焦ったように手振りまでつけて首を左右に振った。言葉を探すように詰まった大神官長の代わりに答えたのはユアンさんだ。

「ああ、ナコ様はご存じありませんでしたか。神子を召喚するには、この国の王であるリオネル陛下の許可が必要なのです。元は王家に伝わる秘術ですから、大神官長といえども勝手に術を使えば極刑もありえますから」

もちろん、このやりとりも打ち合わせ通りだ。ついでに護衛さんやリックに下働きの神官達からも、この辺りの話を聞き込みするように言ってある。

後で摺《す》り合わせをして、この辺の言い分が違うようなことがあれば、勝手に召喚術を使ったてっとり早い証拠の一つになる。……いや、さっきの酒池肉林ルームもアウトだと思うんだけど、見ただけでは腐敗の証拠にはならなさそうだ。ここに来て初めて旦那様を撮る目的以外で、カメラが欲しいと思ってしまった。

「そうでございます！　そのような大それたことを私共がするわけがありません。実は、数日前にいつものように祈りの間で平和と人々の心の安寧を祈っておりましたところ、それに応えるように神々しい光と共に神子が祭壇から現れたのです！」

最初は目を泳がせて、最後は興が乗ったように芝居がかった口調でそう説明した大神官長。過去にもそうして現れた神子の記録もあります、と言葉を重ねてドヤ顔でわたしを見てきた。

白々しすぎてもう相手をする気も失《う》せてしまい、わたしは再び黙り込んだ。動揺を誘うためだけに話しかけたので、後は旦那様とユアンにお任せする。

……そういえば召喚術のことを教えてくれたのは宰相さんだったっけ？

もうすっかり記憶の彼方《かなた》にいってしまった話を思い出す。

……異世界召喚って色んなパターンがあるけど、わたしも新しく召喚された子も、まだ人のいる場所に召喚されてよかったよね。

いや、ほんとこれがありがちな森の中スタートとかだったらどうよ？　動物チートなんて欠片もないわたしは、野生動物にエンカウントしたら、一ターン終えることなく一瞬で胃袋の中だ。怖すぎる……。ん？　いや待てよ？

でもそこで旦那様に助けてもらうってパターンはどうかな。たまたま森に狩りに来ていた旦那様と出逢って恋に落ちる……。

「……」

……いいかも……。

思いつきにしては悪くない物語の始まりに、うっかり妄想が捗《はかど》ってしまう。

いや、うん！　ちょっとずつ高まってきた緊張からくる現実逃避だから！

そんなことを思っている間に全く人の気配もない廊下を進み、神殿の最深部へとやってきた。さっきと違って、空気がひんやりしていてちょっと黴臭《かびくさ》い。

「あの、大神官長。新しい神子のお名前を聞き出すことはできたのですか？」

あ、と思い出してそう尋ねる。

初めて呼びかけるのに、『神子』なんて納得できない名前で呼ばれるのはキツイんじゃないかな。

わたしの質問に大神官長は分かりやすい愛想笑いを向けてくる。嫌悪感に顔を顰《しか》めそうになって頑張って耐えれば、大神官長はこくりと頷いて見せた。

「ええもちろん。お名前は『ユイナ』様と仰います」

一瞬息を呑む。

……『ユイナ』ってどう聞いても日本人じゃない？

強張った身体の動きに気づいた旦那様とばちりと目が合った。咄嗟に『同じ国の人かもしれない』と言いかけて、はっとして口を閉じる。今そんな微妙なことを大神官長の前で言ったらややこしくなるだけだ。余計な情報は与えるべきじゃない。

不安と期待と色んな気持ちを抱えながら、わたし達はとても立派な両開きの扉の前へと立った。大神官長はノックすることもなく、扉を開けてわたし達を先に通す。その不躾さにちょっと違和感を覚えたけれど、それよりも、とわたしは素早く部屋を見渡した。

扉の中は神殿とは思えないほど贅《ぜい》を凝らした内装で、たくさんの装飾品、大きなソファとテーブルが置かれている。

がしゃんっとなにかが割れる音が、隣……というよりは続きの部屋から聞こえてきた。

「神子様っ、お待ち下さい！」

男の人の声と共に、飛び出してきた小柄な女の子と目が合って驚いた。——違う、小柄どころか。

はっとして言葉を失う。

——ああ、馬鹿だわたし。なんでその可能性に気づかなかったんだろう。

「なんで……」

わたしの目の前に現れた『神子』は、まだ五、六歳くらいの幼い子供だった。

「……最悪」

吐き出すようにそう呟く。粗暴な悪態に大神官長が目を丸くしたのが視界の隅に映ったけれど、そんなことどうでもよかった。

自分が召喚された時は中学生だったし、いままでの神子達も成人していたと聞いていたから、当たり前のように今のわたしと同世代か、もっと上の年齢だと思い込んでいた。

この子は、まだ小学校にも上がる前じゃない？

「……っ」

ぎゅっと拳を握り締めて、続けて吐き出しそうになった悪態を堪える。

何してんの、これじゃ召喚じゃなくて完全に幼児誘拐だから！

こんな幼い子が、突然いなくなったのだ。きっと女の子の両親や周囲の人達は心配しているだろう。それこそ当時中学生だったわたしよりも確実に。本人だって異世界だなんて言葉すら知らないに違いない。

鼻の奥がツンと痛んで、ぐっと奥歯を噛み締めて堪える。明らかにアジア人らしい凹凸の少ない——自分と似た顔立ちを見つめる。

幼稚園の制服なのだろう。チェック模様のスカートと少しだけ大きな臙脂《えんじ》色のブレザーを身に着けている。そのシャツの襟には幼稚園らしき名前が刺繍されていた。もちろん日本語で。

「だれ⁉」

ずっと泣いていたのか、瞳も頬もぱんぱんに腫れているのが分かった。

冷やす布くらいどうして用意してやらなかったのか。やるせない怒りを押し殺して、一度唇を引き結んでから、わたしはさっき聞いたばかりの名前を口にした。

「——ユイナちゃん？」

そこで初めて目が合った。真っ黒な髪と瞳の色がひどく懐かしい。

数秒間見つめ合うと、みるみるユイナちゃんの目に涙が溜《た》まっていく。

そしてわたしに向かって手を伸ばした。小さな子犬のように真っ直ぐ駆け寄ってくる。

「お姉ちゃん！　外国人じゃないよね？　日本のひとだよね？　ここどこ⁉　おかあさん、……っおかあさんに会いたい……！」

飛び込むような勢いで腰にしがみつかれ、後ろに倒れそうになった身体を旦那様が支えてくれた。

その場にわたしもしゃがみ込んでぎゅっと抱き込む。撫でた背中の小ささに胸が痛んだ。……ああ、だめだ。わたしの方が泣いてしまいそうだ。

なんでこんな小さい子を、自分達の勝手で召喚するの？

しゃくり上げる声が落ち着くのを待って、わたしは女の子を抱え上げた。ちょっと重いけど平気、女の子も動きを察したのか、わたしの首にぎゅっと手を回した。

おさげに結ばれた可愛いリボン、ワッペンが縫いつけられた上靴。なにより抱き締めて、すぐに首に回る慣れた手の動きに愛されていた子なのだな、と、悲しくなった。だって愛された分、別れは辛《つら》いだろうから。

「ナコ、私が代わりに運びましょうか」

躊躇《ためら》いがちに声をかけてくれたのは旦那様。だけど旦那様が近づいてこようとした瞬間、ユイナちゃんは「いや！」と、思いきり首を振った。

いくら旦那様が格好良くても、ユイナちゃんにとっては大きな見慣れない男の人だ。

扉近くは廊下から冷たい風が吹いてきて冷える。わたしは許可を取ることもせず、ユイナちゃんを抱き抱えたまま、ソファに座って自分の膝に下ろした。

「神官さん、すぐ目を冷やす布を持ってきて下さい」

「……あ」

寝室から出てきた世話係っぽい人の気配に、顔を上げることなくお願いする。

ぽかんとしていたけれど、おそらく旦那様の存在とここに入ってこられる女性――ということから、わたしの正体に思い当たったのだろう。「はいっ！」と上擦った返事をしてから、駆け足で部屋から出て行った。

ユイナちゃんの背中を撫でていると、しがみついていた手の力が徐々に緩んでくる。そして何か思い出したように、ぱっとお互いの顔が見えるくらいの隙間を空けた。そして怒った顔で世話係の人が消えた扉を指さした。

「あのおじさんが、もうおうちに帰れないって言うの！」

ウサギのように真っ赤に腫れた目は必死だった。

――ああ、聞いてしまったんだ。

そう思ってどこかほっとしている自分がいた。彼女にとって一番残酷な言葉を告げるのは、自分の役目なんじゃないかと、心のどこかで心配していたから。だけど安堵《あんど》した自分がなんだか情けなくなる。

「……あのね、わたしナコっていうの。サエグサ、ナコ」

「ナコ？　ようちえんのおとなりのクラスに同じ名前の子がいるよ」

まだ少し心の余裕が欲しくて話題を変えると、意外なほどすんなりと乗ってくれた。

「お姉ちゃんも数年前にこの世界にやってきたの。今ね、優しくて素敵な、王子様みたいな旦那様と結婚して、すごく幸せなの」

だから、なんて納得できるわけがない。

分かってるけれど、安易に嘘をつくのは憚《はばか》られた。でもはっきり言えない。

「ユイナちゃんもわたしと一緒に暮らさない？」

「ッ何を！」

大神官長が遠くで喚《わめ》く声が聞こえたけれど無視する。すぐに静かになったのは、きっと旦那様が黙らせてくれたのだろう。

ユイナちゃんはそんな大神官長を気にしたように、ぎゅっと身を竦ませた。開きかけていた唇を引き結んでしまったユイナちゃんに、安心させるように背中を撫でてあげると、身体の強張りが解けていく。

「旦那様のお屋敷は、広いけど暖かくて落ち着くし、ここと違って女の人もいるし、他にも優しい人達もいっぱいいてね」

「じゃあ、一回おうちに帰ってからまた遊びに行く。おかあさんがすごく心配してると思うの」

「うん……」

言葉が続かない。

とうとう黙り込んでしまったわたしに、ユイナちゃんは、怪訝《けげん》そうに眉を顰めた。

「お姉ちゃんも一回ちゃんと帰った方がいいよ。怒られるならユイナのおうちに来る？　おうちに一緒に帰ろう？」

「……優しいね」

わたしのせいじゃない。だけど罪悪感にぐっと唇を噛み締めた——その瞬間、肩に誰かの——違う、分かる。旦那様の手が置かれた。

……多分泣きそうになっていることに気づいてくれたのだろう。視線はユイナちゃんに置いたまま、片手を外して旦那様の節ばった長い指をぎゅっと握り締めた。

「――ごめんね。ユイナちゃん、今すぐには帰れないんだ」

一呼吸置いて、ユイナちゃんがびっくりしたようにばっと身体を離した。

ひどく傷ついたように顔が歪むのを至近距離で見て、自分の失敗を悟る。

「もういい！　お姉ちゃんも嫌い！　どっか行って!!」

爆発するような激しさでユイナちゃんはそう叫び、勢いよくわたしの膝から飛び下りようとしてバランスを崩した。

「あぶなっ」

慌てて抱え込もうとして手を伸ばせば、何故かユイナちゃんの身体が乳白色の光を纏《まと》って光っていた。摑んだ手は軽くて体重を感じない。

「え」

触れた指先から光が移り、みるみるわたしの身体を包み込んでいく。驚いているのだろう。ユイナちゃんの目がまん丸になって、今にも零れ落ちそう。

ふわりと身体が軽くなる感覚に、既視感を覚えたと同時に全身の肌が粟立った。

「ナコ！」

旦那様の叫び声。

咄嗟に伸ばした手を、旦那様が摑んでくれた。だけどそちらを向いても眩《まぶ》しさに輪郭すら分からない。視界いっぱいが真っ白になって、目を開けているのか閉じているのかすら分からなくなった。

落ちていく感覚に悲鳴を上げたその時――大好きな旦那様の香りに包まれた。

反射的にぎゅうっと抱き締めて覚悟を決めると、そのまま意識は静かな闇に呑まれた。

＊

「――ん……」

木漏れ日の光と湿った土の匂いがして違和感を覚える。次いで聞こえた甲高い鳥の声に驚いて、瞼を押し上げれば、視界いっぱいに緑が広がっていた。

――目が覚めたら森の中でした。

そんなモノローグがポンと頭に思い浮かぶほど、青々しく緑が茂っていた。

「え……？」

呆然《ぼうぜん》と周囲を見渡そうとすると、誰かにがっちりと抱き締められていることに気がついた。だけど慣れた感触に「……旦那様？」と、声をかけてみる。うん。この筋肉の硬さと逞《たくま》しさは間違いない。

「……はい。ナコ、どこか怪我《けが》はありませんか？」

少し余裕のない掠れた声に驚いて咄嗟に身体を起こそうとしたけれど、腰に回された手は痛いほど強くてぴくりとも動かない。

「旦那様！　どこかお怪我なさったんですか？」

状況も忘れて慌てて尋ねると、わたしを抱き締めていた旦那様はようやく身体の強張りを解いた。

はー……、と細く長いため息をついたのが気配で分かる。

ど、どうしたんだろう……。

いつにない旦那様の様子に不安になって、顔を上げて覗《のぞ》き込もうとしたけれど、後頭部に回されていた手にぎゅむっと胸の中へ押さえ込まれた。

……これは見られたくないということでしょうか、旦那様。

でもそういう時って滅多に見られない、レアな表情してることが多いんだよね……。ついついどうにか見られないかとじりじりしていると、ふっと頭の上で吐息が零れた。

「……貴女が一人で元の世界に帰ってしまうと思って、肝が冷えました」

ぽつりと呟かれた言葉にようやく、わたしは直前の出来事を思い出した。

確かにあの浮遊感は召喚された時と同じだ。すっかり忘れていたけれど、初めて異世界召喚された時も、あんな風に全身の毛穴が開くような嫌な感覚に襲われたのを覚えている。

「ということはここは日本……？」

思わずそんな言葉を口にすれば、旦那様はゆるりと首を振った。

「いえ、ベルデであることは間違いないでしょう。そこにベルデにしか生息しないレサカの木がありますから」

腕の力を緩めた旦那様は、私の背中越しに正面を指さす。その先にあるのはキリンの身体の模様のような表皮の木だ。燃えにくく耐久性があるので、家を建てる時によく使われている。ベルデの特産品の一つなので、わたしもリンさんに叩き込まれて知っていた。

「そうなんですか？　――……よかったぁ……」

　ほっとしてそう呟けば、旦那様は一瞬黙り込んだ。ややあってから、腕に力を込めてこちらを気遣うような静かな声で尋ねてくる。

「……よかった、ですか？　ナコは帰りたいとは思わないのですか。貴女の生まれ故郷でもありますし、元の世界はとても文明が発達していて便利で素晴らしいものもたくさんあるのでしょう？」

「……え？　わたしそんなこと言ってましたっけ？」

「よく話しているでしょう？　『カメラ』や『携帯』があれば、と」

「カメラ……」

　ぎょっとして目を剝《む》く。そもそも『カメラ』や『携帯』が欲しいのは、あくまでも旦那様の姿を写真として永遠に残したいからであって、決して帰りたいわけじゃない。

「あの、カメラっていうのは、一瞬で景色や、人物を紙に写すことができる機械なんです。後で何度も見返すことができますから、旦那様の勇姿を撮りたいって思って、つい」

「私、ですか……」

　何故だか驚いたような旦那様の声に「ん？」と引っかかる。

　もしかして旦那様、『カメラ』や『携帯電話』なんかの便利電子機器のために、わたしが元の世界に戻りたいなんて勘違いしてた……？　まぁ、一日だけ行けるならもちろん持ってくるし、ビデオも盗聴器も欲しいくらいだけど、いやそれ犯罪……むしろ、わたし帰んない方がいいな！　確実に犯罪者になる自信がある！

ちょっと思考が明後日《あさって》の方向に逸《そ》れたけれど、旦那様の不安を見過ごすわけにはいかない。今まで気づかなかったけれど、わたしが前の世界の便利なものの話題を出す度に、もしかして旦那様は不安に思っていたのだろうか。

いや、もしかすると……神殿に新しい神子が召喚されたって聞いた時から気にしてた？

「……っ」

そういえばお屋敷に知らせに戻ってきてくれた旦那様と、リビングで顔を合わせた時、確かにちょっと違和感を覚えた！　なんてことだ。わたしとしたことが痛恨のミスである！

「……旦那様」

これはちゃんと言っておかねば。

こういうしょーもない行き違いで、男女の仲が拗《こじ》れるのは物語の山場の一つである。盛り上がりなんぞ知らん！　仲違《たが》いのフラグなんて絶対立てさせないからね！

フラグクラッシャーナコとなるべく、ぐっと旦那様の腕を摑んだ。そしてしっかりはっきり宣言する。

「あの、旦那様！　『カメラ』とか『携帯電話』とか元の世界の便利なものとか、確かに時々思い出すことはあります。だけどそれは旦那様を……さっきも言ったように撮って残していつでも眺めたいとか、面白い場所なら旦那様と一緒に楽しみたいとか、向こうの美味《おい》しいものを一緒に食べたいとか、全部！　全部！　旦那様に繋がってるんです。だから旦那様がいない世界に、わたしが一人で戻ったって全然意味がないんです！」

真っ直ぐ伝われ！

こんなに愛が溢れてるのに、旦那様を置いて元の世界に帰るなんてありえないのに！

最後の方はなんだかむっとしてしまい、ちょっと乱れていた旦那様の頭をくしゃくしゃにしようとして、ぐぐぐっと顔を上へ向ける。そして、それこそさっきの比じゃないくらいの違和感を覚えた。

「え、え、……ええ⁉」

思わず叫べば、旦那様がようやく腕の力を抜いてくれた。そのまま起き上がり、目を丸くして驚くわたしの顔を覗き込んでくる。

「どうかしましたか？」

気づけばそう尋ねる声もいつもより少しだけ低く掠れている。鼓膜が痺《しび》れるようなバリトンボイスに強制的に我に返った。

「旦那様！　あの、……っ顔！　お顔が！」

「顔が？」

こてりと首を傾げる旦那様の額に前髪がかかる。邪魔に思ったのか掻き上げようとした旦那様も気づいたらしい。上げた手をじっと見つめた後、頬を撫でた。

「これは……」

尋ねるというよりは確認するように言葉を続けた。

「元の姿に戻っていますね」

こくこくとわたしは旦那様に頷くのが精一杯。

――そう。なんとわたしの言葉通り旦那様のお姿が、初めて顔を合わせたあの頃へと戻っているのである。

目映《まばゆ》いばかりの金の髪は、冬の月を思わせる冴《さ》え冴《ざ》えとしたシルバーグレイへと。切れ長だった目元は柔らかくなって、年輪を刻む皺へと続いており、いっそう彫りが深まった印象へと変化していた。澄んだコバルトブルーの瞳だけが元のままで、懐かしさに初めて顔を合わせた時の気持ちが鮮明に蘇《よみがえ》る。

いや、これはこれでめちゃくちゃ渋くて格好良いんだけど……！

ついでにリンさんの『ナコ様、枯れ専でしたか』発言もどこからか聞こえてきたけれど、今はそんな場合じゃないし、そもそも、違うっつうの！

ますます頭の中は収拾がつかなくなってくる。

「だ、旦那様っ、ちょ……夢かな、まだ目が覚めてない⁉　あ、でも夢なら勿体ないから目に焼きつけときたい！　今こそカメラ！　誰かわたしにカメラを！」

「落ち着いて下さい。ナコ。……少し違和感があるとは思ってましたが、なるほど……」

つい本音がダダ漏れして興奮するわたしを落ち着かせ、旦那様は頬から顎へと手を滑らせて顔の造作を確認する。

そして長めの前髪を引っ張って髪色を確認した後は、自分の手を開いては閉じ、腕を伸ばして皮膚の感じや血管なんかを観察していた。

淡々と一連の動きを繰り返す旦那様はとても冷静だ。

一人パニック状態のわたしはなんだか置いていかれた気分になってしまった。……そっとほっぺたを抓《つね》れば、やっぱり痛い。

「痕がつきますから駄目ですよ」

目敏《めざと》い旦那様に見つかって、めっとするように私の指を外して、抓った頬を優しく撫でてくれる。

その指は、ごくごく微妙にカサついて硬く、それも少し懐かしい。

う、嬉しいけど、夢じゃない、ってこと？

なんで、旦那様の姿が元に戻ってるの？　あ、いや別に旦那様が御年を召していようが若かろうが文句なんてない。むしろ神子の特殊能力がなければ、今のこの状態こそ普通だったはずなのだから。

「新しい神子の力と関係しているのかもしれません」

「新しい神子の力……って、っあ、……ユイナちゃん！」

慌てて立ち上がり周囲を見渡す。

わたしの馬鹿！　なんで今まで忘れてたんだ！

……緑が深くて見通しも悪い。だけど視界で確認できる範囲に、ユイナちゃんの姿はなさそうだ。緑の中でもユイナちゃんが身に着けていた臙脂色のブレザーなら、よく目立つだろうから。

……わたしと旦那様だけ瞬間移動したってこと？　そうかな……うん、そっちの方がいいよね。ひとりぼっちでこんな森の中に放り出されたらわたしでも泣く。ましてやあんなに幼い子なら尚更《なおさら》だ。

「ここに来る直前、あのユイナと呼ばれた神子の指先から放たれた光が、ナコの身体を包み込んでいました。彼女の特殊能力は触れた人間を『転移』させるものなのかもしれません。……何故このような森の中に飛ばされたのかは分かりませんが」

「……魔法みたいな話……」

瞬間移動とかいうやつだろうか。自分だけじゃなく人も飛ばせるなんてすごいんじゃない？

……いやなんでわたしだけエロゲーみたいな特殊能力……。ちょっと女神様を恨んでしまう。

それにしても旦那様の推察力がすごい。確かに状況から察するにそれが一番理にかなっている。思い起こせば『どっか行って！』って言われた直後だったもんなぁ。まさに言葉通り。

……逆に目の前で人間が消えて、ユイナちゃん怖い思いしてないかな。……心配だ。

真っ赤な目を思い出して胸が痛くなったものの、まだ見慣れない旦那様の顔を見つめて、肝心なことに気づいた。

「……あ、でもそれでどうして旦那様が元の姿に戻ることに？」

「そうですね。……推察でしかありませんが、ナコの力と新しい神子の力が作用し、ナコの力が一時的に打ち消されたか、あるいは上書きされたのかもしれません。以前、ナコにも神殿の資料を見たと話したことを覚えていますか？　神子同士の力は時に打ち消しあったり反発したり、思わぬ方向に作用すると記してありました」

んん？　つまり……えっともう一回『したら』また若返る可能性もあるってことなのかな。あ、でも結局わたしの若返り能力って巷で言われている通り、本当に一回きりのものなのか実際のところ分かってないいんだよね……。

もしくは時間を置けば、旦那様はいずれまた若返った姿に戻る、ってことになるのだろうか。なんかややこしいな！

自分で自分に突っ込んでから、不意にざわりと心が騒いだ。

このまま戻らなかったとしたら……もちろん、若返った時よりも確実に寿命は短くなってしまう、わけで。

「……ナコ？」

「いえっ！　しばらくは様子見しかなさそうですよね⁉　あの、お身体の調子はどうですか」

「大丈夫です。特に異常もありませんし、身体もさほど違和感なく動けます」

そう言うと旦那様も立ち上がり、周囲を見回す。少し視線を落としたかと思うと、一方向を見つめてから、またわたしに向き直った。

「それほど深い森というわけでもなさそうです。獣道に子供や女性の足跡が残っていますし、おそらく近くに村があるでしょう。とりあえずそちらに向かいましょうか」

「あ、……はい！」

落ち着き払った声でそう説明されたものの、その冷静さに逆に狼狽《うろた》える。そういえば若返った時も旦那様一人冷静だったなぁ……嬉しい、って言ってくれたっけ……なんだか三、四年前なのにもっとずっと昔のことのように思える。

「どうかしましたか？」

「あの、いえ……あの、旦那様は、どうしてそんなに冷静なんですか？」

あまりにも不思議で思わずそう尋ねてしまったわたしに、旦那様はゆっくりと口角を上げた。くすりと笑う声も低くてそれだけで艶があり、ふいに心臓を揺さぶられてしまう。

「貴女がいてくれますから」

目尻の皺が濃くなり、一気に雰囲気が柔らかくなる。少し困ったような笑い方に『あ、懐かしいな』なんて改めて思った。この笑い方がすごく優しくて好きで、あの頃、とても安心した。

「光を纏った貴女が消えかけた時に、貴女を失うことより怖いものなんてないと、改めて思い知りました。ナコさえいれば私は――」

乱れていたらしい髪を耳にかけられ、乾いた指先が耳朶を掠めた。

「怖いものなんて何もないのですよ」

愛おしげに細められたコバルトブルーの瞳に見つめられたまま語られた言葉を反芻《はんすう》し、眩暈《めまい》に倒れそうになった。ぶわああっと瞬時に熱くなった顔に、旦那様は「おや、真っ赤だ」とからかうようにくすりと微笑んだ。

――っくああああああ！

待って、待って⁉　久しぶりのイケオジ（イ）様バージョンの旦那様の耐性がすっかりゼロになってて困る！　気障《きざ》な言葉に渋みが乗ってものすごく……イイ……！　控えめに言って最高……！っああああ……っ好き……！

寒くないですか、と聞かれて首を振るのが精一杯。

むしろ熱いくらいです！　と言いかけたその瞬間、静かだった森の中に女の人の甲高い声――ではなく確実に悲鳴であろう声が響いた。咄嗟にユイナちゃんを思い出して旦那様を見れば、旦那様はわたしを一度引き寄せてから、斜め向こうの茂みの奥を鋭い視線で見つめていた。

すぐに自分の上着を脱いでひっくり返し、わたしに羽織らせる。ひっくり返したのは、多分旦那様の明るい上着の色が目立つからだ。同様にわたしの真っ白なドレスもそう。

「しっかり羽織って下さいね。ナコ、離れないように」

抑えた声で指示され、旦那様の上着をしっかり前で握り締める。すらりと腰元の剣を抜いた旦那様はそっと足を進めた。わたしもぴったりとその背中にくっついていく。――しかし一歩、二歩と少し足を進めたその時、草を踏みしめこちらに駆けてくる足音と男の怒号が森に響いた。

――近い、と気づくよりも先に旦那様から目配せで屈むように指示される。旦那様も同じように木の陰に屈んだところで、声が本当にすぐ近くまで迫ってきた。

目の前をクリーム色の布が抜けていく。女の人のスカートっぽい。

そして怒鳴り声と共にすえた匂いを感じたその時、旦那様が剣を鞘《さや》ごと真っ直ぐに突き出した。

「っ⁉　うわあっ！」

綺麗に脚を引っかけた男が悲鳴を上げ、追いかけていた勢いのまま地面にもんどり打つ。脛《すね》を抱えて蹲《うずくま》った男は痛そうに顔を真っ赤にさせて、低く唸《うな》りながら地面に突っ伏した。その隙を逃さず旦那様は素早く移動し、男の腕を捻《ひね》り上げて首元を強く押さえた。かくり、と男の身体から力が抜けて、頭が地面に落ちる。おそらく意識を落としたのだろうけど、あっという間だった。

旦那様は休むことなく、男を草むらの方に引きずり再び息を潜ませる。男以外に追っ手がないのを確認すると、気絶した男が身に着けていた服を裂き、紐状にして手首と足を結んでしまう。

……姿格好からしていつか見た野盗っぽいな、と思う。彼らは少し離れた場所からでも分かるくらい、すえた独特な臭いがするのだ。

とりあえず去った危機に胸を撫で下ろしていると、背中からがさっと茂みを掻き分ける音が聞こえて飛び上がる。慌てて振り返ったそこにいたのは若い女の人で、激しく上下する肩もそのままにこちらを凝視していた。

おそらく彼女が先ほどの悲鳴の主だ。さっき目の前を通ったクリーム色のスカートは、よく見れば泥で汚れていた。もしかすると長い間、逃げ回っていたのかもしれない。

「大丈夫でしたか？」

駆け寄って尋ねると、女の人はふっと腰が抜けたようにその場にしゃがみ込んだ。

わたしも同じように屈んで背中を撫でる。

「お嬢さん、追っ手は一人でしたか？」

「えっ……あ、はい！　あの、助けて下さってありがとうございます！　貴方もありがとう……っ」

ようやく助かったことを実感したのだろう。青白かった頬にだんだん色が戻ってくるのが目に見えて分かった。潤み始めた目元に「怖かったですね」と旦那様が優しく声をかけて、怪我がないか尋ねる――って。

あれ？　ちょっと、待ってこの展開。わたしがやりたかったヤツ――――！

いやいや、まさかこんなところで恋が始まるなんて、女神様が許してもわたしフラグクラッシャーナコが許さないからね！

さりげなーく旦那様と彼女の間に身体を割り込ませれば、女の人はぱちぱちと目を瞬かせて、首を傾げた。明るい栗《くり》色の髪を高い位置で一つに束ねた、猫みたいな愛嬌《あいきょう》のある吊り目の可愛い女の子だということに今更ながら気づく。

あ、もしかして同い年くらいかも。

この世界らしい骨格だからぱっと見は年上に見えるけれど、服装から大体の年齢は把握できる。膝下くらいのエプロンスカートは、十代後半の街の女の子がよく着ている格好だ。

「あの、……」

落ち着いたら、違和感に気づいたのだろう。当然ながらわたしと旦那様は決して山歩きに来るような格好じゃない。そして今のおじい様バージョンの旦那様とわたしでは、悔しいことに夫婦とは思われない。

……どう説明するかと悩んだのは一瞬で、立ち上がりわたしのすぐ後ろに移動した旦那様が、よどみなく答えた。

「隣国からの帰り道なのですが、私達も野盗に襲われて馬車ごと荷物を盗《と》られて往生していたところなのです。家の者と連絡を取りたいので、もしよろしければ村までご一緒させて頂けませんか」

旦那様、さすが……！

もちろん大嘘である……が、それなりに説得力があったらしく、女の子は「お互い大変でしたね」と頷いた。

そういえば、田舎の人は警戒心が強いから、あまり余所者《よそ》と関わり合いになりたくないって聞いたことがあるけど、この子はどうなんだろう。

彼女にとって旦那様は命の恩人ではあるけれど、村までついていくのは迷惑になるかもしれない。この子が村の偉い人に怒られたりしたら嫌だな、なんて心配したのも束《つか》の間。

「分かりました」

女の子はぱっと顔を上げて、わたしと旦那様を交互に見返した。

「じゃあぜひ村に！　助けて頂いたお礼をさせて下さい！」

女の子はにっこりと笑ってそう言ってくれたので、わたしはそっと胸を撫で下ろしたのだった。

四、旦那様、状況を把握する

野盗に追われていた少女はネリと名乗り、軽装から予想していた通りすぐ近くにある村に住んでいると話してくれた。いやに簡単に余所者である自分達を村に受け入れたことを不思議に思えば、我々にとっては幸いなことに彼女は村長の娘だったらしい。

そんなネリは人好きのする性格だったらしく、ナコとはすぐに打ち解けた。

普段のナコの社交相手は神子という身分故に年配のご婦人が多く、久しぶりの同世代にナコの人見知りも影を潜めたのかもしれない。いや、もしかすると自分が知らないだけでとっくに克服していたのかもしれないが。また一つ知らないところで成長しているナコに、喜びと少しの寂しさを感じて失笑する。

そう、神殿で大神官長相手にも一歩も引かず、神子らしい堂々とした様を見せてくれた。穢《けが》れのない純白の衣装に映える艶やかな黒髪と黒檀《こくたん》のような瞳、まさに神子というべき姿に一瞬言葉を失ったほどだった。しかしだからこそ余計に——不安になったのかもしれない。ナコの帰る場所は果たしてどこなのか。

……結局はそれも、ナコ自身に否定されたが。

先ほどナコが発してくれた言葉が耳の奥に蘇り、笑み崩れそうになった口許を慌てて拳で隠す。

本当に、愛しい妻は人の心の動きに聡《さと》い。そして自分はそれに何度も救われるのだ。

ナコとネリ嬢は私の少し前を歩き、若い娘らしくはしゃぐようにお喋《しゃべ》りを楽しんでいた。言葉遣いも最初に比べて随分砕けていて、改めて自己紹介した時に判明した同い年だということが、お互いに親近感を持たせたのだろう。

そしてなによりも——。

「野盗が出るのは分かってたから、森の入り口だけって思ってたのに、気がついたら茸《きのこ》を追いかけてどんどん入り込んじゃってて」

「あ、分かる。茸とか山菜採りってあっちにも、あ、こっちにも……ってつい奥まで行っちゃうよね。わたしも筍《たけのこ》採りに行っておばあちゃんに怒られたなぁ」

「へぇ、お嬢様でも山菜採りなんてするんだ」

「あ、あー……わたしはちょっと規格外かも」

「でしょうね！」

「ひどい！」

言い合いが始まったかと思うと、きゃっきゃっと笑い始める。

先ほどまで野盗に追われていたとは思えない明るくはしゃいだ声だったが、ネリ嬢は逆にそうすることで平静を保っているのだろう。一見幼く見えるナコの手前もあっただろうが、そんなネリ嬢の虚勢に気づいたらしいナコも、殊更大袈裟にその言葉に応えていた。

お喋りしている内容を要約すれば、ネリ嬢は山菜や茸を採取するために、村の近くのこの森に入ったらしい。

しかし夢中になるほど採った茸は、野盗から逃げるために籠ごと放り投げてしまったそうで、勿体ない、と唇を尖らせ悔やんでいた。

「――失礼、ネリ嬢。場所を把握したいので、村の名前を伺ってもいいですか?」

お喋りが途切れた隙間を狙い声をかけると、ネリ嬢は「あ!」と声を上げてぱっと振り返った。一つに束ねた髪が馬の尻尾のように揺れる。

「ジルさん、すみません! あたしったら言ってませんでしたね。ゼブ村です! ちっちゃい村ですから知らないかもしれませんけど、もう少し西に行けばクシラータの関所もあるんですよ」

ネリ嬢は口許に手を当てて自分の慌ただしさを反省するように、いくらか声を落ち着かせた。しかしそれよりも。

「ゼブ村……」

意外な地名に思わず声に出して反芻していた。

そうか。ここは。

沈黙を不審に思ったのだろう。振り返ったナコが足を止め、私の顔を心配そうに覗き込んで、視線だけで尋ねてくる。

「……いえ、大丈夫ですよ」

気づいたと同時に首を振り、笑顔を返す。

ただでさえ不測の状況なのに、大昔の自分の感傷でこれ以上ナコを不安がらせるわけにはいかない……と思ったのだが、ナコはすうっと目を眇《すが》めて私をじぃっと物言いたげに見つめてきた。

一瞬の沈黙の後、思い直した私は小さく笑って「また後で話しますね」と口の動きだけでナコに伝える。するとナコは納得したように微笑んだ。

誤解やすれ違いのないようにナコが心の中を全て曝《さら》け出してくれたというのに、また同じ過ちを繰り返すところだった。自然と抱き寄せたくなってしまい、僅かに上がった手を名残惜しく押し留めた。とりあえず今は森を出ることが先決である。

——ベルデ最西端となる辺境のゼブ村。

彼《か》の地は先のクシラータとの戦いの中で、キャンプ近くの配給地として使われていた村の一つであり、一部の施設を軍が借り上げ、自分も怪我をした時に数日間だけ滞在したことがあった。確かその時に村にスパイが入り込み——たまたま井戸に毒を仕込むところを発見し捕らえたが、その時に傷が開いて前線に戻るのが遅れた苦い記憶が残っている。

……村の大人は男女関係なく一時避難という形を取った補給部隊へと送られていて、ゼブ村には動けない病人や年寄り、その面倒を見る年嵩《としかさ》の女が数人しか残っていなかったが……。

三十年以上前の話だが、もしかすると顔を覚えている人間がいるかもしれない。シュバイツァーの名は大仰な武勇伝と共に大陸に広く語られており、ベルデの伯爵位を賜っていることも知られている。

それほど高い地位にいる貴族が国境の近くにいるなどと、周囲に知られるのは得策ではないだろう。不幸なことにクシラータ近くに位置する村であり、向こう側には自分を恨んでいる人間も多い。仇討《あだう》ちなどと来られでもしたら、村にももちろんナコにも危険が及ぶ可能性もある。

こうなっては驚きこそしたが、老いた姿に戻ったことは好都合だっただろう。当然ながら三十年以上経ち、年を重ねて相貌も変わっているはずだ。たとえ似ていると言われても、他人の空似で誤魔化せばいい。

それに年の離れた神子……つまりナコを娶《めと》り、若返った奇跡の話は、ごく最近王都で流行り始めているだけで、辺境のゼブ村までどこまで伝わっているか分からない。

若返りの力を求めて今でも面会を求められているくらいだ。その影響を考えると、自分よりもナコの正体を知られる方が不味《まず》いだろう。

小鳥の囀《さえず》りのような二人の会話に耳を傾けながら、最良の選択は何かと考えを巡らせる。

この村の管轄領主であるヘルトリング伯に助けを求めるか……。

大陸の地図を頭の中に浮かべて、僅かに唸る。もう少し南に行けば大神官長の実家であるドナース領も近い。いっそそちらの方が、話が早いのかもしれないが、借りとされては些か都合が悪い。

そもそも身分を証明するものはないし、その上今は年老いた姿である。ジルベルト・シュバイツァー・グリーデンが神子の奇跡の力で若返ったのは、貴族の中では歴《れっき》とした事実として知られていて、どちらの領主とも以前の若い姿で軽い挨拶くらいは交わしていたが……。

辺境の地だからとこれ幸いと引きこもらず、数年に一度くらいは社交に出ていればよかった、と後悔する。

結局どちらの領に助力を乞うとしても、リオネル陛下に間に入ってもらう方がいいだろう。それまではやはり大人しくしておいた方がいい。

そもそも突然神殿から消えた我々を、神殿側はリオネル陛下にどう報告しているか分からない。むしろお忍びだと言ったことを幸いに、訪問そのものを隠匿するだろうか。

――違うな、と口の中だけで呟く。

神殿には手練《てだ》れの護衛がおり、貴族のユアンが私達が消えた現場を目撃している。そもそもリオネル陛下からの命令である以上、隠匿しようとしても神殿に問い合わせがあるはずだ。

――幼い神子がどこかに行けと叫び、自分とナコは忽然《こつぜん》と姿を消した。

そう真実を話したとすると、おそらくリオネル陛下は、これ幸いと私とナコの失踪の原因であろう幼い神子を重要参考人として城に召喚するだろう。神子があの場に残っていればの話だが、そのまま手元に留めておくことができればその方が都合がいい。おそらく自分がリオネル陛下でもそう考えるはずだ。

神殿解体の一手として、この状況を利用するリオネル陛下が簡単に頭に思い浮かび、ため息をつきたくなった。

……ナコが怒らねばいいが。

あそこにいた誰よりも、神子のために心を砕いて寄り添った優しいナコが知れば、どう思うだろうか。幼い神子を見れば、わざと力を行使したわけではないことなどすぐに分かるはずだ。ナコという前例がある以上、城でもぞんざいな扱いや尋問などするつもりはないとは思うが……。

ふと、幼い神子は可愛らしい顔立ちをしていたな、と思い出す。

「……」

……さすがに一国の王が、幼女に手を出すような外道ではないと信じたい。

今更ながらリオネル陛下の悪癖を思い出して、こめかみを指先で揉む。

これは早急に戻った方がいいかもしれない。幼い同郷の神子へ随分肩入れしていたナコが知れば、それこそ本当にリオネル陛下との間に完全な亀裂が入るだろう。そうなればある意味大神官長の思うつぼである。

「あ、すごい赤い実。美味しそう」

「ちょっとちょっと！　本当世間知らずねぇ。食べたらお腹《なか》壊すわよ。それにちょっとでも触れたら汁がついて取れなくなるの。触らない方がいいわ」

ナコは足元の赤い実に伸ばした指先を慌てて引っ込める。その動きにネリ嬢は小さく噴き出すと「お腹すいた？　村はすぐそこよ」と歩くスピードを速めた。

ナコが見つけたのはコドの実で、土壌がいい土地でなければ実をつけない種類の木だ。

以前はクシラータ兵につけ火などされないように木々は伐採され、岩ばかりが目立った土地だったが、今や青々と生い茂り、あの頃の面影など一つもない。

人間達の身勝手をものともせず、根を張り実りをつける自然の健気《けなげ》さには恐れ入るばかりだ。

「こっち下れば、すぐよ！」

ネリ嬢の後をついていくと、ナコが裾の長いドレスをたくし上げる仕草に気がついた。さほど踵が高い靴ではなかったが、舗装されていない森の中では話は別だ。さぞかし歩きにくいだろう。抱えて移動する方がいいかと尋ねようとしたが、ネリ嬢と話すその横顔に言葉を止める。おそらく同世代の女性の手前もあり、ナコは遠慮するに違いない。

——そういえば、自分達はネリ嬢の中でどういった関係だと思われているのだろう、と思いつく。身分を隠すことばかり考えていたが、見た目が若かった前ならともかく、老人と若い娘というのは連れ合いとしては奇妙だろう。

そう。確かに老いた元の姿に戻ったことには驚いた。

しかし狼狽《ろうばい》せずに済んだのは、以前と変わらない眼差しで私を見つめてくれるナコのおかげだろう。ナコに言った通り、また若返るのかもしれないし、このままかもしれない。後者ならナコと過ごす時間は以前と比べようもないほど、少なくなってしまうが——きっとそれでも、自分は幸せだろう。初めてナコと身体を合わせた時に誓った通り、自分の持てる全てで、自分のいなくなった未来も笑顔で過ごせるように力を尽くすだけだ。

とりあえず今は祖父と孫、あるいは父と娘とするには顔が似てないだろうし、遠縁の娘としておくべきか。こうなれば先ほどナコを妻だと紹介しなくてよかった。年齢の差が大きい夫婦の事情を勘繰《かんぐ》る下世話な人間も多い。自分はともかくナコをそんな視線に晒《さら》すわけにはいかない。

後はナコにどのタイミングで伝えておくか——だが、ネリ嬢の言う通り村はすぐに見えてきた。

「ここが村の入り口ね」

ネリ嬢が指さしたのは村の規模にしては立派な砦《とりで》のような門だった。いや、実際に昔は砦だったものだ。頑強な造りで見張り塔もあり、上から矢で侵入者を射かけることもできるので、先の大戦からそのまま利用しているのだろう。

見張り塔から顔を出した若い男が、ネリ嬢に向かって手を振る姿を見て懐かしく思う。

ネリ嬢も男に手を振り返すと、中から音を立てて扉が開いた。

少しだけ開いた隙間にネリ嬢が滑り込み、村の長《おさ》から許可が出るまで待っていようかと立ち止まると、再び顔を出して、「入って入って」とナコが羽織っていた上着の裾をつまんで引っ張った。

その不用心さに面食らいながらナコの後に続けば、扉の向こう側にいた体格のいい青年達が二人がかりで重たい扉を押して閉じた。

「ネリ！　トーマスが探してたぞ」

「え？　本当？　さっさと戻ってくるつもりだったからなぁ……」

「だから言ったろ。あー……通した俺も村長に怒られるんだろなぁ。なぁ、ネリの口からラルフは悪くないって言っといてくれよ」

ネリ嬢に話しかけた青年も同じ年頃だろう。顔を顰めつつ、ラルフという名の青年は、もう一人の見張り番と共に閂《かんぬき》をかけ戻した。

ふぅ、と小さく息を吐いてから、改めて私とナコに視線を向ける。

「ってか、商人かと思ったけど違うのな。そちらさんは？」

――警戒しているのならば、迎え入れるべきではない。

ネリ嬢が襲われたような野盗が出るというのに随分呑気《のんき》な対応である。そんな忠言を口にしたくなるのは、年寄りの性《さが》だろうか。

「ジルさんとナコ！　森で野盗に襲われたところを助けてもらったの。二人もクシラータから王都に戻る途中で、馬車と御者さんに逃げられちゃったんだって！　分かったらもうどいてよ！」

さて、どう説明するかと口を開きかけるとそれより先に、ネリ嬢が私とラルフの間に割り込んだ。

ラルフの態度を咎《とが》めるように、腰に手を当てて捲《まく》し立てる。

「お、おう……じゃあ、ちゃんと村長に会いに行けよ」

「分かってるわよ！」

ネリ嬢は気の強い返事をして歩き始める。

ラルフ達はネリ嬢の迫力に上半身を仰《の》け反らせたものの、その後に続いたナコに興味を惹《ひ》かれたのか、首を竦めるようにしてそれとなく覗き込んできた。

目が合ったらしく、ナコの後頭部が会釈するように軽く上下したのが後ろから分かった。すぐ横を通り過ぎたナコを見て青年達の眉と口角が上がる。

「やっぱ都会の女は可愛いな」

「肌も白いし、ちょっとちんまいけど胸はそこそこあるな」

背中越しに青年達のぼそぼそ耳打ちしあう声を聞き、苦いものを呑み込んだような不快感を覚える。こんな田舎で貴族の令嬢など見ることはないだろうから、彼らの気持ちは分からなくもないが

——素早く顔を覚えておく。嫉妬だという自覚もあるが、田舎故の奔放さでナコに近づくなど到底

許せることではない。上着を羽織らせていてよかった。よく似合っていたドレス姿など見られでもしたら、ますます彼らの熱が高まってしまうかもしれない。

しかし幸いなことに、ネリ嬢とお喋りしているナコには聞こえていないようだ。

遠ざかった彼らから、周囲へと視線を巡らす。

数十年前の記憶との相違点を確認していると、村の入り口のすぐ近くに神殿を模したような真新しい白い建物がすぐに目に飛び込んできた。以前はなかったもので、村の規模から考えれば贅沢なほど真新しく立派な建物だった。

「……神殿？」

そう呟いたナコの横顔を見れば眉間に皺が寄っている。こんな場所まで飛ばされた経緯を考えれば仕方がないことだろう。規模や外装はともかく、ある程度大きな村に神殿があるのはそれほどおかしくはない。

「大きな街や村には、冠婚葬祭の催事を行うために神殿が置かれているのですよ」

ナコの疑問に答えるとネリ嬢は訳知り顔で頷いた。

「そうそう。こんな田舎でも一応あるのよ。王都に住んでる人は大神官長様がいる立派な神殿にお参りに行くんでしょう？」

「まぁ、見てくれだけは立派でしたけどね……」

ぽそりと呟いたナコの言葉には全面的に賛成したいが、教えに熱心な人間もいる。ネリ嬢が神殿を眺めている隙をついて「しー」と人差し指を唇に当てると、ナコがぽすんっと私の腕にしがみついてきた。

「っぐ……イケオジなのに可愛すぎてツライ」

……相変わらずナコの思考は面白い。若かった姿ならともかく老人と言って差し支えのない今の自分に可愛いなどと。むしろ対極に当たる存在になってしまったはずなのだが。

「ねぇ、そういえば神子様がお城に現れたんでしょう？　黒髪黒目の神秘的な美女らしいけど、ナコは見たことあるの？　王都の神殿にお参りに行けば、もしかしたら一般市民でもご拝顔できる機会ってあるかしら」

私の胸に顔を埋めていたナコが、びくっと肩を震わせて動きを止めた。

「――ナコ、内緒にしておきましょう」

ちょうどいい、と私は腰を屈めてナコに耳打ちする。ネリ嬢は随分神子に憧れを抱いているらしく、夢見るように両手を胸の前で握り締めて、素晴らしいと噂される容貌や姿を語っていた。

「……いや、この状況で言えって言われても言えないです……っていうか信用されないと思う。なんか五体投地してお詫《わ》びしたい気分……」

ネリの止まらない神子談議に、ナコは両手を擦ってぶるぶると震えている。

ここ最近大人っぽくなったナコだ。あながち外れてはいないと思うが……と思ったところで、ナコが身体を離す。同時に少し遠くで扉が開く音がした。

「あ、誰か出てきた」

ナコの視線を追い、神殿の門扉に視線を向ける。

そこから出てきたのは背の低い、白いトーガを身に着けた中年の神官だ。

つい数時間前に腐敗の塊のような神官達を見たばかりである。もちろんそのような者ばかりではないことも知っているが、生憎《あいにく》出てきた男は大神官長をそのまま小さくしたような風体《ふうてい》だった。太い首から垂らされた悪趣味な金のネックレスが太陽の光に焼かれぎらぎらと光を放ち、恰幅《かっぷく》もいい。

……もうため息しか出ない。リオネル陛下の治世になり、神殿の権威と予算は縮小傾向にあり、資金繰りは厳しいと陳述書に上がっていたが、あの場で破り捨てるべきだったたか。

神官は寒そうに両手を擦り合わせる。そして顔を上げたタイミングで自分達に気づいたらしく、重そうな身体で近づいて来た。

私とナコを胡乱《うろん》げな視線でじろじろ眺めた後、ネリ嬢に顔を向ける。

ふわりと神殿で焚かれる独特の香木の香りが立ち、嫌な思い出しかないそれに眉を顰めそうになった。

「なんだ。こいつらは」

私達を見据えた神官は、大きな石がきらめく指を私へと突きつける。近くに寄ってくれれば香の匂いに混じって酒気を感じた。袖元が僅かに赤く汚れているのは、もしやワインなのだろうか。飲酒は戒律で禁じられてるが、もはや地方すらもこの程度の神官しかいないのならば、いっそ神殿などなくなってしまう方が世の中のためかもしれない。

「ちょっと！　あたしのお客様よ！　失礼なこと言わないで！」

「野盗も出るというのに森の中でうろちょろして、しかもこんな得体の知れん奴らを村に引き入れるとは、村長の娘のすることだとは思えませんな」

「はぁ!?　ほっといてよ」

「まぁいい。それより商人ですよ。随分回って来るのが遅い。家に戻ったらすぐこちらに来るように言っておいて下さい」

「はぁ？　昨日もそっちに行ったでしょう？　そもそも薬が先なんだからね。そっちこそ我儘《わがまま》ばっかりじゃない！」

「祈りの時間に必要なものを揃えているだけです！　全く田舎の人間はこれだから嫌になる！」

「ふぅん。そんな田舎に飛ばされちゃったんだから、その程度の神官ってことよね」

「何を！　私は大神官長様に信頼されているからこそ、この村に……！」

白熱していた言い合いは、神官が言葉を途切らせたことで終わりを迎えた。若い娘相手に頭に血が上りきっている愚かさに気づいたのか、はっと口を閉じた後、ネリ嬢をきつく睨み上げた。

「もうよいっ……！　女神の遣いたる神官になんたる言い草か……覚えておきなされ！　いつか罰が下されますぞ！」

神官らしからぬ形相で舌打ちする。

部外者である私達の前で図星を突かれたのがよほど悔しかったのか、神官は勢いよく長いローブを翻すと神殿へ戻った。地面が揺れるほど大きな音を立てて扉を閉めてしまう。

子供じみた態度に呆れを通り越し、その様子を眺めていると、気づいたネリ嬢が眉を吊り上げたまま首を竦めた。二人のやりとりに驚いて黙り込んでいたナコが、おずおずと声をかける。

「えっと……あれが神官？」

「そうなのよ！　あんなのが神官なのよ！　一昨年、大神殿から派遣された神官なんだけど、大神官長の側仕《そばづか》えだったとかで偉そーに振る舞ってるの！」

側仕えにしてはあまりに礼儀がなっていないが——数時間前に確かに目にしたあの体たらくではありえない話でもない。ネリ嬢の言う通りこんな辺境の土地に飛ばされたことを考えれば、それほど有能な人間でもないのだろうが、発した言葉の端々に心に引っかかるものがあった。

今の神官のことを詳しく尋ねようとするが、いまだ怒りを残すネリ嬢にこれ以上の燃料を与えるのはよくないだろう。

「のっけから嫌な顔に会っちゃったわ！　……あの、ジルさんもナコも気を悪くしないでね」

言葉の最後に振り返って私とナコの顔を交互に窺う。「怪しまれるのは当然ですから」と返せば、ほっとしたようにネリ嬢は笑みを浮かべた。

「よかった。えっと……あたしの家じゃ狭いだろうから、婚約者がやってる宿屋に案内しますね。食堂も兼ねていて一番広いし設備が揃ってるから、迎えが来るまで過ごすならそっちの方がいいと思うの。あ、もちろん宿代はちゃんとこっちが持つから！　着いたらお父さん……村長を呼んできますからちょっと待ってて下さいね」

「お気持ちだけで十分ですよ。旅行気分で滞在したいので正規のお値段で結構です。非常用の手持ちはありますから」

「え？　でも、それじゃ全然お礼にならないし、気を遣うならウチでも……」

「ねぇ！　ネリ、婚約者がいるんだね！」

話が長くなると踏んだのだろうナコがさっと話題を変えると、ネリ嬢はぱっと顔を赤くさせて、はにかんだ。

「あ、まぁ……幼馴染みで昔からよく知ってるし」

「幼馴染みとか王道でときめく！　うわぁ……ねぇ、いつ結婚するの？」

嬉しそうに答えていたネリ嬢だったが、ナコの最後の言葉に僅かに表情を強張らせたことに気づく。しかしそれは一瞬だけで「恥ずかしいから内緒！」とナコに背中を向けると、「それよりこっちよ」と、人差し指を突き出して村のほぼ中心部にある建物を指した。

その先には古めかしいものの、きちんと手入れされた大きめの建物があった。壁の色は変わっているが、どこか見覚えのあるそれは、私が村に運ばれた当時も宿屋だったはずだ。

村の中心に近づくにつれ人通りも多くなってくる。宿までの道はほどほどに舗装されており、その両脇には等間隔に並んだ小さな家が建っていて、軒先では商品が並んでいた。朝には市場も出る通りなのだろう。家の前に果物の実を干していた女性や、薪を割っていた男がこちらに注目しており、幾人かは好奇心も隠さず、後ろから追いかけるようについてきている。

場所柄故に余所者はそれほど珍しくないと思うが、ここまで歩いてくる間も、自分達以外、村の外から来たような人間は見かけていない。

ネリ嬢から少し歩みを遅らせたナコは、私に並ぶと抑えた声で尋ねてきた。

「こんな小さな村でも宿屋ってあるんですね」

「クシラータとの国境が近いですからね。関所の審査待ちで滞在する商団や、準備を整える旅人が滞在することが多いのです。本来ならもう一つ手前の大きな街で商売をしながら待機する旅団も多いですが、その分宿泊料が高いですからね。ですから安く済ませたい旅人はこちらの村を利用するのでしょう」

なるほど、と頷いたナコの腰に手を回して、不躾な視線から隠すと、慣れたように宿屋の扉を開けたネリ嬢の後へ続いた。

「ネリ！」

からんと年季の入ったドアベルが鳴ったと同時に、カウンターの奥から青年の鋭い声が店の中に響いた。いくつかある丸いテーブルにはぽつぽつと客がおり、ほぼ全員がこちらを見ていた。しかし荒い足音と共に白いエプロン姿で出てきた細身の青年へと視線が流れる。丸眼鏡がよく似合う優しげな雰囲気だったが、些か顔色が悪い。

テーブルの間を抜けて慌てて我々のもとへ駆け寄ってくると、青年はがしっと力強くネリ嬢の肩を摑んだ。

年回りと遠慮のなさから察するに、おそらく彼が先ほどの話題に出ていたネリ嬢の婚約者なのだろう。

「どこ行ってたんだ⁉　まさか一人で村の外に出たんじゃないよな⁉」

「……だってトーマス忙しそうだったたし。野盗のせいでお客さん減って、仕入れ食材に困ってるって聞いたから、……ちょっと森に」

先ほどまでのお喋りが嘘のように、もぞもぞと口の中で呟くネリ嬢は俯いて、スカートの裾を弄《いじ》る。いじらしいそんな姿に青年……トーマスがぐっと言葉に詰まったのが分かった。しかしすぐに、駆け寄った勢いにずれてしまった眼鏡を指で押し上げて、今度は作ったように顔を険しくさせた。

「誰がネリにそんなこと言った！　村の外に出るなんて野盗に襲われたらどうするんだ！」

なるほど。大体事情は呑み込めた。ネリ嬢のような若い娘が、野盗の出る森に呑気に山菜摘みや茸狩りに行くなどと無防備にもほどがある。恋は盲目というが婚約者のためだったのだろう。売り上げが落ちた、というのは野盗が出るせいで客足が遠のいたせいだ。

この村の近くの関所以外にも、ドナース領からクシラータに入る関所はある。昔からやれ道路の整備だの設備料などと理由をつけて、旅人や商団に高い通行税を課すのでドナース領の評判は良くないが、命あっての物種《ものだね》だ。そちらに旅人や商人は流れてしまったのだろう。大神官長といい一族総出で金に目がないらしい。

野盗、の言葉にびくっとネリ嬢の肩が震えた。その分かりやすさにトーマスは絶句して目を見開いた。

「まさか……」

後ろめたそうに明後日に流れていたネリの視線がトーマスに戻る。その内、ひくっと喉を鳴らしたネリ嬢の瞳に涙が盛り上がって零れた。

「うわあああんっ怖かったー！」

一瞬の間を置き、そう叫んで勢いよく抱きついたネリ嬢に、トーマスが倒れるのではないかと思ったが、慣れているのか危なげなくネリ嬢を受け止めた。存外料理人は重い鍋を扱う分、力があるものである。

おそらく婚約者の顔を見て気が緩んだのだろう。そういった衝動は無理に押し込めるより発散させた方がいい。ナコと顔を合わせて苦笑しつつも、落ち着くまで二人を見守ることにする。

「怪我はないのか⁉」

「だ、大丈夫……っ逃げる時に葉っぱでついた擦り傷くらい。あっ！　この人が助けてくれたの！」

完全に二人の世界に入る前に我々に気づいてくれたらしい。

ネリ嬢を抱いたままのトーマスの視線がこちらへと向けられた。目が合ったナコは「えっと、こんにちは……？」と小さく頭を下げた。

ぽかんと口を開けたトーマスは、慌ててネリ嬢から離れる。そしてバンダナを取ると。勢いよく頭を下げた。

「ネリを助けて下さって、ありがとうございました！」

しゃちほこばった礼は、我々が貴族か裕福な家の出だということに気づいたのかもしれない。

今自分が身に着けているものは薄いシャツ一枚、それほど特徴もないズボンである。ナコに関しては私の上着を裏返しに羽織らせているので、一見地味なコートに見え、よく手入れされた艶やかな髪の大部分はその下に隠れていた。それに加えて、小柄であるがゆえに私の背中にすっぽりと隠れるので貴族らしさを見つけることは難しい。実際ネリ嬢は自分達のことを貴族ではなく、裕福な商人くらいの感覚で接している。

その上で一気に身体を緊張させたトーマスは洞察力が優れていると感心する。……そういえば先ほど会った神官はひとつも見抜けなかったな、と意味のないことと知りながら思わず比較してしまった。

「いいえ。私共も野盗に馬車を盗られて困っていたのです。むしろ、お会いできてここまで連れてきてもらってネリ嬢には感謝しております」

これ以上恐縮させないように穏やかな口調で説明すれば、トーマスは上目遣いに私とナコを見て、僅かに肩から力を抜いた。

「……あの、じゃあとりあえず温かい飲み物入れますね。ネリも座って」

トーマスは暖炉近くのテーブルに案内する。しかしそこには、随分腰の曲がった老女が編み物をしていた。年の頃で言えば私の母親ほどの年齢だろうか。ゆっくりと毛糸を通すかぎ針の先から、視線を上げるのも億劫《おっくう》そうだ。

「ノアばあちゃん、ちょっと席を替えるか、部屋に戻っててくれない？」

「あ、気にしないで下さい。一緒でも構いませんよね？」

いち早く気づいたナコが私に尋ねてから、老女の椅子を引こうとしていたトーマスを止める。

「ええ、ぜひご一緒に」

大して重要な話をするわけでもない。ナコに同意するようにそう言えば、トーマスは少しほっとしたように老女の椅子から手を離した。トーマスの祖母なのだろうか、深緑の瞳がよく似ていて血縁であることが分かった。

ナコとネリ嬢に椅子を引き最後に自分も腰かける。ちょうど真正面にトーマスの祖母がくることになり、窪《くぼ》んだどこか眠そうな瞳と目が合った。

「……おや……どこかでお会いしたことが、あったかねぇ……」

独特のゆったりした喋り方でそう呟いた言葉に、ぎくりとする。もしかすると前回この村に滞在した時に顔を合わせていたのかもしれない。

「ちょっ！　ノアばあちゃん！　失礼なこと言わないでよ。すみません。最近うちのばあちゃん万事こんな調子で」

「……いいえ、構いませんよ」

何でもないふりをして首を振る。ご婦人には悪いがトーマスの言う通り気のせいとしてもらおう。本人もトーマスの小言を特に気にした様子もなく、私に言った言葉も忘れたようで、再び編み棒を動かし始めた。

トーマスが厨房《ちゅうぼう》へと向かい、どこかそわそわしていたネリ嬢も結局離れがたかったのか、すぐに

「わたしも手伝ってくる！」と席を立った。

その間に追いかけてきた数名の村人が入ってきて、空いていた席に座る。ちらちら感じる視線にそれほど娯楽に飢えているのか、と呆れたところで、ちょうど後ろのテーブルで酒を飲んでいた中年の男が、声をかけてきた。

「よぉ、さっきの話聞いてたんだが、あんた、本当に野盗を追っ払ってくれたのか？」

悪びれずに堂々とそう尋ねてきた男に苦笑して頷く。男は私の全身を見回してからぴゅうっと高

い口笛を吹いた。

「ネリを助けてくれてありがとうよ。あのじゃじゃ馬は街に買い物にでも行ったのか?」

昼間から呑んだくれているのは感心しないが、そこまで深酔いはしていないらしい。服の上から分かるほど太い腕にふさわしい大きな拳が、エールジョッキをしっかりと持ち上げている。

「いいえ、彼女と逢ったのは森の中ですよ。山菜と茸を採りに行っていたそうです。……しかしどうして街に行ったのだと?」

遠い記憶を辿って、浮かんだ疑問を投げかける。

「ん? そうなのか? 最近は国境に向かう森の中の街道には誰も行かなくなって、街に近い街道ばかり野盗が出没してたからな。ああ、でもまた森にも出てきやがったか。こりゃ次、倉庫に木材取りに行く時はみんなで行かねぇとまずいな」

——そこで、ふと違和感を覚えた。

長い戦闘と人生の経験上、これは気に留めておかねばならない感覚だ。

彼らは——特に問題ない。この筋肉の付き方は木こりか大工か。木材を加工する村ではさほど珍しくない職業で、この村でいうなら花形だろう。そういえば門番をしていた青年達も体格がよかったな、と思い出す。

「気づくのが早かったので、不意を突くことができましたから。それより、ああいった野盗は昔から出るのですか?」

こちらの素性を詮索されない程度に話題を変えれば、男は行儀悪く木製の椅子の脚を浮かせて床をぎいぎい軋ませた。男はあー、と、ため息のような呟きを一つ漏らして、ジョッキをテーブルに戻した。

「いや、ここはあの豪傑で知られるヘルトリング伯爵が治める領地だろう。騎士団も有名だし野盗なんて出たことなかったんだ。だがここ一、二年前か？　うちの村の周りや国境の関所に続く街道に出るようになってな。おかげでこっちの仕事にも支障が出てる」

「支障……？」

「ああ、俺達は裏の山の木を切って出荷してるんだ。だが野盗を嫌ってここまで木材を取りに来る商人がみぃんなひよっちまってな、大きな荷馬車は狙われるからって出してくれなくなった」

「そう、で！　材木が余っちまって。木こりの仕事もなく、こうして昼間っから呑んだくれてるわけよ！」

向かい側に座っていた男がそう言って豪快にジョッキを呷《あお》る。こちらはかなり酒が進んでいるらしい。しかし思っていたよりも事態は深刻である。この規模の村で他の街や村と交易できなくなれば、自給自足では厳しいはずだ。

「ヘルトリング騎士団に要望書は出したのですか？」

男の言葉通り国境沿いという難しい土地を治めるが故に、ヘルトリング伯爵が所有している騎士団の腕は、国の中でも折り紙付きだ。ヘルトリング伯も質実剛健を絵に描いたような人物で、領民に慕われる人徳者であると聞いている。野盗などと領地が荒れる原因にしかならず、放っておく理由もないだろう。

「もちろん。何度か討伐に来てもらったんだが、その日に限って姿を現さねぇ。前なんて岩場にアジトまで見つけたのに、逃げた後だったらしくもぬけの殻だったそうだ。こう言っちゃなんだが、その時はよそに出て行ってくれたんだと喜んだんだが――それも束の間でな、討伐隊が帰ったその日の内に、こっちに来ようとしていた商人が襲われたんだ」

「……そうでしたか」

ヘルトリングの騎士団は優秀だ。その裏をかいて逃げおおせるくらい統率力があるのなら、もはや盗賊団と言っても差し支えない。

「次に来るのはもう来年の春だ。雪になっちまったらさすがに騎士団も来れねぇからな。まぁ、でもまた同じだと思うぜ。……あーあ、俺もこの村から引っ越すかな」

最後は独り言のように呟いて、残っていたエールを呷った。よく見れば木こりのいるテーブルだけでなく、他のテーブルに座る男女もどことなく暗い雰囲気を醸し出している。この宿同様、旅人を相手にする商店や外からの交易で成り立っている家もあるのだろう。大体まだ明るい内から食堂にこれほど村人が集まっているのもおかしい。しかし、気にはなるが今回ばかりは、衝動のまま動くわけにはいかない。

何も起きなければいいが、と息を吐いたところでナコがちょん、と私のシャツを引っ張った。不安に濡れたような黒い瞳に表情を和らげて大丈夫ですよ、と頷く。

門からここまで歩いてきた様子から察するに、この村の中までは野盗は襲っては来ていない。この村の門は先の大戦で造られていて、頑丈さは昔と変わらない様子だった。あれを破るにはそれなりの人数が必要であり、村の中ならさしたる危険はない。それはあまり悲愴《ひそう》感のなかった門番の様子からも分かる。

そうこうしている内にトーマスとネリ嬢が連れ立ってテーブルに戻ってくる。ネリ嬢はおそらくトーマスと二人きりになってようやく本格的に泣いたのだろう。目が真っ赤だった。しかしやや表情が硬く、自分達が貴族であることをトーマスから聞いたのかもしれない。

ことりと目の前に置かれたのはホットワインだった。香辛料の香りが混じった湯気の向こうの顔は、やはりまだ緊張している。

「あの、……ネリから事情は聞きました。満足してもらえるような宿ではないですが、よかったら迎えが来るまでうちの部屋を使って下さい」

ナコの前に置かれたココアの甘い香りにナコの顔が綻《ほころ》ぶ。

「……ありがとうございます。換金させる手間が増えて申し訳ないのですが、こちらで」

シャツの袖のボタンを引きちぎって差し出す。こういった不測の事態のために小さな宝石が使われている。売ればおそらく村の宿代なら一か月は賄える金額になるはずだ。

「いえ！　命の恩人にそんな」

「うん！　助けてもらった人にお金なんて要求できないし、……あ、ですし」

「しかし」

「本当に大丈夫です！　もともとここはクシラータに行く商人とか旅人相手にしていたんですけど、ここ最近の野盗騒ぎで客室はがらがらで、今も一つしか埋まってませんから」

勢いよく捲し立てられて、少し考える。

そして私はテーブルに齧《かじ》りつくネリ嬢でなく、トーマスに視線を向けた。

「では、三日間そのお気持ちに甘えます。四日目からは正規の値段で泊まらせて下さい。むしろ迎えがいつ来るか分からないので、気まずくなってしまいますからね。ですからこれは受け取って下さい」

「え、でも」

「——ネリ。いい。これ以上は自己満足だ。どうせなら居心地好く過ごしてもらいたいだろ？

……それなら受け取ります」

引いてくれたトーマスに安堵する。半分は事実であるし、自分はともかくナコに少しでも気まずい思いをさせたくなかった。

「冷めますからどうぞ。夕食は部屋に持っていきますね。きっとここじゃ騒がしいでしょうから」

「お気遣いありがとう」

そう言ってからナコに強請ってココアを一口含む。自分も一足早く同じものを飲んでいたネリ嬢に「やだジルさん、甘党なんですね」と小さく笑われたが、笑みを返すだけに留めた。

まぁ可能性は低いと思うが念には念を入れるべきだろう。トーマスが何も言わないのはそれが毒見だと分かったのかもしれない。

——甘い。

ココアなど数十年ぶりになるのだろうか。子供の頃以来の、舌が溶けるような甘さが懐かしい。

舌で転がしてから「美味しいですよ」と返せば、ナコも意図に気づいたのか、少し気まずそうに両手で受け取り——ゆっくりと口をつけた。

ふわり、と浮かんだ笑みにこちらの緊張も緩んでしまう。

「トーマス！　こっちにも注文取りに来てくれよ！」

「あ、はい！　すみません。飲み終わったら部屋に案内しますね。ネリ頼める？」

「うん！　任せといて！　一番奥の部屋でいいんでしょう？」

「そう。頼むね」

もう一度名前を呼ばれたトーマスは、私達に頭を下げると、呼ばれたテーブルに向かった。どうやら調理、給仕と一人でこなしているらしく、注文を取った後はすぐに厨房へと向かう。

しかし、ネリは先ほどまでの多弁さが嘘のように黙り込んでしまった。再び現れてからの妙な言葉遣いから察するにやはりトーマスに我々の身分を聞いたのだろう。妙に畏《かしこ》まってしまったネリ嬢にナコが首を傾げたその時、食堂の扉が勢いよく開かれた。

「ネリ！　無事か⁉」

「お父さん！」

どうやら彼がネリ嬢の父親——つまり村長だと理解する。村長は食堂の奥にいるネリ嬢を見つけると、白髪の交じった太い眉がきりりと吊り上がった。

扉を開けた勢いのままこちらに駆けて来るが、トーマスとは違いあちこちのテーブルに足をぶつけるので派手な音が響く。その勢いに、げ、と呻いたネリ嬢はそそくさと厨房の奥に逃げようとしたが、逃げ道を塞ぐようにして村長が立ち塞がった。

「お前という奴《やつ》は！　やっぱり村から出てたんじゃないか！　ラルフからお前が外に行ったと聞いて、ワシは心臓が止まって亡くなった母さんの幻を見たわ！」

――そこからはほぼトーマスと同じやりとりが繰り返された。しかし先ほどとは違い、飄々《ひょうひょう》と言い返すネリ嬢。反省がないと顔を真っ赤にさせ説教を続ける村長だったが、その騒ぎに厨房から出てきたトーマスが宥めてようやく事態は収束した。

ついでに騒がしい中でも本格的に眠ってしまったトーマスの祖母は、村長が来る前に一階にある部屋までネリ嬢が連れていっていた。もう一度ちらりと私を見て首を傾げて見せたものの、大人しく部屋へと戻っていた。おそらく覚えているのだろうが――同意してやれず少しの罪悪感を覚える。

いくらか気を落ち着け、トーマスから事情を聞いた村長は改めて私とナコに向き直り、テーブルに両手をついて深々と頭を下げた。

「不肖の娘の命を救って下さって感謝しております。私はこのゼブ村の村長をやっておりますマゼランと申します」

「私の名前はジルと――こちらはナコと申します」

トーマス同様、身なりからそれなりの身分だと気づいたのだろう。しかしさすがは年の功で、家名を名乗らなかったこちら側の事情を察したのか、やや黙り込んだ後、こくりと頷いた。

「貴方方も野盗に馬車を奪われたようで災難でございました。恩返しとはなりませんが、家の方に連絡して頂けるように早馬の手配をしましょう。この村には生憎、王都までお二方を運べるような馬も馬車もありませんが、ちょうど商人が来ていましてね。その男に頼めば手紙を届けてくれるはずです」

「ああ、それは助かります」

少し考えて頷く。

本来ならば馬を買い、いくつかの街で乗り換えて、このまま王都に戻るべきなのだろうが、そんな野宿必須の強行にナコを巻き込むわけにはいかない。ましてやそろそろ冬もやってくる季節で、長い時間冷たい風に晒されれば旅に慣れないナコは体調を崩すだろう。馬車を取り寄せ移動するのが一番だが、野盗が出ると聞いたばかりだ。

王城ではなくまず屋敷に連絡か。その後はアルノルドがいいように采配してくれるだろう。

ほどなくして疲れた顔でやってきた商人はまだ若い青年だった。年の頃はトーマスと同じくらいで、少々くたびれた印象なのは、本人曰く『神官様に品揃えが悪いと延々と詰《なじ》られた』らしい。

先ほど顔を合わせたばかりの神官を思い出し、苦笑したところでカフスボタンを外し配達料と便箋代として納めた。アルノルド宛にこの村の名前と自分達は無事なこと、そして簡単な経緯をしためる。幼い神子のことは心身共に安全に留意せよ――としか書けなかったが、優秀なアルノルドならば理解してくれると願いたい。思えばユアンを同行させたのは幸運だった。彼ならば最初こそ驚いただろうが、正確にあの時の状況をアルノルドや王に説明してくれているだろう。

ここから王都までは早馬でも七日ほどはかかる。すぐに迎えにきてくれたとしても、途中で馬車を用意することを考えれば、三週間はかかるかもしれない。

ならば自分のできる範囲で野盗騒動に関わるべきか。迎えにきた馬車が襲われでもしたら目も当てられないことになるだろう。

「あの、わたしはここで待って……」

「できかねます」

ナコが言いそうなことを予想して首を振る。おそらく王都に帰ることだけを優先するならば、私が単騎で駆けた方が早いのは当然だ。しかしナコを一人で見知らぬ村に残すなどと、状況的にも心情的にも選択肢にない。

すぐに出発するらしい商人が立ち上がったその時、奥からネリ嬢が出てきた。トーマスの手伝いに厨房に入っていたのだが、商人を見ると気安い様子で挨拶をする。しかし商人はネリ嬢を見るなり眉間に皺を寄せ、申し訳なさそうに帽子を取った。

「ああ、お嬢さんもここにいたんですね。……言いにくいんですけど、やっぱりドレスはダメですね。街に既製品が一着もなくて。レースくらいなら持ってこれるんですけど」

「あーいいわよ！　馬車を引けないなら、薬とか生活用品とか必要な商品が優先だし。……仕方ないわ」

一瞬動きを止めたネリ嬢だが、すぐに笑い飛ばして首を振った。しかし明らかに空元気である。同様に気になったらしいナコがネリ嬢に問いかけた。

「ネリ、何か頼んでるの？」

「ああ、……うん、結婚式のドレス。野盗が出るようになってから、大きな荷物を積んでこれなくて……別にいいのよ。ドレスがないわけじゃないの。従妹《いとこ》が結婚式を挙げた時に使ったドレスを貸してもらうから」

「そうなんだ」

本来ならば街のブティックでいくつか用意してもらい、商人が借り受けて村まで持ってきてそこから選ぶらしい。ドレスは一着一着が意外とかさばるものだ。それこそ何着もとなると馬車は必要不可欠であるし高価なものなので、野盗が頻繁に出没するこの状態ではたとえ一着でも難しいのだろう。

父親である村長もどこか悔しそうな顔をしていて、ネリ嬢を見ている。きっと娘の晴れ姿を楽しみにしていたに違いない。

商人が出て行き、残ったテーブルに沈黙が落ちる。自分のせいだと気を遣ったのだろうネリ嬢が、あ！　と少し大袈裟な声を上げて話題を変えた。

「そうだ。実はさっきからすっごい気になってたんですけど」

猫のように目を細めたネリ嬢は最初に私を見てから、ナコへと視線を移した。

今までとは打って変わって、好奇心が前面に押し出された無邪気な笑みだ。おそらくナコの方が素直に答えると踏んだのだろう。

「二人の関係ってなんなの？　おじいちゃん？　親子にしては似てないわよね」

ネリ嬢の若い娘らしい高い声は、少し騒がしい食堂の中でもよく響いた。ついてきた通行人と、先ほど話しかけてきた木こりの一団が、興味深げに顔を上げてこちらに注目している。特に若い男連中は明らかに年頃のナコが気になるらしく、話しかけることはないものの、不自然に身体を傾けてナコの顔をよく見ようとしていた。

ナコはお喋りしている時こそ天真爛漫《らんまん》で気さくな少女に見えるのだが、こうして口を噤《つぐ》んで静かにしていると、艶やかな黒髪と伏せられた黒い睫毛《まつげ》が深い影を作り、肌の肌理《きめ》細かさと白さを引き立てて、深窓の令嬢そのものにしか見えない。特に今は神子らしくと施された化粧のせいで、楚々《そそ》とした中にも艶やかさも加わり、危うげな色香を纏っていた。

遠慮なく向けられる視線に、いっそ私の妻だと肩を引き寄せ胸の中にしまい込みたくなったが、それを堪えて無理やり口角を上げた。

「ああ、遠縁の――」

「夫婦です」

私とナコの声がぴったり重なり――しかしその内容の乖離《かいり》に、ネリ嬢の目がパチリと瞬いた。

「え、ごめん。もう一回」

ナコ、と止めようとした手が中途半端に浮く。しかしその手をしっかり掴んでぎゅっと握り締めたナコはそれを見せつけるように、前面に押し出した。

「だから夫婦です！」

堂々と言い放ったナコに、空いていたもう一方の手で一瞬顔を覆ってしまった。

打ち合わせなどしていないのだから、ナコが遠縁だとやり過ごそうとした私の考えなど知るわけがない。

「だって……いくつ離れてるの……？」

顔を引き攣らせた何とも言えない微妙な表情で、ネリ嬢が問いかけてくる。

「愛の前に年の差なんて関係ないから！」

一瞬間が空いて、今度こそ食堂中がしんと静まり返る。

そしてたっぷり数分経ってから、食堂中からざわざわと不穏な呟きが漏れ聞こえてきた。

「……え、ロリコン？」

「うわぁ、あんな紳士みたいな顔して……」

同時に覆っていた手をそのままに俯く。これはまずい。まずいのだが——顔がどうにも元に戻らない。年老いた自分のことを欠片ほど厭《いと》ってはいないナコの様子に、安堵してどうしても頬が緩んでしまう。

倒錯趣味などと言われている状況で笑うなどと、いかにもそう認めているようなものだ。

しかし、そうだ。ナコはそういう女性だった。改めて思い知った。自分はきっと自分が思うよりもナコに愛されているのだろう。

出逢った頃を思い出し、思い出話に花を咲かせたい心地になるが——さすがにそうは周囲が許さなかった。

「うぉっ！　マジで⁉　金持ちならあんな若い嫁もらえんのかよ！」

「あーくっそ！　俺も彼女じゃなくて嫁が欲しい！　金は持ってないけど筋肉ならあるのに！」

真っ先に復活したのは若い木こり達だ。辺境の村だ。おそらく年頃の娘も少ないのだろう。

恨めしげに私を見る目はじっとりとした湿ったもので、愚痴を言い合い、何故か最後には筋肉自慢となっていった。……拗らせた若者の思考は些か理解の範疇《はんちゅう》を超えている。

村長はいまだ受け入れられず目を丸くしたままで、トーマスは少し驚いた素振りを見せたが、すぐに受け入れたらしい。まぁ、そういうこともありますよね、と呟いて飲み物のお代わりを淡々と注《つ》いでくれた。

次に我に返ったのはネリ嬢だった。がしっとナコの肩を掴んで揺さぶり、噛みつくような勢いで叫んだ。

「ナコ！　なんでおじいさんと結婚しちゃったの？　そりゃジルさん強いし、いい人そうだけどさ！　お金？　いやでも考え直した方がいいって！　愛はお金じゃ買えないわよ⁉」

「まさか無理強いなんてしてませんよね……」

窺うような視線で私に確認したのは村長だ。同じ年頃の娘がいる父親として、心配になったのかもしれない。

「借金のカタにとか、見習いメイドにうっかり手を出しちゃったとか」

「それで愛の逃避行⁉」

先ほどまで遠慮がちにこちらを窺っていた客達も、村長の言葉尻に乗って無責任に話を膨らませ始める。ああ……と、何故か周囲の客は納得している様子なのが些か解せない。私は他家から預かっている年頃の令嬢に手を出すほど耄碌《もうろく》はしていないし、ナコのような愛らしいメイドがいるはずもない。

一方、普段の可愛らしい顔を憤怒《ふんぬ》の如《ごと》く豹変《ひょうへん》させて言い返そうとしたナコに気づいて、軽く口を塞ぐ。

ひゅうぅー！　とどこかで口笛が吹かれ、ますます肩を怒らせたナコの背中をどうどうと撫でる。

ここでナコが言い返しても『年上の男に唆《そそのか》されて』『そう言えって言われてるんだろう？』などと返されるのだろう。

婚約した当初は貴族の中でも年齢差や神子の権威が目当てだとか、面白おかしく噂されていたのは知っているので、今更どうということはない。しかしナコと同い年だというネリ嬢の反応は少し堪えた。

……私は随分周囲の者に甘やかされていたようだ。

他人の評価など気にはしないが、やはり口さがない者はどこにでもいるだろう。願わくばナコに嫌な思いをさせていなければよいのだが。

ふと思考が沈んだせいで手から力が抜けていた。その隙を逃がさずパッと私の手を押さえ込んだナコは、くわっとテーブルを叩いて叫んだ。

「ちょっと！　今のは聞き捨てならない！　速やかに旦那様に謝罪して！　旦那様がメイドに手を出すなんてありえないんだからね！　この世界のどこを探しても旦那様以上の紳士がいるわけ――」

「っと、ナコ。後は私に任せて下さいね」

頭に血が上りすぎていて、言わなくてもいい話まで語りそうなナコの口を、今度こそしっかり塞ぐために胸の中に抱き込む。

そして大人しそうなナコの豹変ぶりに、呆気に取られてポカンとしている面々を見渡して、肩を竦める。おそらく小柄なナコの楚々とした雰囲気とのギャップに面食らったのだろう。むしろそちらが普段の姿で自分は何よりもその素直さが可愛いと思っているが――、先ほどからナコを気にしていた若い男が「おしとやかなお嬢様じゃねぇのかよ……」と漏らして、若干腰が引け気味になっていることに、こっそりと胸を撫で下ろした。

こほん、と咳払《せきばら》いする。さてどう伝えたものか。

「皆さんお祭しの通り政略結婚ですが、今はお互いに大事な存在だと思っております。どうか王都に戻る算段がつくまで夫婦共々よろしくお願いします」

そう言って軽く頭を下げる。ナコもナコで少し言いすぎたと思ったのだろう。私の胸から顔を上げると、若干怒りの名残を見せる膨らんだ頬そのままに頭を下げた。

我に返った村長が椅子をひっくり返す勢いで立ち上がる。

「いえっ、こちらこそ失礼しました！　すっかりネリに乗せられてしまいましたな。大きな家同士の婚姻なのですから、我々には思いつかないこともあるのでしょう。皆も反省しろ！」

久しぶりの外からの客だということもあって悪乗りしすぎた自覚もあったのだろう。皆気まずげに私達から視線を逸らし、ぽつりぽつりと謝罪の声が上がる。

ナコの顔を覗き込むと、まだ憤っているらしい小さな唇が尖っていたが、顔色が悪いことに気づいた。抱き寄せた拍子に服で擦れ、唇の紅が取れたせいかと思ったが、よくよく観察すればそうでもなさそうだ。

敵陣に乗り込むような緊張の連続の後に、まさかの山歩きだ。きっと飲み物で少し身体が温まり疲れを自覚したのだろう。

「……話の途中になって申し訳ありませんが、部屋で休ませて頂いても？」

そう申し出れば、同じくナコの様子に気づいた村長が頷き、ネリ嬢が声を上げる。

「あたしの服、何着か持っていくわね。山歩きで汚れてるでしょうし」

「え？　……ありがとう」

「いいわよ。さっき言いすぎちゃったし。ごめんね。そのお詫び……というかお礼すらしてないのに、借りだらけになっちゃったわね」

気の利いた提案に感謝するとトーマスも言い添えた。

「ジルさんにはお客さん用に置いてある着替えがいくつかありますから、それ使って下さい。適当に見繕うので、後で夕食もネリに一緒に持っていってもらいますね」

礼を言ってナコの椅子を引き、抱き上げると後ろからおおっとどよめきが上がる。こうなれば余計なちょっかいをかけられないように、私達の関係は良好だといっそ知らしめる方がいい。

「っわっ旦那様……!?」

「おーお、若い嫁に張り切りやがって！」

「いや、意外と危なげなく階段上ってね？　力あんなぁ……！」

「おーかっけぇ！」

妬みと意外な賞賛と。そんな声を背中に聞きながら、私はナコを抱えたまま階段を上がっていった。

五、案外楽しいスローライフ

「ん、……」

冷たい朝の空気に浮上した意識はまだ重い。目を開けるのが億劫で、わたしはそのまま毛布の下に潜り込んだ。

寝返りした感覚に違和感を覚え、むむっと眉を顰める。加えて腰が妙に痛み、なんかおかしいぞ？と、ようやく目が開いた。

「ここは……」

見慣れない板張りの天井に何度か重い瞼を瞬かせる。上半身を起こし硬くなった関節を伸ばしながら、部屋の中を見渡せば、だんだん思い出してきた。

「あ、確か……ゼブ村、だったっけ？」

そう。昨日はそれはもう濃い一日を過ごした。新しい神子、ユイナちゃんが召喚されたって聞いて神殿に行ったんだ。でも、ユイナちゃんの特殊能力で森の中に……で、旦那様が若返って野盗に追われているネリと会って……そうだ。

すっかり疲れていたわたしは顔色が悪かったらしい。食堂から旦那様に抱っこで運ばれ、そのまま寝台に直行させられたんだった。

疲れていたのは確かだったので、素直に横になり、旦那様も枕元にとどまってくれて、森の中で濁されかけた話を教えてくれた。実は旦那様、若い頃にこのゼブ村に滞在したことがあるらしい。

確かにゼブ村はクシラータの国境沿いだから、先の大戦で活躍した旦那様が来ていても不思議ではない。話に耳を傾けながら旦那様の様子を注意深く窺っていたけれど、懐かしさ以外の感情は見えなかったと思う。先の戦争のことは、かなりナイーブな取扱要注意な案件なのだ。

『当時おおよその村人は別の場所に避難していたので、私を覚えている者は少ないと思います。――ですが、数名動けない病人や幼い子供もいましたから、そういった者を世話する女性が数人残っていました。先ほど会ったトーマスの祖母は、おそらくその女性の一人なのだと思います』

『あ、じゃあ！　あのおばあちゃんが言ってた『見覚えがある』って本当だったんですね……』

結構なお年寄りだったから、もしかしたら他の女の人はもう亡くなってるのかな。

ついでに旦那様はわたしの正体も内緒にするつもりだと話してくれた。まぁ異論はない。国境沿いとか命の危機とか色々あるけれど、単純に貴族だと思われて必要以上にへりくだられるのは苦手だし、居心地も悪い。

その辺りに文句はない。文句はないんだけど……問題はその後だ。

夫婦だって言った途端、大袈裟に驚かれ、旦那様に失礼なことを言ってくれちゃって！　謝ってくれたネリはともかく、あの筋肉マッチョ軍団は許さん……！

思い出してぷすくれていたら、一番怒っていいはずの旦那様が「年の差が大きいですからね」と何故か奴らをフォローしていて、旦那様の心の広さと優しさに全わたしが泣いた。

そしてかなりびっくりしていたネリの反応を振り返った時だけ、ちょっと哀愁を漂わせて『私は周囲の者達に随分甘やかされていたようです』なんて呟くから……！

とりあえず衝動のままにベッドに引っ張り込み、思う存分旦那様を抱き締めた。口許だけに笑みを浮かべた表情が悲しそうで……は、もちろんだけど、『わたし旦那様と結婚して後悔した日なんて一日も！　いえ一秒も！　ありませんからね！』と力いっぱい宣言した。

旦那様はちょっとびっくりしたような顔でわたしを見上げていたけど、すぐにくすりと笑って下に流れた髪を撫でて抱き寄せてくれた。『ありがとう』って言ってくれて、優しく背中をポンポンと撫でて……あ、それから全く記憶がない。

この部屋に入ってすぐ西日の眩しさに旦那様がカーテンを閉めたから、時刻は夕方だったはずだ。

間違いなくそのまま眠ってしまったのだろう。

改めて部屋の窓を見ればカーテンから漏れる光は明るく、外からは賑《にぎ》やかな話し声が聞こえてくる。

朝じゃなくてもしかして昼かな……？

一体何時間寝てたんだ、と自分に突っ込みを入れベッドから下りると、ぎしっと関節が鳴った。

「……駄目だ。寝すぎで頭も身体も重い……」

そしてふくらはぎが痛い。森の中を歩いたのだから当然筋肉痛だ。普段ならここまでひどくならなかったと思うけど、ここのところ天気も悪かったし、怠くてすっかりお屋敷に引きこもりがちだったのも悪かったのだろう。

皺くちゃになってしまったドレスのスカートにぎょっとしつつも、しょうがない、と早々に諦めて、スカート越しにマッサージする。

でも旦那様は一体どこに行っちゃったのかな？

少し扉が開いていた部屋の続きにあるのはタイル貼りの小部屋で、多分お風呂に使うのだろう。近づいてノックしても反応はない。

そろりと開ければ桶に入った水が用意されていて、一つはひっくり返して置いてあった。つまり残っているのはわたしの分。

指先で水面をつつくとやっぱり冷たい。軽く口を漱《すす》いでから顔を洗う。

いくらかスッキリしてもう一度部屋に戻れば、ふと視界の端っこ、旦那様の上着がかけられたサイドテーブルの上にメモを見つけた。

『朝食をもらって来ます』

お手本みたいな美しい文字は旦那様のものだ。急いでいたのか少しだけ右上がりになっている、旦那様の名前の部分を指でなぞってからほっとする。

多分下の食堂に取りに行ってくれたのだろう。……あ、もしかして旦那様、わたしに付き合って朝ご飯食べてないのかな？　うわぁ、起こしてくれればよかったのに！

でも優しいから旦那様は待っててくれちゃうんだよなぁ……と、ふにゃふにゃ笑っていると、そっと扉のノブが回る音がして、慌てて顔を引き締めた。

開いた隙間から、トレイを手にわたしを見つめる旦那様と目が合った。ドキリとしたのは旦那様の……渋いお顔が見慣れなかったからである。はぁあああああ……というか照れる。改めて格好い。目尻の皺が濃くなりわたしを見つめる目が本当に穏やかで優しい。そしてまだ少し慣れない低音の挨拶が鼓膜を気持ちよくくすぐってくる。確実に殺しにくるバリトンボイスだ。

「体調はどうですか？」

「っおはようございます！　体調は大丈夫……えっと、筋肉痛くらいです」

言葉の途中で旦那様が『本当に？』とでもいうように目を細めたので慌てて修正する。……これを拗らせると旦那様は一気に過保護モードになってしまうので、下手な嘘はつかない方がいいのは今までの経験で学んでいる。

わたしの真意は伝わったらしく旦那様はちょっと疑いながらも、「昨日は随分歩きましたからね」と納得した様子で、丸いテーブルにトレイを置いた。二人分のシチューと籠に入ったパン。優しい香りにお腹が鳴りそうになる。

「目が覚めて誰もいなかったから不安でしたでしょう。申し訳ありません、もう少し目が覚めるのを待っていればよかったですね」

……や、優しい……！

まるで見ていたような気遣いに、照れ臭くなって「大丈夫です」と繰り返す。むしろ旦那様に朝食を運ばせてしまって申し訳ない。

「そうだ。ナコが眠ってからすぐに、ネリ嬢が着替えを持ってきてくれました。先に着替えるか

――」

　言葉の途中で否定するかの如く、お腹が鳴ってしまい慌てて押さえたものの、ばっちり聞こえてしまったらしい。旦那様は目元を和らげて「冷めない内に先に食べましょうか」とテーブルに促してくれた。

「……はい！　手伝いますね！」

　恥ずかしさに顔を赤らめつつ、わたしはあらかじめ用意されていたクロスを敷いてお皿とパンを並べる。後はキャベツみたいな野菜の塩漬けだ。庶民の中では長期保存がきくので重宝されていて冬の保存食でもある。わたしも伯爵家に来るまでは結構食べていたけど、久しぶりに食べると後味がスッキリして美味しい。

「ふふっ美味しいですね」

「ええ。宿の主人……トーマスの料理は村一番だと評判らしいです。朝も食事だけ取りに来た村人達で賑わっていましたよ」

「へぇ……」

　旦那様の言葉に、優しそうな丸眼鏡のトーマスさんの顔を思い出す。穏やかだけど働き者でテキパキ動いていたなぁ。一見大人しそうだから婚約者のネリとはまさに正反対、っていう感じだけど、案外そういうカップルの方が上手くいくって聞くもんね。

　具材の中に茸が入っているのを発見し、昨日ネリが採って来ようとした茸ってこれかな？　なんてお喋りしながら食事を終える。

少し温くなってしまったお茶を飲んでいると、おもむろに旦那様が話を切り出した。

「この村にお世話になる以上、身にかかる火の粉は払いたいと思っています。村長に許可を取ってからになりますが、野盗も私に可能な範囲で対処していこうと考えています」

「旦那様が野盗狩りに行くんですか⁉」

「いいえ、私一人というわけにはいかないでしょう。この村にも自警団代わりの青年団がいますし、村長がまた下の食堂に来てくれるというので、その時に聞いて対策を練ろうと思っています」

「え、あの、それは大丈夫でしょうか」

「おや、ナコ。私の前の仕事を知っていますか」

「え、辺境伯……？」

「ええ。同じような田舎で、戦後間もないところから村を作りましたから、野盗や追い剥《は》ぎなんてしょっちゅうでしたからね。少しブランクはありますが、それなりに対処できるでしょう」

「そうですか……。でも無理はしないで下さいね」

「もちろん。貴女を悲しませることが何よりも辛いのですから、怪我はしないようにします」

正直わたしは旦那様より強い人を見たことがない。そんな旦那様がそう言うのだから、きっと大丈夫なのだろう。

……野盗がいなくなったら、きっとこの村の人達も助かる。ネリのドレスも、もしかしたら間に合うのかな。何でもないふりをしてたけど、ネリは多分わたし以上に分かりやすいのだ。でも女の子ならきっと新しいドレスを身に着けて結婚式をしたいと思うんだよね。

昨日のネリと商人さんのやりとりを思い出していると、旦那様が小さくため息をついた。首を傾けるときゅっと口角が下がる。困ったような曖昧な表情だ。

「……本当は少し危険ですが、オセを頼る方が早く王都に戻れるかもしれません」

歯切れの悪さを誤魔化すように旦那様の長い指先が、とん、とテーブルを叩いた。

オセ、と聞いて思い浮かぶのは一人。数年前に伯爵家に滞在していた鮮やかな赤毛の美丈夫だ。

「え？　……あ、そっか、そうですね。このゼブ村ってクシラータの国境近くにあるんですっけ。えっと……じゃあ国の西側ってことですよね」

世界地図を頭に広げて位置を確認する。

オセ様はクシラータの元傭兵で、平民のまま第二王子に仕えているという変わった男である。そして旦那様の……なんて言うんだろう。ライバル……？　悪友？　そういう感じのポジションにいる人物だ。二年前にこの国ベルデに親善大使としてやってきて、色々……本当にもう色々掻き回してくれた迷惑千万な人物である。

元々クシラータの住人ではないからと、親善大使としての役目を終えた後は国を出ると言っていたのに、なんだかんだとまだクシラータにいるらしい。旦那様は「政変の真っ最中ですから有能な駒は置いておきたいのでしょう」と、ちょっとざまぁみろ的な悪いお顔で笑っていらっしゃった……。そんなレアな笑顔は心のメモリアルにちゃんとしまってあるけど、オセ様の話をする時はそうやって珍しい表情を見せてくれるので、わたし的にも扱いに困る人物なのだ。

「元々敵国ですからね。オセがこちらに来た時のことを覚えているでしょう？　私がクシラータに行けば、ほぼ同じ状況ですから、下手にオセに接触して、私がこんな近くにいることが分かれば、暴動が起きるかもしれません」

「いや！　危ない橋は渡らない方がいいと思います！」

速攻で反対する。

もちろんユイナちゃんや心配しているだろうリンさんやマーサさん、お屋敷のみんなのことを思うと申し訳なくなるけれど、だからと言って旦那様を危険に晒すわけにはいかない。

意気込んで思いきり首を振ったからだろう。くらりと眩暈がしてテーブルに腕をつくと旦那様は「落ち着いて下さい」と、上半身を支えてくれた。

「貴女がそう言ってくれて少しほっとしています。――純粋に貴女とオセを会わせたくない、なんてことも思ってましたからね」

「え？　え、それは、……えっと、その……焼きもちですか……ね」

衝撃に語尾が裏返ってしまう。確かに不覚にも！　不本意にも！　オセに唇を奪われてしまうという事故はあったけれども、それほど気にしてるとは思わなかった。

旦那様がオセ様に嫉妬……。え？

「さて、どうでしょう」

優雅な笑みを浮かべて首を傾げて見せた旦那様に、いけずぅぅうと身体をくねくねさせたくなる。

さすがにみっともないし、そんなことをしたら、食べたばかりの朝食をリバースしてしまいそうだったので必死で我慢した。

「野盗騒ぎさえなければ落ち着いたいい村ですし、むしろ今、人の流れがないのもこちらにとっては好都合です。休暇をもらったと思ってここで迎えを待ちましょう」

「……ちょっと不謹慎ですけど、本当に旅行みたいですね」

昨日、旦那様がトーマスさんに宿泊費を受け取ってもらうために言っていた言葉を思い出せば、旦那様は器用に片眉を吊り上げた。

「随分と物騒な新婚旅行になりましたが」

くすりと笑った旦那様にわたしも笑顔になる。

……新婚旅行……！　ハネムーンだよ、ハネムーン！　ああ、いいなぁ。そのラブラブな響き。

一日中二人っきりで色んな観光地を回ったりスイートルームでまったりしたり……って、今まさにその通り？

何で気づかなかったわたし!!

当たり前だけどお屋敷には常に誰かがいて、日々忙しく王城に出仕している旦那様と二人きりになれるのは、ほぼ寝室のみである。

こんな美味しいシチュエーション、今後いつあるか分からないじゃない！

よし、これは女神が与えたもうた機会に違いない。この間によりいっそう二人の絆《きずな》を深めるべく思う存分イチャイチャしなければ……！

そんな決意を新たに、わたしは旦那様が洗面所でお髭《ひげ》を剃っている間に、急いで身支度を済ませたのである。

一階の食堂に下りると、村長さんは既に来ていてネリと同じテーブルでお喋りしていた。

他には昨日とは違って手仕事をしている女の人がそこそこ。ノアおばあちゃんも昨日と全く同じ暖炉のそばにいて、相変わらずにこにこしながら編み物をしていた。その周りにも奥さん達がいて、どうやら集まって編み物や繕いものをしているらしい。……会話は嚙み合っていないけど、説明不足な部分はノアおばあちゃんの指の動きを見て判断しているみたいだ。後は若い男の人だけど……もしかして昨日門番をしていた二人じゃないかな。えっと……確かあの一際大きい男の人がラルフさん、だったと思う。

中で調理しているトーマスさんに声をかけてから、カウンターにトレイを置くと、待ちかねていたような弾んだ声でネリが声をかけてきた。

「おはよう！　ナコ、ジルさん。……あ、よかった。服のサイズ大丈夫みたいね」

「ネリ！　洋服貸してくれてありがとう」

ネリが貸してくれたのは、膝下のワンピースだった。ちょっと余所行きっぽい可愛いワンピース二枚とシンプルな白い寝着まで持ってきてくれていた。この世界の女の子はそれこそ貴族や裕福な商人の令嬢でもない限り、それほど服を持っていない。その中でちょっといい服を貸してくれる、ってネリすごく性格いい子だと思うんだよね……。まぁ、発言には若干注意は払ってもらいたいものだけど！

着心地はそりゃお屋敷で着ているものと比べたらアレだけど、何より丈が短い分足捌《さば》きがいいし、じゃぶじゃぶ自分で洗えそうなところがすごくいい。

「ちゃんと洗濯して返すからね」

何を隠そう洗濯は、諸々《もろもろ》の事情から唯一わたしが自信を持って完遂できる家事仕事なのである。

伯爵家に来てからは、一度もさせてもらえなかったけれど……久しぶりに腕が鳴るというものだ。

世界中を真っ白に洗濯してやるぜ！　とぐっと拳を握り締めると、ネリは驚いたように目を瞬かせた。旦那様曰くネリにはおそらくトーマスさん経由で、貴族だとバレているだろうとのことだから、わたしに洗濯ができるとは思わなかったのだろう。

「……じゃあ、明日でも一緒に共同洗場で洗濯する？　洗濯板も石鹸《せっけん》もあるし、滞在が長くなるなら知ってた方がいいだろうしね」

「助かる！」

昨日も思ったけれどネリはとても面倒見がいい。生活雑貨のお店や、古着屋さんなんかも教えてくれた。メモを片手に場所を確認していたところで、ずっと黙って見守っていてくれたらしい旦那様が「座りましょうか」と促してくれた。立ち上がって挨拶してくれた村長さんと同じテーブルに腰を下ろした——途端に、視線が刺さり居心地の悪さに身じろいでしまう。

げんなりしつつも、それとなく周囲を観察する。ほら、今日は女の人が多いからね！　ダンディズム最高峰の旦那様を狙う命知らずがいるかもしれないし、……とりあえずノアおばあちゃんの近くで、ちらちら旦那様を見ている奥さん方は要チェックだ。

トーマスさんが注文を聞きに来てくれて、村長さんとネリは本日のお勧め定食、わたしと旦那様は遅い朝食を頂いたところなので、紅茶を頼んだ。わたし達が飲み物だけと知って、村長さんも食事を後にしようとしたけれど、いえいえどうぞ、とトーマスに強引に持ってきてもらう。うーん……こういう時、身分差って面倒だよね。

ネリも手伝いに一緒に厨房に入っていくと、なんだか村長さんが寂しそうに二人の背中を見ていることに気がついてしまった。そうか。もうすぐネリ結婚しちゃうんだもんね。同じ村だけど家を離れるわけだから寂しいのだろう。昨日ネリをお説教している時に亡くなった母さんが――って言ってたから父一人、子一人なのかな。

そんなことをつらつら考えていると、思っていたよりも早く料理が運ばれてきて、村長さんとネリの前に置かれる。恐縮する村長さんに食べながらで結構です、と食事を促した旦那様は、さっそく話を切り出した。

「野盗狩り……ですか」

本日のお勧め、鳥の照り焼きを綺麗に切り分けつつも、年齢にそぐわない勢いで食べていた村長さんは、ピタッとフォークを持つ手を止めた。

「ええ。これでも昔は騎士団に所属しておりましてね、野盗討伐も経験があります。この村に滞在させてもらっているのですから、私にできることがあれば、と思いまして」

「ほう、それは……」

一度は感心したように頷いた村長さんだけど、旦那様を見てすぐに表情を曇らせる。

「いや、しかし……、怪我でもなさいましたら」

旦那様の年齢を気にしたのか、怪我をした時に被《こうむ》るかもしれない迷惑を気にしたのか、あるいは両方かもしれない。歯切れの悪い村長さんの言葉を旦那様は予想していたのか、ゆっくりと頷いた。

「それでは話だけでも詳しくお聞かせ頂けませんか？　村では交代で門を見張っているようですが、他にはなにか対策を？」

「——俺達青年団が直接アジトに乗り込むんだよ」

旦那様の問いに答えたのは村長さんではなく、テーブルを一つ空けた向こうの席に座っていた若い男性グループの一人だった。そう、昨日の門番ラルフ達である。待ち合わせでもしていたのか、テーブルにはいつのまにか二人以外にも似たような体格の若い男の子達が増えていて、ニヤニヤしながらこちらを見ていた。……なかなか感じが悪い。

「コラ！　お前達、勝手なことを！　許可はできんと言ったろうが！　春になったらまた騎士団の方々が来てくれると言ってるんだ。危ないことはせずに、村を守ることだけに専念してくれ」

「別に村長の許可なんて必要あるか？　っていうか騎士団が来ても毎回逃げられちまってるじゃんか」

「森にも入れねぇから仕事もできないし狩りもできない。冬を越したら金だって尽きる。もう春まで待ってらんねぇんだよ」

「ラルフ……」

最後は振り絞るよう言ったラルフに、村長さんは言葉を途切らせた。旦那様は静かにそんな彼らを観察して村長さんに小さく尋ねた。

「彼らは？」

「ああ、うちの村の若い連中……青年団です。火事や祭りなど有事の時に動いてくれる連中なのですが、若い分血気盛んでしてな……ここ最近はああして、自分達が盗賊を狩るのだと息巻いておりまして困っておるんです」

村長さんが改めて立ち上がって、一際賑やかだったテーブルに向かう。しかし青年達は思いきり不満げな顔をして、村長さんに言い返していた。一向に声は止む様子がなく、それどころか他のテーブルにも広がってしまい、不満を訴える声が増えてきた。

「ようやく作物の収穫も終わったし狩りのシーズンも過ぎたしな、これから俺達で本格的に討伐作戦練ろうと思ってたんだよ。それをあんなジジイに頼ろうとするなんて、村長頭大丈夫か？」

「年寄りの冷や水だろ。邪魔にしかなんねぇつうの！」

収まらない不満と愚痴。とりあえず旦那様をジジイとか年寄りとか言った奴の顔を頭の中に叩き込む。

そして『わたしの復讐《ふくしゅう》リスト～辺境の地ゼブ村編～』を更新していたら、隣にいたネリがものすごく嫌そうな顔をして、青年団を見ていた。

「あの脳筋集団嫌んなるわ。ちょっと体格が良くて力が強いからっていっつも自信満々でさ、感じ悪いのよね」

完全に同感だけど、わたしの立場でそれを口に出してはいけないだろう。

「騎士団にいただぁ？　そりゃ大昔の戦争時代なら誰でも入れただろうさ」

「若い娘、嫁にもらったからっていい気になってんじゃねぇの！　いっそボコボコにされて幻滅されればいいんだよ。じゃあ俺が優しく――」

「いや若い嫁関係ないし」

ネリの適切な突っ込みに、べらべら喋っていた男がうっと唸って黙り込む。集団の中でもちょっと目立つ暗赤色の髪色をした青年だった。あ、ちょっとオセ様の髪色に似てる……。

でも若い嫁発言は確かに関係ないな……と、よくよく顔を見れば、わたしよりはるかに若そうな男の子だった。目が合った途端、ひゃっと女の子みたいな悲鳴を上げて仲間の陰に隠れたけれど、微妙に見えてる耳は遠目にも分かるほど赤くなっている。……女子か。ひょっとしてあんまり女の子と話す機会がないのかな。そういえば若い女の子ってネリ以外見たことないような……。

「いいんじゃねぇの。むしろ野盗に殺される前に、俺がボコボコにして身のほど弁《わきま》えさせてやるよ」

最後にラルフが嫌み交じりにそう言うと、集団の中でどっと笑いが起きた。

「……」

ふふふふ。昨日からほんっと失礼極まりないよね⁉　神子パワーよ。今だけでいいので返って来て下さい。どうか奴らに天罰を！　毎日タンスに足の小指をぶつけるがいい！

もう、むかつくなぁ！

旦那様をしょんぼりさせてしまった昨日の反省から、なるべく我慢して受け流そうと思っていたけれど、限界が近い。

テーブルの上でプルプルしているわたしの拳を、旦那様が大きな手でそっと覆った。

もうもう！　旦那様が怒んないから、わたしが怒るんですからね！

抗議の意味を込めて旦那様を見ようとしたけれど、顔を上げる前に耳元で「大丈夫ですよ」と囁かれ、しぶしぶ動きを止めた。

「さすがに言われっぱなしも些か辛い。——可愛い妻に幻滅されないように張り切ることにします」

間近で旦那様の目元の皺が深まり、悪戯げに細まった。口許は僅かに微笑んでいる。なんという か年を重ねて燻《いぶ》されたような渋さとお茶目さが同居して表現に困る。簡単に言うと萌《も》え格好可愛い。

「おいコラ！　若い嫁とイチャついてんじゃねぇよ！」

叫び出したい衝動にくっと堪えて下を向けば、背中から野次が飛んできた。

む。さては貴様ら、さっきの若い嫁発言といい、旦那様云々《うんぬん》よりもわたし達の仲の良さに嫉妬してるな……？

旦那様は怒った様子もなくあくまで穏やかな視線をそちらに向けて、立ち上がった。一際辛辣だったラルフは一瞬怯《ひる》んだように身体を引いたものの、誤魔化すようにすぐに立ち上がる。ふっ！　馬鹿め！　旦那様の方が身長高くてよ！

「なんだよ。マジでやろうってのか？」

「いや失礼した。確かに見知らぬ老いぼれなど不安に思うのも仕方ないことでしょう。年齢は重ねていますが、少しは動けるということを証明しましょうか。よろしければお相手頂いても？」

「……あ？　いや、まぁ……」

どうする？　と周囲の仲間達に目配せする。すると青年の周囲にいた男達も顔を見合わせて笑い飛ばした。

「まぁ、ラルフがこの村で一番強いのは間違いないからな」

「手加減してやれよー」

仲間達にはやし立てられて、どうやらラルフの決心が固まったらしい。

「トーマス！　ここ代金置いとくぞ！」

立ち上がって扉に向かい、旦那様もその後ろについて行く。そしてその後には野次馬になるつもりなのだろう、ぞろぞろとラルフの仲間が連れ立って立ち上がった。

ラルフの大声に厨房から顔を出したトーマスさんが、何事かと目を瞠ってネリを見る。それを受けてはっと我に返ったネリが、いそいそと一緒について行こうとしたわたしの腕をがっちりと摑んだ。

「ねぇ！　ちょっと、ジルさん本当に大丈夫なの？」

「全く問題ないよ。旦那様は世界で一番素敵で格好良くて強いから」

きっぱりと言い切れば、ネリが扉から出て行く旦那様と、喧嘩《けんか》を売ってきた筋肉隆々のラルフを交互に見て疑わしげにわたしを見る。

ふふふ、いくらでも疑うがよい。あのレベルの筋肉ダルマなんて旦那様なら瞬殺である。

かなり腹が立っていた反動もあって、完膚なきまでに叩きのめされる彼らを想像し、にやにやしながら扉を出ようとすると、ふと立ち止まった旦那様が振り返った。

「ああ、ナコは外には出ずに中で待っていて下さいね」

「わたしも行きます！」

「心配しなくても大丈夫ですよ。昨日の疲れが残っていそうですし、ここで待っていて下さい。ネリ嬢、ナコを頼みますね」

「え、あ……はい。もちろん……」

いや、行きたい！　旦那様の勇姿を見逃してなるものか！

野次馬達で見えなくなってしまった旦那様を追いかけようとしてつんのめる。ぱっと振り向いた先にいたネリがわたしの腕をしっかり両手で掴んだままだった。

「いや、そんなに強いならラルフ達にお灸《きゅう》を据えて欲しいわ。あいつらちょっと体格が良くて力があるからって、時々トーマスのこと馬鹿にするのよねぇ」

「うわぁん！　ネリ離して！　旦那様の勇姿を一目だけでも！」

「まぁまぁアンタ実際顔色あんまりよくないし、今日は風が冷たいから出ない方がいいわよ。代わりにお父さんに見届けてもらうし、ちょっと座ってなさい」

「旦那様――！」

いや、このパターン、何だか悪い予感がする！

――そしてこんな時の予感というものは、嫌というほど当たるのであって。

「すっげぇ……っなんすかあの動き！　いつの間に懐に入ったのか全然見えなかった！」

「いやそれよりあの蹴りだってば！　巨漢のビートをあんなトコまで吹き飛ばしちまうんだぞ⁉

鉄板でも入ってるかと思った！　普段どんな鍛錬してんですか！」

連れ立って扉から出た一時間後、旦那様は青年団に詰め寄られていた。ガタイのいい彼らは皆キラキラした瞳で旦那様を質問攻めにしていて、さながらアイドルの握手会の様相を見ているようだった。

そして、剝がし役にもなれなかったわたしは、そんな集団を斜め奥のテーブルから寂しく見つめているわけで。

きぃぃぃい……！　旦那様の隣はわたしの定位置なんですけど！

ああ、もう、こうなるって分かってた……！

だってまさか伝説級の強さの旦那様が、村の青年団なんかに負けるわけがない。それどころか言葉通り力ずくで彼らを虜《とりこ》にしてしまったのだ。

村長さんの熱のこもった再現実況によると——青年団のリーダーだったらしいラルフが、なんと斧《おの》を振り被《かぶ》って襲いかかってきたもののそれを華麗に避《さ》け、背後に回り押さえ込んだらしい。それを何度か繰り返して疲労困憊《こんぱい》して倒れたラルフの仇《かたき》だと、最後は集団でかかってきた彼らを剣も抜かないまま、鞘と体術だけで華麗に打ちのめしたそうだ。

そしてラルフを始めとした青年団は『アンタみたいな強い男初めて会ったぜ……！』的にすっかり手のひらを返して旦那様に懐いたのである。

いやうん。そこまではいい。旦那様の強さも格好良さの一つであり、万人に認められるべきなのだから。

しかし強さの秘密や鍛錬方法、今まで倒した猛獣……果ては好きな食べ物などなど質問攻めしてくる彼らが鬱陶しいことこの上ない。

あ、違う。実は一人だけ離れたテーブルで、毛布を被ってぶるぶる震えている人がいた。暗赤色のつむじがくたびれた毛布からちょっと覗いているから、どうやらネリに突っ込まれた例の彼っぽい。

旦那様にどうしたのかと聞けば、「とてもセンスがよかったので、つい力が入ってしまって」と涼しげに答えてくれた。センスって戦闘センスとかいうヤツだろうか。男の世界はなかなかディープである。

しかし旦那様と新婚旅行気分でラブラブする予定はどこに……！

さっさと解放して！　とわたしは青年集団に向かってひたすら念を飛ばし続けた——のだけど、どうやら神子パワーはすっかり枯れ果ててしまったらしい。

旦那様が解放されたのは夕食の時間で、そこからは村長さんと青年団兼木こりの代表としてラルフ、大工の棟梁《とうりょう》のソル（昨日旦那様に話しかけてきた筋肉マッチョのおじさんだった）と、野盗討伐についての情報収集と作戦会議が始まり、「先に休んでいて下さい」と戦力外通知を出されてしまった。

しょんぼり二階に上がるわたしを不憫《ふびん》に思ったのか、ネリがココア片手に部屋でお喋りに付き合ってくれなかったら、寂しさに泣いていたと思う。

旦那様、旦那様成分が足りない……！

嘆くわたしに、ネリは呆れた視線を向けながらも、「はいはい」と慰めてくれたのだった。

＊

そして次の日。

軽いノックの音に、意識が浮上する。まだ早いよ……と、毛布の中でくるまった瞬間、冷えたシーツの感触にぱちっと目が覚めた。あれ、旦那様……そのまま視線を流した窓の向こうはすっかり明るく、かなりお日様が高いことが分かる。

「うっわああああ！　また寝坊した！」

がばっと勢いよく起き上がって叫んだ拍子に眩暈がして頭を抱える。

うう、起き抜けに大声は駄目だ。くらくらする……。

しかし今日は朝からネリと洗濯の約束をしていたのだ。まずい。今何時だろう⁉　迎えにきてくれるって言ってたのに、それでも起きなかったの、わたし。

どんだけ爆睡しちゃったんだ！

とりあえず落ち着いて部屋を見渡すけれど、今日も旦那様はいない！　当然だけど寂しい！　だって昨日もうっかりうとうとして旦那様が戻ってくるまで待たずに寝ちゃったし！

昨日残してくれていたメモを思い出して、サイドテーブルの上に視線を向ける。やっぱりメモを見つけて起き上がり、目を通した。

『下にいます。目が覚めたら声をかけて下さい。ネリ嬢には体調が悪いからと約束を延期してもらっています』

旦那様、グッジョブ……！　さすがに寝坊で約束を反故《ほご》にするよりも、体調が悪い方が心象はいいだろう。

とりあえず身支度を整えよう。また昨日の青年団の連中に捕まってるかもしれないし、さっさと救出しなくては！

さっと顔を洗って壁にかけていたワンピースに袖を通す。

こういう時一人で着れるってやっぱり最高だよね。社交用のドレスだけじゃなくお屋敷で着ているドレスも後ろボタンが多いので一人で着られないものが多い。前ボタンのドレスは主にメイドさんとか職業婦人とか（うちで言えばリンさんね）の一部の人が身に着けるのが主流なのだ。

冷たい水で顔を洗ったのに、眠気が取れず何度も目を擦る。

ここ数年は目覚ましがなくても、ちゃんと決まった時間に起きられるようになってたんだけどなあ。環境の変化というものは侮れないかもしれない。

寝台に腰を下ろし、ブーツの紐も結んで、さぁ下に行こう、と思ったその時、部屋の中に軽いノックの音が響いた。

旦那様かな、と思ったけれど扉の向こうから聞こえてきたのはネリの声だ。

寝台から飛び起きて扉に向かって内鍵を開ければ、籠を持ったネリがひょっこりと顔を出した。

「おはようって……大丈夫？　まだ調子悪いって聞いたけど」

今日も元気なネリはそう言うと、わたしの顔を覗き込んできた。

「うーん。確かにあんまり顔色よくない気がするわね」

「あ、もう大丈夫。それよりせっかく洗濯に誘ってくれたのにごめんね」

ただの寝坊である。罪悪感に心の中でも謝っているとネリはよいしょ、と布の入った白い籠を一旦床に置いた。

「いいわよ。これ洗濯物。明日から天気が悪くなりそうだから預かって洗ってみたの。森の中歩いてきたから、ずっと泥がついてるんじゃないかって気になっててさ、ああいうの早く落とさなきゃ取れないじゃない？　従妹のドレスと同じ要領で洗ったから大丈夫だと思うけど……一応確認してくれる？　あと高価すぎて外に干すのは怖いからこの部屋で干してもらおうかと思って」

「え？　ごめんっ！　洗ってくれたの⁉」

ドレスを洗うのはかなり気を遣う作業だ。その上水を吸ったドレスはそれはもう重いし、絞る時なんてかなりの重労働になるのだ。

「あ、ジルさんからお駄賃もらって懐あったまったから気にしないで、むしろ感謝してるくらい」

恐縮するわたしに、猫のように目を三日月にさせて笑ったネリはしっかり者のようだ。遠慮はないけど図々《ずうずう》しくない。ネリのこういうところ好きだな。学生時代の友達を思い出す。

「でも素敵よねぇ。普段もこんな格好してるの？」

部屋の中にネリが一緒に持ってきてくれたロープを張り、上で揺れるドレスを改めて見つめたネリがうっとりと呟いた。

「まさか。普段はもうちょっと色の濃い装飾のないワンピース着てるよ。これは……えっーっと！　うん、たまたま！」

「たまたまって何よ。舞踏会とか？　……はぁ、華やかでいいなぁ」

そう言いながらネリは普段の口調とは真逆に、丁寧にドレスの皺を伸ばしてくれる。

「ナコが貴族って本当だったのねぇ。これ見てようやく信じたわ」

「はは、まぁ、元々は貴族でもなかったからね」

少し迷って曖昧にしておく。向こうの世界では、ただの女子中学生だったのだから嘘ではない。

そもそも初日に聞かされた、やたらと美化された神子像も、尾びれ背びれがつきすぎて心が重い。

「確かにあんた全然貴族の令嬢っぽくないもんね」

その辺はおそらく聞いちゃいけないところだと思ったのだろう。ネリは持ち主のわたしよりもはるかに熱心に皺を伸ばす作業を続けつつ、言葉を続けた。

「事情があるみたいだから、あんまり畏まられても困るだろうって、トーマスもお父さんも言ってたわ。でも匙《さじ》加減が難しくて結局こうして普通に喋ってるんだけど、あたしこんなんで大丈夫？」

「大丈夫！　むしろ喋って欲しい！」

あはは、と笑ったネリにわたしはちょっと食い気味で頷く。

「え？」と戸惑う声を漏らしたネリに構わず、わたしは言葉を重ねた。

「……っこのせか……じゃなくて！　旦那様と結婚して素敵な人にいっぱい出逢えたんだけど！　同い年の女の子でネリみたいに気が合う人って初めてなの！」

「ナコ……」

「あの、だからっ！　そういうの懐かしくて、友達になれてすごく嬉しい！」

ぱちぱちと目を瞬いていたネリが、きゅっと唇を引き結んでわたしの前に立った。

わたしとほぼ同じ目線。つまりネリはこの世界では結構小柄ってことなんだけど、これがまた同級生感覚を強くして、昨日からうっかり前の世界のノリで盛り上がってしまう。……リンさんに見られていたら多分百回くらいは怒られているだろう。

でも本当にこの世界に来てから、普通の女の子と一緒に過ごすなんて初めてだから、どこかはしゃいでいるのが自分でも分かるんだよね。おかげで色々悩まずに済んでいるというか……。

「……」

ユイナちゃんのこと、旦那様の若返りのことが、ぽんぽんっと頭に浮かんで慌てて首を振る。今考えたってわたしにできることはない。……悔しくは、あるけど。暗い顔で今どうしようもないことを考え込んでいたって旦那様を心配させるだけだ。

「……ナコ」

いつの間にか、よしよしと頭を撫でられていることに気がついて、ん？　となる。

「ネリ……なんか子供扱いしてない。一応同い年だからね？」

「……いや分かってる。だけどなんか昔飼ってた子犬思い出しちゃって……」

止まることがない高速ナデナデ……。

いや旦那様に頭を撫でられるのは好きだけど、同い年に撫でられるのは結構屈辱的よ……？

突然の行動に戸惑いつつ、そのままでいると、あ、とネリが思い出したように手を止めた。

「そうだ。食事はどうする？　体調悪いなら、ここまで運んで来てもいいけど」

「ううん。下に旦那様がいるんだよね。下で取るから大丈夫！」

「あー……と、下ってよりか外にいるけどねぇ」

返って来た意外な言葉にわたしは目を瞬いた。

「……この寒いのに？」

天気はいいけれど強い風が窓を揺らしていて、明らかに外は寒そうだ。

「ほら、昨日の青年団の連中がさぁ、稽古つけて欲しいって朝から食堂に押しかけてきたのよね」

「またこのパターン！」

もう旦那様の人望が憎い！

この宿屋の裏手にあるちょっとした広場でやっていて、食堂の窓からその様子を見ることができるらしい。さっそくネリと一緒に食堂まで下りれば、今日も奥さん達が大きな暖炉を前に、ノアおばあちゃんを囲んで編み物をしていた。

昨日と違って貸し切り状態のせいか、手を動かしている以上に口が動いていて、なかなか姦《かしま》しい。

わたしの視線の先を追ったネリが、ああと頷いて説明してくれた。

「薪が勿体ないからね。冬の間は家の用事が終わったら、みんなここで集まって内職してるのよ。まだ秋だけど今日は寒いし。ノアおばあちゃんがお裁縫の名人でね。ああやって、教えてもらって上手にできたものは商人に買ってもらってるの」

「へぇ」

確かに複数の人がそれぞれ切れ端を縫い合わせていて、パッチワークみたいなものを作っている。ある程度広い部屋が必要な作業なのだろう。

でも油を使うことが多い食堂でやるには、不向きだと思うんだけどな。床もあんまり衛生的じゃないし、テーブルもそんなに広くない。何か理由でもあるのかと尋ねれば、ネリは「そうなのよ！」と思いきり顔を顰めて見せた。

「今まではさ、神殿の集会場を兼ねた広い部屋でやってたのよ。だけどあのカールデール神官が前の神官と交代して早々、煩《うるさ》くて祈りの邪魔になるから集まるなって言ってきたの！　ずっとそうしてきたのにひどくない？」

「それって村に来た時に会った神官？　カールデールっていうんだ」

「そう！　あの失礼な奴！　感じ悪いからみんなに嫌われてるんだけど、この村唯一の神官だからさ、下手に文句言うと結婚式とか葬儀とかほっぽりだしかねないからね。みんな我慢してるのよ」

なるほど。第一印象通りあまり感じのいい人物ではないらしい。

なるべく関わらないようにしようと決めたところで、暖炉の前でノアおばあちゃんを囲んでいた奥さんの一人と目が合った。反射的に会釈すれば「ああ、アンタ」と訳知り顔で話しかけてきてくれた。

「アンタの旦那、年の割に強いんだねぇ。ウチの息子がエラい感動してたわ」

その言葉にギクリとする。どうやら昨日旦那様に突っかかって来た青年団の中に息子さんがいたらしい。

「ホントホント、最近図体ばっかりでっかくなっちまって、ちっとも言うこと聞かないからお灸据えてもらえてよかったよ」

それなりにコテンパンにしたらしいので、『ウチの息子になんてことを！』とか叱られるんじゃないかと思ったけど、そうでもなさそうだ。

胸を撫で下ろしていると、ノアおばあちゃんとも目が合ったので朝の挨拶をする。

「おや……おはよう」と、こっくり頷いて挨拶を返してくれた。今日もにこにこしていてご機嫌そうだ。

小学校高学年まで一緒に暮らしていたおばあちゃんとどことなく雰囲気が似てるんだよね。温かそうな優しい香りも同じで、どこかほっとする。こうして奥さん達がノアおばあちゃんの周囲に集まるのも、そういう優しい空気感に癒《いや》されるからかもしれない。

「野盗騒ぎで男共は鬱憤が溜まってたからねぇ。むしろいい息抜きになったんじゃないかい」

「いや、年は喰《く》ってるけど、いい旦那見つけたよ。アンタ」

でしょう！　年は喰ってるは余計だけどね！　と、思ったものの自慢するわけにもいかず、とりあえず愛想笑いで乗り切ると今度は別の奥さんが、そうそう、と口を開いた。

「さっきもさぁ、ミレイユの旦那が管を巻いていたのを諫《いさ》めてくれてね」

「え、何ですかソレ詳しく」

しゅたたたっと奥さん方のそばに寄って耳を大きくさせると、ちょっとビックリしつつも苦笑して続きを教えてくれた。

「ミレイユと喧嘩でもしたのか、朝から呑んだくれてやたらウチらに絡んできてさ。でもそれをアンタの旦那……ジルさんだっけ？　止めてくれてね。その上で貴方が昼間から呑めるのは、家庭を守ってくれている奥方がいるからだって諭してくれたのよ」

「そんなことが……！」

ちょ、昨日からわたし旦那様イベント見逃しすぎてない⁉　大丈夫？　好感度下がってない？

「あんな年上で腕っぷしも強い人間に言われちゃ反論もできないじゃない？　大人しく反省して家に戻ってったわぁ。もしかして子守りでもしてるかもね。強いだけじゃなく、なんというか素直に耳に入るというか……説教もなかなか堂に入ってたし」

そう、腕っぷしが強いのはもちろんなんだけど、旦那様の言葉は決して説教くさくなくて、すっと胸に入ってくるような実直さがあるのである。諭してくれる声も素晴らしく耳に心地好い声で……今はそれがまたいっそう渋くなって艶っぽいもんなぁ。聞かずにはいられない魅惑ボイスだろう。これぞカリスマである。しかし。

「……き、聞きたかった……」

よよよ、と倒れかかったわたしを手前にいた奥さんが笑いながら受け止めてくれる。席を勧めてくれたのでお礼を言って座ると、ネリも近くのテーブルから椅子を移動させて隣に座った。

はぁ、とため息をついた奥さんの一人が縫い物をテーブルに置いて、膝をついた。

「ウチの旦那にも言ってもらいたいわぁ」

「本当にねぇ。ウチらはお酒を楽しむなんて余裕、祭りの時くらいしかないってのに」

そこからはエンドレス愚痴祭りだ。

狭い村だから、こうして集まって噂話や愚痴を言い合うのもストレス発散になるのだろう。どこの世界でも妻の悩みは一緒なんだなぁ、と感慨深くなる。わたし？　いや、旦那様のことで困ってることなんて、格好良すぎることくらいしかないけど、ここでは言わないよ！　ちゃんと空気は読むからね！

「あ、ほら。ここからでも見えるわよ」

そう言って窓を指さしたネリにお礼を言って、首を回し凝視する。少し遠いけれど、確かに頭一つ分高い旦那様の銀髪が集団の真ん中に見える。まとまって数人がいっぺんに飛びかかって行くのに、旦那様の頭が大きく動くことはない。

おそらく強さが違いすぎて動く必要すらないのだろう。なんといっても旦那様は、英雄とまで言われた剣豪なのである。

「あらまぁ、本当に強いのね！　あの子ら全然相手になってないじゃないの」

「どれどれ」

うっとりと旦那様の勇姿を見つめていたら、ちょっと身体を浮かせて頭越しに窓の外を見た奥さんが感心したように呟いた。すると続々とみんな立ち上がりわたしが見ていた窓へと殺到する。

そのままベタっと窓に張りつき、「まぁ」とか「あらぁ」とか頬を淡く染めて口々にきゃっきゃうふふと騒ぎ始めた。

「まるで絵物語に出てくる王子様みたいじゃない」

「凛々しいわぁ。若い男になんて負けてないわね」

「若い頃はさぞモテただろうけど……今も捨てたもんじゃないわ」

ピンク色のため息が硝子《ガラス》を曇らせ、ここまで熱気が漂ってくる。その姿はまるで学校の人気イケメン男子を教室の窓から見つめる女子学生そのもので――ちょっとみんな旦那さんいるでしょ！減るから見ないで下さい！とどうにか阻止しようと立ち上がったその時、ふと、ノアおばあちゃんが編み棒を止めて、じっとわたしの方を――違う。窓の向こうを見ていることに気づいた。もちろんそこにいるのは旦那様だ。

「……やっぱりどこかで会った気がするねぇ……」

こてんと小首を傾げるノアおばあちゃんに、唯一席に座っていたネリが「やだ。まだ言ってるの？」と苦笑した。

うわっマズい！　もしかしてまだ旦那様の正体を疑ってる⁉

どうやら昨日のやりとりを知っているらしい奥さん達も、「おばあちゃんたら」なんて、振り返って笑う。……本気には取っていないっぽいけど、この話が続くのは危険だ。

わたしは知恵を振り絞り、ノアおばあちゃん、ついでに奥さん達の関心を旦那様から逸らそうと、ひたすら声をかけて、奥さん達の手元にあるパッチワークや編み物を見せてもらうことにした。

わたしの目論見《もくろみ》は成功し、みんなそれぞれ自分の席に戻って縫い物や刺繍の説明をしてくれて、ほっと胸を撫で下ろした。落ち着いてみんなの手元を見れば、やっぱり日常的にしているだけあっ

てどれも上手である。その中でもノアおばあちゃんの編み物が一番上手だった。今は帽子の飾りを作っているらしい。

視線を一周させた最後に、刺繍をしている奥さんを発見する。

聞けば旦那さん用の手拭いだと分かるように、イニシャルを入れているとのことだった。ほら、この世界、持ち物にぱっと名前を書けるような便利な油性ペンみたいなものはないからね。手際よく縫い止めて刺繍糸を切ると完成品を見せてくれた。うーん、やっぱり上手。

かく言うわたしも、洗濯のみならず刺繍も得意である。

旦那様と結婚が決まるまでは、城から出て街で一人暮らしする予定だったから、唯一の手先の器用さを生かして、当時この世界では珍しかったステッチやお花や文字以外の刺繍を売って、生計を立てるつもりだったのだ。

卸していた小物屋さんに、次はもう少しお願い、って頼まれた時は嬉しかったなぁ。実は生活していく資金は十分にあったから、最初は女の子の一人暮らしを怪しまれないための、仮初《かりそめ》の仕事のつもりだったけど、思っていたよりも高く売れて、テンション上がって量産してたんだよね。そのおかげで刺繍だけは、厳しいリンさんにも褒められるほどである。

「そういえば王都では、イニシャルだけじゃなくて、動物とか果物とか意外なものも刺繍すると喜ばれましたよ。あと、刺繍とレースや布を組み合わせて立体的にするのも高く売れました」

試行錯誤したことを思い出して金額を呟くと、奥さん達はこぞって前のめりになった。

「そんな値段で売れるのかい⁉」

「え、……あ、三年くらい前の話ですけど……珍しかったみたいで」

ちょっと教えると、それはもう器用に刺繍をしていく奥さん方の気迫は半端ない。あ、うん、この村、野盗のせいで財政難だもんな。

「あらほんと可愛いわ。これ今度来る商人さんに見せてみようかしら。いい？　ナコちゃん」

さっそく形になった刺繍を透かし見て奥さんはそう呟くと、わたしを見た。

ナコちゃん、なんて数年単位で聞いていない呼称で呼ばれて、ちょっと照れてしまう。わたしが「どうぞどうぞ」と頷くと、奥さん達はあーだこーだ言いながら楽しそうに図案を相談し始めた。

芸は身を助ける、って本当だよね。これをきっかけに仲良くなれそうな気がする……。

そんなことを思っていたら、厨房からスープ皿を持ったトーマスさんがやってきた。

「はい、お待ち。温かい内にどうぞ」

「あ、ありがとうございます」

とん、と食堂の賑やかさにそぐわず優しくお皿を置いてくれた後は、二言三言ネリと話してからすぐに離れていった。

やっぱりネリの顔が嬉しそう。いいな。ラブラブだなぁ。

「んん、美味しい！」

野菜がたっぷり入った鶏肉のスープを一口含んで思わず歓声を上げる。

「でしょう！　あたしトーマスに胃袋摑まれたって言っても過言じゃないからねっ」

自分が褒められたように胸を張ったネリに笑いつつ、もう一口含んで味わう。

ふわりと優しい野菜の香りが口に広がり、きゅっと自然と口角が上がる。昨日も思ったけれど、トーマスさんの作る料理は素朴だけど美味しい。

料理が薄味で美味しいということは、丁寧に肉の臭みを取っている証拠だ。それだけでもトーマスさんの真面目さが分かるので、ネリは見る目があると思う。

伯爵家の厳《いか》めしいけど優しい料理長の言葉を借りてそう言えば、ネリはますます嬉しそうに何度も頷いて前のめりになった。ネリ曰く、この村では筋肉隆々の力自慢の男子が結婚相手として人気で、トーマスさんみたいな細身の人は人気がないそうだ。

まぁ、林業がメインらしいこの村では、筋肉イコール生活力だもんね。分からないでもないけど。

「逆に王都では線の細い物腰の穏やかな人が人気があるらしいよ」

ふと思い出してそう言えば、ネリは顔を輝かせた。

「ほんと？　じゃあ、やっぱりこの村が遅れてるだけじゃない！　あたしの目に狂いはない！」

むふーっと笑って頬杖《ほおづえ》をついて厨房を見つめる。その先にはトーマスさんがいるのだろう。

昨日も思ったけど本当に二人はお似合いのカップルだと思う。まぁ、うちも負けてないけどね！

食事を終え、ちょっとだけ、と窓の向こうを覗き込んでみる。

「……あれ？」

いない!?

「ジルさん達いないの？」

立ち上がって身体を動かして窓の向こうを探すけれど、やっぱりそこにはもう誰もおらず、首を傾げると同時に、ドアベルの音と騒がしい声が食堂に響いた。

「旦那様！」

「ああ、ナコ。……おっと。失礼しました。お先にどうぞ、奥様」

旦那様がわたしに向かって手を上げたと同時に、どうやら外から誰かが入ってこようとしたらしい。

旦那様は扉を押さえて空いた手を中へと差し出し、エレガントにエスコートする。貴族なら珍しくない光景だけど……いかんせん場所が悪い。

ノアおばあちゃんの縫い物教室に合流するつもりだったのだろう。旦那様の手にちょこんと手を乗せた奥さんが頬をピンク色にして扉を潜った。手が外された後も、旦那様を振り向きながらふわふわとした足取りでこちらに歩いてくる。

「……やっぱり都会の男は違うねぇ」

「あたしもさっき『奥様』なんて言われちゃってさぁ、どきどきしちゃったわぁ」

ああ、せっかく気を逸らしたのに！　またか！　またなのか！

頬を染めた奥さんは、ホホホと明らかに慣れない笑い方をして、旦那様に会釈すると奥さん連中と合流した。

きゃあきゃあ黄色い声に、もはや年齢なんて関係ない。

それに加えて旦那様の後ろからついてきた青年団の面々は、わたしの存在に気づき、ぱらぱらと会釈してくる。しかしすぐに旦那様に纏わりつき、むっさい筋肉バリケードを作られた。

特に！　昨日殊更噛みついてきた筋肉ムキムキ男のラルフなんて、旦那様の腕をペタペタペタペタ……きぃいぃ！　触るんじゃない！　旦那様が脳筋になるっ！

まさに前門の奥さん方に、後門のマッチョ……！

「旦那様をロリコン扱いしてたくせにぃぃいい」

なんという手のひら返し……！

「まぁまぁ。ロリコン扱いよりいいじゃない。それによく見なくても、若い頃はさぞやイケメンだっただろうなって顔だしねぇ、仕方ないんじゃない？」

ネリまでが肩を竦めてそんなことを言ってきて、いっそ裏切られた気分だ。

分かってる！　分かってるけどさぁ！

ぐぎぎと拳を握り込んでいると、ネリが苦笑して宥めてくる。

村人はみんなフレンドリーだし、よかったな、と思うけれど旦那様に関しては全方位敵だらけと思った方がいいだろう。これは気を引き締めなくては。

ようやく仕事に向かう青年団から解放された旦那様を素早く回収するが如く、席を勧めた。奥さん連中からは死角に当たる席である。若干ブーイングが上がった気がしたけど、知りませんよーっと。

鍛錬後の少し汗ばんで上気した顔は素人には目に毒なので、むしろ感謝して欲しいくらいだ。

心が狭いということなかれ。老若男女問わず旦那様はモテるのだ。怪しい芽は根こそぎ排除せねばならない。

わたしは食事中も旦那様に熱い視線を送ってくる連中を、牽制《けんせい》し続けたのだった。

*

——そして『住めば都』とはよく言ったもので。

初日から感じた通りフレンドリーな村人達のおかげか、何故かめっきり数が減った野盗騒ぎのおかげか。なんだかんだと生活リズムのようなものが整ってきて、意外にも順調なスローライフを送ることができていた。

いやぁ、我ながら順応力の高さに感心しちゃったね！　こっそり自分は人見知りだと思っていたけど。ゼブ村の人達はそういうのに構わずグイグイ来るから、相手せざるを得ないというか……。

まぁ、最大の理由は旦那様なのだろう。旦那様さえいれば、わたしわりとどこでも生活できるのかもしれない。

そんな感じで身の回りのことや村のお手伝いやら参加している内に気がつけば、十日が経っていた。

今日は、旦那様は青年団と一緒に、大工さん達が安全に森で作業できるようにボディガード。

わたしはネリの他にも顔見知りもでき、今日もぬくぬく暖炉の前で井戸端会議……いや、縫い物の集まりに参加していた。

「細く長く編んでいったのを、こう、くるくるって回して根元を斜めに刺して留めて……よし、これでお花の完成です」

針だけ抜いて隣にいたネリの髪に合わせてみると、わっと歓声が上がる。

うん。小学校の卒業記念に仲良しの女の子同士で作ったヘアゴムの飾りなんだけど、なかなか好評みたいでほっとする。思い出せてよかった。

「へぇ、簡単でいいわね」

前のめりに髪飾りを観察していた奥さんがそう言って身体を戻すと、籠の中から新しい毛糸を出し、さっそく編んでいく。

それに何人かが続いて、他の奥さん達も「これが終わったら編んでみようかしら」なんて言いながら手持ちの毛糸を確認していた。

「帽子とか服の襟元につけても可愛いですよ。あと、レース糸とかぎ針で作るともっと繊細な感じになります」

「じゃあ昨日作った帽子の色に合わせようかな」

わたしから花を受け取ったネリが手の中で転がしてそう呟く。

「それなら、そっちの黄色もいいよ。ワンポイントでぱっと目を惹くし」

カーキ色に似たくすんだグリーンの帽子を思い出して提案すれば、ネリは少し考えるように間を置いて「いいわね」と満足そうに頷いた。さっそく黄色の毛糸を取り出して、結び目を作って編んでいく。

「ナコちゃんは、本当に色選びのセンスがいいわねぇ」

「ほんと。私もマフラーに、似合わないって思ってた白色使ってみたら、顔がぱっと明るくなったし」

奥さん達に口々に褒められて、曖昧にお礼を言えば「次はどの色がいい？」とまた別の奥さんから声をかけられた。

そう。不肖わたし。この縫い物の集まりで絶賛活躍中なのである。

ステッチ刺繍を教えた後こそ、他に何かないの？　と聞かれたものの、そうは都合良く思い出せない。後はもうあやとりしかないけど、ほうきしか思い出せないので期待には沿えないだろう。

そんな感じですごすご引っ込み、この村の古着屋さんで買った旦那様のシャツに、ネリから譲ってもらった刺繍糸でイニシャルを縫っていたら、その色の組み合わせを褒められた。その内、ワンポイントに使う色や組み合わせなんかを聞いてくる人が増えて、ちょっとしたカラーアドバイザーみたいになってしまったのだ。そのおかげかわたしが座っているのは、ノアおばあちゃんの隣の暖炉に近い場所である。

こんなところで意外なチートが発覚！　……ってわけじゃない。ただ単に元の世界でよくある組み合わせを提案しているだけである。さっきのネリの帽子にしたって、カーキとマスタード色なんて秋の鉄板だよね。同系色、反対色とか……わたしが分かっていなかっただけで、元の世界では服からお菓子のパッケージに至るまで洗練された色の組み合わせに囲まれていたのだ。分かりやすいチートってわけじゃないけど、向こうの世界で生活する上で何気なく培ってきた知識って、案外侮れないんじゃないかな、なんて今日のことで学んだ気がするんだよね。こういうのでいつか旦那様の役に立ちたいものだけど。

「よし、完成！」

わたしも手を止めることが多くて、なかなか仕上がらなかったハンカチが終了。これが終わったらパッチワークを手伝ってもいいと言われているので、結構楽しみにしている。

テーブルに置いて、ぐぐーっと腕を伸ばした拍子に、隣にいたノアおばあちゃんが、うとうと舟を漕《こ》いでいることに気づいた。おばあちゃんはいつもこんな感じなので、みんなあんまり気にしていない。最初こそ部屋でちゃんと眠った方がいいんじゃないかなぁ、と思っていた。だけど奥さん達のお喋りに参加することこそないけれど、起きてる時はいつもニコニコして楽しそうに聞いているから、みんな、敢《あ》えて声をかけないのだろう。

わたしはおばあちゃんの手から編み物を引き取って、テーブルに置いた。

大丈夫だと思うけど、編み棒の先端はそこそこ尖ってるしね。

暖炉に近かったせいか、今日もなんだか身体がぽかぽかしていてちょっと暑い。顔が火照っているし、このままじゃおばあちゃんの隣で一緒に眠ってしまいそうだ。

「ネリ。なんか、ちょっと暖炉近すぎてのぼせちゃったから、ちょっとその辺一周して冷ましてくるね」

「ん。……あ、ついていこうか？」

「大丈夫！」

軽く首を振ってわたしは立ち上がる。ネリの花飾りはもうできていて、後は帽子につけるだけだ。

ここまできたらもうやってしまいたいだろう。しかしネリ、裁縫まで上手いとか女子力高い……。見習わねば、と思いながら、膝掛けにしていたストールを羽織って、今ではすっかり聞き慣れた食堂のドアベルを鳴らして外に出た。

「ふぁ……ねむ……」

口許を手で押さえる。涙が出るくらい大きな欠伸《あくび》の後は、ふぅ、とため息をついて空を仰いだ。白みがかった薄い水色の空は、すっかり冬の色だ。

右に行けばちょっとしたお店が並ぶ商店街みたいな通りで、左に行けば今は何もない畑とその奥に農業用貯水池がある。

初日と二日目こそ、宿の中で過ごしていたけれど、三日目からネリや旦那様と外に出るようになって、この村の様子も、住んでいる人達のことも色々分かってきた。旅人のためのお店がいっぱいあって、それ以外の人達は大体大工さんや木こり、木工職人さんらしく、旦那様が森の中で教えてくれたベルデ特産の木を扱う職業の人が多い。なのでわりとこの村の男の人は総じて体格がいいのである。つまりマッチョ遭遇率はかなり高い。個人的に旦那様以外の筋肉には興味がないし、むしろ旦那様に纏わりつく青年団のせいで、マッチョは食傷気味だ。憎々しいくらいなので、できるだけ視界には入れたくない。

そこまで考えてわたしは足を貯水池の方へ向けた。あそこなら今の季節、野鳥が来ているかもしれない。わたしは今切実に癒しを求めている！

中途半端な時間なのか、外を歩く村人達はあまりおらず、わたしはストールを引き上げて口許まで覆う。何となく重たい身体に太ったかなー、なんて思って歩いていると、それほど時間もかからず貯水池へ到着した。期待した通り渡り鳥はいたけれど、残念ながらわたしが分かるような種類の鳥はいない。

でも連なって泳いでる姿は可愛い。その場にしゃがみ込んで膝を抱えた。

静かだなぁ……、と、ぼんやり湖面を眺めていると、普段賑やかなお屋敷とのギャップにふっと寂しくなる。リンさんやリックを思い出し、それが呼び水となってマーサさんやアルノルドさん、他のお屋敷のみんなの顔が次々と頭に浮かんだ。

……もう旦那様が出した手紙は届いたのかな？　図らずとも見送ってくれた時のマーサさんの言葉通りになっちゃって、きっとすごく心配しているだろう。無事であることだけでも早く伝わればいいんだけど。

そうだ。誰かに読まれる可能性もあるからと、旦那様が元の姿に戻ったことは敢えて書かなかったんだよね。

王都に帰ったらみんななんて言うのかな？　……お屋敷の人達は——まず、びっくりするだろうけど、それよりなにより怪我もなく無事だったことを一番に喜んでくれるような気がする。若返った時だって驚いたものの、ちゃんと受け入れて周囲の騒動に心を砕いてくれた優しい人達ばかりだから。きっとあの何かと旦那様にちょっかいをかけてくるリオネル陛下も一緒で。逆に「ちょっと見ない間に老けたな」なんて面白がったりして……。

ありありとその光景が脳裏に浮かんで、ちょっと苦笑する。

「……」

そう、元の姿。本来なら正しい姿なんだよ。若返った姿の方が不自然だったのだ。

旦那様は元の姿に戻ったことについて、こちらが驚くほど落ち着いて受け入れているように見えるけれど本音はどうなんだろう。若返った時はわたしと一緒に長い時間を過ごせるようになって嬉しいって言ってくれた。……当然ながら最初こそ罪悪感を抱えていたけれど、わたしだってそうだった。

今も昔も旦那様は格好良いし、見た目なんて若かろうが年を取っていようが健康でいてくれるなら関係ない。ただ、今のままなのだとしたら、確実にわたしより旦那様の方が早く、寿命が来てお別れしなくちゃいけなくなるわけで。

結婚する前に馬車の中で旦那様に取り縋った時、『一秒一秒がわたしの人生の一生分で、旦那様が先にお亡くなりになっても後悔しない！』……なんて大見得《おおみえ》切ったくせに、こうやって不安な気持ちを抱えてしまうというこの体たらく。

旦那様が若返って先に置いていかれることを気にしないでよくなって、すっかり甘えきっていたことを今更ながら自覚してしまった。

つん、と鼻の奥が滲《し》みて、零れそうになった涙に慌てて上を向く。今にも降り出しそうな厚い雲、そろそろ戻った方がいいかな、と立ち上がった。

だけど同時に、背後から落ち葉を踏みしめる音がしたことに気づく。池にいた鳥が一斉に飛び立った。

ネリが追いかけてきてくれたのかな？　と思って振り返ればそこにいたのは意外な人物だった。

「神官、さん」

そう、初日に顔を合わせた、ネリと言い争っていた神官である。

わたしと目が合うと、神官は「ああ、お嬢様」と妙にへりくだった態度で近づいてきた。ちょうど風下になってしまったらしく、神殿で嗅いだ香木の匂いが纏わりつくように鼻につく。

……え、初日と態度が違いすぎるんですけど！

「どうぞ、カールデールとお呼び下さい」

「……はぁ」

「こんな何もない場所で、ご夫君も連れずどうなさったのですか」

もう怪しすぎて……ねぇ？　警戒してくれ、って言っているようなものである。

うーん、失敗したな。何にせよ二人きりはマズい。冬の貯水池なんて誰も来るはずもないし、突き落とされたらどうしよう……まあ、そんなことをされる理由も思いつかないけど。

「何かご用ですか？」

一応余所行きモードで尋ねてみれば、カールデール神官は、わたしが返事してくれただけでも嬉しいとでもいうように、にたぁ、とちょっと粘っこい笑みを浮かべた。

「いえね。貴女方のような高貴な方には、村の宿など手狭で耐えられないでしょう？　よろしければ神殿に滞在されてはどうでしょうか。幸い貴賓室を構えておりまして、不自由はさせないと思います」

まさに揉み手で提案された内容に、ちょっと黙り込む。

……高貴な方、っていうのは、つまりわたしと旦那様が貴族だって気づかれてるってことなんだよね？　口止めはしていないけどネリやトーマスさん、村長さんがわざわざ神官であるこの人に言う理由もないし、どこから漏れたんだろう。だけど悩んだのは数秒で、カールデール神官はすぐに答えを教えてくれた。

「いやぁ、びっくりしましたよ。商人に預けた石の輝きの素晴らしいこと……！　私ならあれほどのものを頂けましたなら、もっと早く色んな手配が可能でしたよ。実は私、以前は大神官長様に仕えておりまして、その縁からご実家でございますドナース家とも交流があります。あちらから品物や馬を取り寄せることもできましたのに」

……ああ、なるほど。そういえば今朝、旦那様が手紙を預けた商人が報告と交易のために、戻ってきていたのだ。その時にでも聞いたのかもしれない。

それにしても大神殿の大神官長といい、この人といい、神殿関係者ってみんな拝金主義なの……？　神官って神職だよね？　むしろ一番お金とは遠いところにいてもらいたい職業なんだけど。

「それでですね。よろしければ家名を教えて頂けないかと思いまして」

「……それは私の一存では決めかねるので、旦那様に聞いて下さいませ」

はい、来たよ。血統確認。いかにもやりそうだよねぇ……。

あからさまに恩を売ってやろうみたいな雰囲気に、げんなりしてため息をつく。

「ネリとの約束を忘れてましたので……」と宿屋の方に戻ろうとすると、「宿までお送り致します」

と即座に返された。

もう面倒くさくなって、ダッシュで逃げようかと思ったその時。

「結構ですよ」

艶やかなバリトンボイスが、池の水面を揺らすように響いた。

「旦那様！」

ぱっと顔を上げてカールデール神官を振り切るように駆け寄れば、旦那様は自然に腰に手を回して受け止めてくれた。

さすが旦那様。こんな距離になるまで、気配すら分からなかった。同じように気づいていなかったらしいカールデール神官も一瞬驚いた顔を見せたものの、すぐに笑顔を作り直した。

「おおっ旦那様。お噂はかねがね、奥様にもお話しさせて頂いたのですが、よろしければ私の神殿にいらっしゃいませんか？　宿より広くて調度品もいいものを揃えておるので、くつろいで頂けると思います！」

「いえ、トーマスの宿屋で過不足なく過ごせておりますので、お気遣いだけ頂いておきましょう」

穏やかながらも旦那様はきっぱりと断る。しかし、と食い下がってこようとしたカールデール神官に、今度は有無を言わせない雰囲気を出しながら、「――何か？」と尋ねた。

威圧感に、じりじりと後退していくカールデール神官。

「さ、さようでございましたか。……では何かありましたら、お申しつけ下さいませ」

わたわた逃げるように立ち去った神官を見送る目は厳しい。

「……絵に描いたような小者……」

うっかり漏らしてしまったわたしの呟きを拾った旦那様が、くっと噴き出すように笑った。唇に拳を置いて、わたしの顔を覗き込んでくる。

「ナコは言葉選びが秀逸ですね」

そう言ってくしゃりと笑った旦那様の可愛らしさよ……。優しく下がった目尻に、自然とわたしもニヤニヤ笑ってしまう。ああ、抱きつきたい。人目がないからいいかな、いいよね。

しがみつくように抱きつくと、どうしました？　と落ち着いた優しい声で尋ねてくれる。すはすは。ああ、ほっとする……。

ここに来てからやたらと眠気がすごくて、旦那様が外から戻ってくるのを待てずに、寝落ちすることが多いんだよね。だからスキンシップに飢えているのである。

旦那様ってば青年団のみならず、初日に話しかけてきた大工のソルさんに随分気に入られてしまったようで、連日飲みに誘われているのだ。断っても部屋まで騒がしく誘いに来るので、わたしが煩くて眠れなくなるといけないですから、と「顔だけ出してきます」と行ってしまうことも多い。

食堂の上に宿があるんだもん。居留守も使えないし、場所が悪すぎる……。

ポンポンと頭を撫でられた後は、頭のてっぺんに旦那様の顎が置かれてぐりぐりされる。嬉しくなってぎゅうっと強く抱きつけば、旦那様のかさついた指がふと首に触れ、撫でていた手が止まった。

「ナコ、いつもより温かいですね？」

「あ、暖炉の前で編み物してたら熱くなってきちゃって」

でも確かにいつも旦那様の方が温かいのに、今日は同じくらいだ。そのせいか自分と旦那様の境目が分からないような一体感がある。はあぁぁ、溶けてしまいたい……。

「しかしナコ、村の中は安全だといっても、一人で歩き回るのは感心しませんね。行きたい場所があるなら、私を誘って下さいね」

旦那様は少し真面目な顔でそう言い、名残惜しげに手を離すと再び口を開いた。

「ここへは何をしに？」

「あ、散歩ついでに鳥を見に来たんです。最近編み物ばっかりだから、身体を動かしたくて」

「ではご一緒させて頂いても？」

「もちろん！」

するりと手を繋がれて、嬉しくてにぎにぎしてしまったら、旦那様はくすぐったそうにちょっと眉尻を下げながらも、そのまま好きにさせてくれた。完全なるバカップルである。村の人達に見られたら恥ずかしいなんて思わない。むしろ見て！　見せつけちゃうから、空気を読んで明日以降邪魔しないで欲しい……！　夫婦のスキンシップという大事な時間です！

フワフワした気持ちで池の周りを歩いていたら、畑で焚き火をしているおじさんとおばさんに冷やかされたけれど、それも楽しい。

おばさんはわたしの編み物仲間で、おじさんは旦那様と顔見知りらしい。お互い挨拶をして、ゆっくりと時間をかけてわたし達は宿屋へと戻ったのだった。

六、旦那様、懸念を抱く

宿屋の二階の一室を借りた私は、村長、初日に話しかけてきた大工の纏め役のソル、そして青年団のリーダーであるラルフと向かい合っていた。

ここ数日それぞれが集めた情報を整理した私は、机の上に広げられたこの村を中心とした簡易的な地図を改めて確認する。

向かって右側には街と村を繋ぐ街道。そして左側にはクシラータの関所に続く森の中の街道があった。

野盗が現れた場所に赤い印と日付が記されており、ここ最近はほぼ街に続く街道に偏っている。例外はネリが襲われた時だけだ。

実は同じ日にもう一件、街を出てゼブ村に納品に向かっていた職人が襲われていたらしく、積んでいた荷は盗まれたが、幸いにもすぐ街に逃げ込めたおかげで、軽傷で済んだそうだ。

それ以降野盗出没の一報はなく、村には束の間の平和が続いている。朝方には少し大きな商団が楽隊と共に村に到着し、俄《にわ》かに村は活気を取り戻していた。しかし。

「野盗討伐は延期にしましょう」

静かに、しかしきっぱりとした口調で言い放つと、三人はそれぞれ驚いたように私を見た。当然だろう。つい先日、また新しく作られたらしい岩場のアジトを発見し、気づかれる前に一気に叩くべきかもしれないと話していたのは昨日のことなのだから。

「このまま討伐に出たとしても、おそらく騎士団同様逃げられることになると思います」

少し苦々しい気持ちでそう言葉を続けると、真っ先に口火を切ったのはソルだった。組んでいた太い腕を解き、私を睨むようにじとりと見上げてきた。

「おいおい、マジかよ。今更ひよったのか？　ようやく仕事ができそうだって下の奴らも張り切ってたのに」

今回の野盗討伐には、彼と仲間の生活がかかっていると言っても過言ではない。本格的な冬になる前に野盗を討伐できれば、もう一仕事できる。故に不満の声が上がることは予《あらかじ》め想定していた。

その上で彼が納得するであろう説明を続けようとしたところで、私の隣から威勢のいい声が飛んだ。

「ああん？　おっさんうるせぇな！　ジルさんにはジルさんの考えがあるんだよ！」

そう怒鳴ったのはラルフだ。

「なんだと？」とソルが椅子からのそりと立ち上がり、上からラルフを威嚇する。それを真っ向から受けたラルフも派手な音を立てて椅子を倒し、立ち上がった。

「まぁまぁ、二人とも落ち着きなさい」

一気に剣呑《けんのん》な雰囲気になった二人は、宥めるような村長の声が続く。

ここに来て何度も繰り返されたやりとりだ。二人は特別仲が悪いのではなく、一方的にラルフが誰彼構わず……いや、私の意見に反論する者に、こうして噛みついていくのである。

私はこめかみを揉んでラルフが倒した椅子を起こす。持ち主の肩をぐっと掴んで、座るように促した。

「ラルフ。喧嘩腰で物を言うのはやめなさい」

「す、っすいませんジルさん！」

ラルフは大きな身体を縮こませて、へにょっと情けなく眉尻を下げる。

そうすると意外と幼い印象になるのだが、喧嘩っ早い彼が村人に嫌われないのは、こんな風に年相応の愛嬌を見せるからかもしれない。

かくいう私もそんな彼の表情に絆《ほだ》されつつも、盲目的すぎる彼の行動には少々気後れを感じる日々である。どこで間違ったかといえば、やはり初日なのだろう。

年齢故の無鉄砲さと、村という狭い場所で培われた自尊心の高さから、反抗心を見せ威嚇してきた青年団だったのだが、蓋を開けてみれば彼らは皆、普通の純朴な田舎の青年達だった。

彼らの体格と発言を顧みて、力の差を見せつけるのが手っ取り早く理解を得られるだろうと、少々手荒にやり込めたのだが、思っていた以上に効果が出てしまったらしい。

腕試しが終わってからも延々とつき纏われ、強さをもてはやされ――特に青年団のリーダーであるラルフは気がつけばそばにいる、と感じるほど慕われてしまった。四六時中そんな感じなので、村長や大工の棟梁には『腹見せて転がってる犬状態』などとからかわれているのだが、本人にそんな自覚はないらしい。

ナコはその話を聞いて、『オセ様といい、旦那様の前世はブリーダーかドッグトレーナーなんですかね……』と呟いていたが、そういえば確かに昔から犬には好かれたな、と思い出してしまった。

大人しく、と意味合いを込めて少し厳しい視線でラルフを見れば、むしろ嬉しそうに何度もこくこくと頷かれてしまう。若干呆れた顔をしている村長とソルの視線を感じつつも、頭を切り替えた。

「野盗討伐に関して、秘密裡《り》に動いた方がいいと思います」

最初の一言で村長、ソルの顔に緊張が走ったのが分かった。

少しの沈黙の後、最初に口を開いたのは神妙な顔をした村長だった。

「秘密裡に、ということは、もしや私達に……いえ、村人の中に野盗のスパイがいるということでしょうか？」

「はぁ？　誰だよ。村に住んでる奴に野盗と手を組むような見下げ果てた人間なんているわけねぇだろう」

眉間に皺を寄せ、唸るようにソルが吐き出す。今度は明らかな喧嘩腰にラルフが反応するかと思ったが、さすがにさっきの今で噛みつくのはやめたらしい。しかし顔は思いきり顰められ、今にもソルに飛びかかっていきそうな雰囲気を出している。

「まず、優秀なヘルトリング騎士団が二度も派遣され、アジトを突き止めたのにもかかわらず、一人も捕獲できなかったことが一番の理由です。元々野盗なんてものは痴《し》れ者の集まりですから、それほど統率力も仲間意識もないので、根城さえ分かれば一網打尽にするのは、それほど難しいことではありませんから」

「前もって騎士団が来るのを知ってたから、逃げることができたっていうのか？」

「ええ、見張り役さえ残さないというのはおかしいですからね。それに騎士団が来る前日まで出没し、帰った次の日からすぐに野盗が現れたのもタイミングが良すぎる。村に様子見の騎士が残っている可能性もありますから、街道で戻る姿を見たとしても、数日は警戒して大人しくしているはずでしょう」

「……確かにうちの村は前の戦で使った砦をそのまま使っているから、外から村の中を様子見、なんてことはできませんが……」

そうは言いつつもいまだ納得がいかない様子の二人に、私は目の前のテーブルに広げられた地図に視線を落とした。

「それに加えてこちらをもう一度見て下さい」

三人が一斉に机の上の地図を覗き込む。私は伸ばした指先を赤い印が集まった場所に置いた。

「商人や商団が襲われた場所が街に近すぎると思いませんか？　まるで商人がこの村に来る予定を予め知っていたかのように襲うのが早い」

「……それは、奴らの仲間がいて、街の入り口を見張ってんじゃないのか？」

むっつりしながらも、先ほどよりはいくらか柔らかい口調でソルは疑問を口にした。

「ええ、それももちろん考えられることです——が、基本的に野盗は待ち伏せが多いので、街に逃げ込まれることがないように、街道の真ん中辺りで荷を狙うはずなのです」

「随分野盗に詳しいな……ってああ、騎士団に入ってたって言ってたもんな」

「昔取った杵柄《きねづか》ですが」

鼻を鳴らして吐き出された嫌みに淡々と返せば、ソルは「だあっ！」と職人らしい短く刈り込んだ頭を掻きむしった。

「まだるっこしいな！　スパイがいる可能性が高いのは分かった！　それで結局誰なんだよ。そのスパイってヤツは。もう予想はついてんだろう？」

ソルががなり立てると、それまで黙っていた村長が、おずおずと口を挟んだ。

「――もしかして……カールデール神官ですか？」

村長には特に彼の素性や素行などを聞いている。それにヘルトリングの関所に、カールデール神官に絡んだ問い合わせをするように頼んでいた。その時こそ不思議そうな顔をしていたが、今ようやく気づいたらしい。

「マジかよ！」

今度こそ黙っていられなくなったラルフが仰け反って驚き、ソルの目も同じように丸くなった。

やや掠れた声でカールデール神官、と呻《うめ》いてから顔を手で覆った。

「馬鹿な。神官だぞ……!?」

田舎の人間ほど、天候をも司《つかさど》り実りを左右する信仰を大事にする者が多い。どれほど嫌な人間だとしても女神の手足となる『神官』である以上、善人であると潜在的に信じ込んでいるものだ。

「いや、でもアイツならやりそうだよな……」

緩く首を振りながらも、ラルフもそう呟く。

「ってか、なんでジルさんは、カールデール神官が怪しいと思ったんですか？　いや疑ってるわけじゃないんですけど……」

驚き半分、疑い半分。まさにそんな表情を乗せて戸惑う彼らに、私は再び地図を指した。指先を、村からクシラータに入るための関所に続く、森の中の街道につけた赤い印まで滑らせた。

「ここは最後にネリ嬢が襲われた森です」

「……ええ」

「実はネリ嬢を助けて私達がこの村に入ってすぐにカールデール神官に会っていましてね。カールデール神官がネリ嬢と言い合いを始め、それを黙って聞いていたのですが――その時に彼が言ったのです。『森の中でうろちょろして』と」

「……それが？」

突然出て来たネリの名前に、慌てて前のめりになった村長が先を促す。

「少し考えて下さい。カールデール神官は、どうしてネリ嬢が森の中にいたのだと分かったのでしょう？　ソル、貴方もその後食堂で会った時に、同じことを話題にしましたが、貴方はネリ嬢が街に続く街道で襲われたと思った、と話してくれましたね」

「……ああ、そうだったな」

「普通はそうです。ここ半年は街に続く街道ばかりで襲われていますし、若い娘なら街へ行くことはあっても森に行こうと思うことは少ない。ではカールデールはどうして知ったのか。考えられるのは当時、村の門番だったラルフ達に聞いたか――」

「俺、あいつ嫌いだし半年くらい喋ってないです。もう一人もネリを見送ってから俺とずっと一緒にいたから、カールデールに話してるってことはまずありえないです！」

「だとすると、後はネリ嬢を森の中で見た。そして森では見なくなったはずの野盗がいたことを考えれば――あるいは彼女を襲わせたのかもしれません」

ひっと村長が息を呑む声が聞こえた。彼にとってネリはもうすぐ嫁にやる可愛い一人娘だ。それに今まで野盗が狙っていたのは旅人や商人ばかりで、実際に村人が襲われたことはない。ネリが最初から狙われていたのだとしたら、村長にとって両方の意味でその衝撃は計り知れないはずだ。

「オイオイ、マジかよ……」

「ちょっと待って下さい！　カールデールのヤツが森でネリを見たって言うのはおかしいです。だって俺達、あの日はネリ以外に村の扉開けてないんすよ。それどころかカールデールは滅多に村から出ないから、門には近づきもしませんし――」

当然の疑問である。そう、ここからは証拠が挙がるまでただの予想なのだが――、おそらく間違いはない。私はどこから切り出そうかと頭の中で整理しつつ、ここ数日で集めた情報から導き出した話をするべく、再び口を開いた。


――結局話し合いが終わったのは夕方近く。

部屋に戻るとナコの姿はなく、食堂に下りてみる。普段トーマスの祖母や村の女達と縫い物をしている場所にもおらず、熱心に編み棒を動かすネリに声をかければ、すぐに答えが返ってきた。

「あ、ジルさん。ナコ、さっきちょっと暖炉の火でのぼせたからお散歩行ってくるって出てったわ」

礼を言って扉に向かうと、「心配性ねぇ」「羨ましいわぁ」とくすくす笑う声が背中にかかる。

悪意のないからかいにむず痒《がゆ》さを感じつつ、足早に外に出れば冷たい空気が頬を刺した。

さほど広い村ではない。適当に流せばおそらく鉢合うだろうと店の方に向かえば、むずかる赤子を抱いたご婦人とその娘らしき二人が、私を見て軽く手を振った。

「あぁ、旦那さん。いいところに来たわ。これナコちゃんに持ってって！」

私のことを、『旦那さん』と呼ぶのは大抵ナコの知り合いである。ナコが私のことを『旦那様』と呼ぶので、奥方達の間ではそうなっているのだが、やはり女性の方が伝達が早く、今や『ジル』と名前で呼ばれるよりも、そちらの方が浸透しつつあった。

娘の方から差し出されたのは小さなガラス瓶で、中には砂糖漬けにされた黄金色の杏《あんず》がぎっしりと詰まっていた。

「……よろしいのですか？」

貴重な保存食だろうに、と尋ねれば、赤子を抱いたご婦人が、にこにこしながら口を挟んできた。

「いいのいいの。ナコちゃんから教えてもらった細工物、さっき商人に見せてみたら、いいお値段になってね。そのお礼だから」

とんとん、と孫の背中を慣れた様子で叩きながら弾んだ声でそう話す。トーマスの祖母に編み物を習っているとは聞いていたが、村の女達に刺繍を教えているという話は聞かなかった。確かにナコは自分と違い、手先は器用で刺繍も上手い。

「愛嬌もあって面白いし、でも気遣いもちゃんとできるし、アンタいいお嫁さん見つけたわねぇ」

「ちょっとお母さん！　失礼よ！」

「あらそう？　すみませんねぇ」

諫める娘に言われてもなお、のほほんとした調子で謝るご婦人に苦笑して首を振った。

「いいえ。それより大事な人を褒めて下さって、ありがとうございます。私には勿体ないばかりの女性です」

空気を和ませるためにわざと惚気《のろけ》て見せれば、何故か娘の方が両手でうっすらと上気した頬を隠した。

「まぁ……こっちが照れちゃうわ」

「ふふふ、ナコちゃんも幸せ者ねぇ。うちのぼんくら亭主もそれくらい言って欲しいもんだわ」

ふぅ、とため息をついた母に娘が目を三日月型にした。

「お母さん達だって仲いいじゃない。昨日もスープ食べさせあいっこしてたし」

「嫌だ。見られてたのね。アレは私のお皿の方にお肉がたくさん入ってたからよ。あたしは代わりにお芋をあげていたでしょう」

「もう、お母さんたら照れちゃって！」

「まぁまぁ、外で家の中の話なんてするもんじゃないわ。旦那さん、ナコちゃんによろしくねぇ」

分が悪いと思ったのか、すっかり泣き止んだ赤子を抱え直してそそくさと玄関へと向かう母を、娘がからかいながら追いかける。と、その途中で振り返りぺこりと会釈して、遅れて家の中に入って行った。

二人を見送った私は、杏が詰まった瓶を割れないようにコートのポケットにしまい込む。甘いものが好きなナコは喜ぶだろう。

早く顔が見たくなって足早に村の中をくるりと一周したものの、ナコの姿はなかった。すれ違いになったのかと宿に戻ろうとしたところで、玄関で魚を干していた女性が、畑の貯水池の方へ向かったのを見たと教えてくれた。しかもその後からカールデール神官も向かったと聞いて、言葉の途中で駆けだした。

——カールデール神官は滅多に神殿から出ないと聞いており、すっかり油断していた。自分の読みの甘さに舌打ちし、畑の脇道を抜け開けた池の前に出れば、そこにはナコと件《くだん》のカールデール神官の姿があった。

ざっと見てひとまずナコが無事だったことにほっと胸を撫で下ろす。話をするには遠い距離なので、もしかしたらカールデール神官がここに来てからそれほど時間は経っていないのかもしれない。

途中から耳に届いた何とも今更な招待の話に眉を顰めながら、ナコのそばに行き、少し脅しかけただけでカールデール神官は、逃げるようにその場から離れていった。

＊

「――カールデール神官には近づかない方がいい、ですか?」

寝台に腰をかけて声に出して反芻したナコに頷く。

思いがけず楽しいひと時となった散歩から食堂に戻ると、既に夕食の支度ができていて、そのままネリ達と賑やかに食事を取った。

楽しく過ごしながらも心もち疲れた様子を見せたナコと部屋に戻り、ナコは寝台に、私はテーブルの備え付けの椅子へと腰を落ち着けたところで、先ほど言いかけて止めた話の続きを切り出した。

本来ならあの場ですぐに注意すべきだったろうが、久しぶりの二人きりではしゃぐ、ナコの楽しそうな顔を曇らせるのが勿体なくて、このタイミングになってしまったのだ。

少しだけカールデール神官とナコとの会話を聞いていたが、そこそこの資産を持つ貴族だと分かった途端擦り寄ってくる小狡《こずる》さと、少し脅せばすぐに引くその性質は、それほど大した人物だとは思えないが、念には念を入れるべきだろう。

「みんなの噂通りのあんまり近寄りたいタイプではないので、そうしますけど……何かあるんですか」

「そうですね。まだ憶測でしかありませんが……」

遡ればカールデール神官がこの村に就任した時から、いざこざが始まったらしい。

新しく神殿を建て直すと聞いて、この村の大工が大口の仕事だと喜んだのも束の間。骨組み、外壁と造った後に、わざわざカールデール神官が王都から大工を連れてきて、その後の仕上げの仕事を全て取り上げられてしまったそうだ。報酬は約束していた金額の半分になり、いくら文句を言っても残りが支払われることはなかったらしい。

地方に置く神殿を造る時は地域活性化、予算を抑えるために、現地の大工や材料を使うのが当然となっている。特に流行のない神殿なら様式はほぼ決まっており、わざわざ王都から連れてくる理由はない。

では何か村の大工達では造れない……、もしくは知られたくないものを造らせるために呼んだとしたらどうだろう。

「……というわけで、何かと腑《ふ》に落ちない人物であることは確かなのです」

昼間、村長とソル、ラルフに話した内容をもう少し簡潔に纏めて話し、そう締めくくる。

ナコは眉間に皺を寄せて唸りつつ腕を組んだ。

「……確かにあのカールデール神官が来てから、野盗が出るようになったんですもんね」

どうやらナコも村の女性陣から、色々聞いているらしい。

神殿建設のいざこざも知っていたらしく、なかなか女性陣のお喋りも侮れない。私の話に耳を傾けながら頷いたナコも、だんだん神妙な顔になっていった。

「ネリ達は、都会から来た人だから流行の内装にしたかったんじゃないかって言ってました。それに神官の部屋、すごく豪華らしいんですよ。インテリアにこだわりがある人、とか？」

「その可能性もなきにしもあらずですが――私は神殿の中に隠し部屋や……森に続く通り抜け穴を造ったのではないかと思っているんです」

一瞬キョトンとした顔をしたナコだったが、すぐに理解したようで、ああ！　手を打った。

「もしかして、カールデール神官と野盗が結託して、騎士団が討伐に来た時にそこに隠れていたとか⁉」

「ええ、そうすればいくら探しても見つけられないでしょう？」

「あ～……なるほど。まさか神殿なんて誰も疑いませんよね」

……本来ならば隠し通路や部屋を探るために、カールデール神官の誘いに乗って、神殿に身を寄せてもよかったのだろう。しかし村人達からの嫌われっぷりから、微妙な立場に置かれることになるのは想像に難くない。

自分一人ならともかく、ナコに居心地の悪い思いをさせるわけにはいかないし、なにより、今だけでも煩わしい貴族の生活から息抜きさせてやりたい気持ちもあった。

村に来てからのナコは、いつも一緒にいるネリ嬢のおかげか、王都にいる時よりも伸び伸びしている。トーマスの祖母とお茶を飲みながらゆったり過ごす時間も、村の女達と裁縫しながらお喋りしている姿も楽しそうだ。ナコは愛嬌もあり反応がいいので、年嵩のご婦人方にも可愛がられている様子だった。

貴族との社交は男女関わらず駆け引きばかりだ。元来ナコはこれくらい周囲と気安く接する方が、きっと合っているのだろう。

――いっそ自由にしてやればいいのに。

そう心の中で詰る自分の声は確かにある。しかし別れるなんて選択肢はないし、ナコもそれを望まないことは知っている。だがもう少しだけ年を重ねて、完全に城の仕事から手を引いた時には

――ナコが望む場所に二人で行けばいい。この村のような田舎でも他の国でも、きっと二人ならば、どこに行っても楽しいだろう。

「後は野盗ですが……その時に王都からやってきた大工というのが、怪しいのではないかと」

「え？」

「大人数の移動というのは存外目立つものなのですよ。こんな辺境の地なら尚更ね。ですから村長に頼んでヘルトリングの関所に、村にやってきた大工達が神殿建設を終えた後、ちゃんと王都に戻った記録があるのか、問い合わせをしてもらっています」

ナコはぱちんと両手を打つと、何度も頷いた。

「あーなるほど。領地に入る時も出る時も関所を通りますもんね」

感心したように何度も頷くナコと昼間話していた三人の顔が思い浮かぶ。彼らも同じように頷いていて、強引にやってきた王都の大工達にも違和感を覚えていたらしい。

『奴らが持ってる大工道具が、みんな新品だったんだよ。大きい仕事の時はそりゃ揃えることもあるが、やっぱり使いやすさや愛着もあるからな。全部が全部新品に替えるってことはねぇ』

『野盗が顔を隠してたのもそれが理由なんだな。あんまり交流はなかったが、二、三人ならなんとなく覚えてるし』

ソルとラルフの言葉は確信を深める材料になった。

とりあえず話は王都から来た大工の行方の確認ができてから、となり、固く口止めを――特にお調子者のきらいがあるラルフには念を押してから解散した。村長だけは娘のネリ嬢が狙われていたこともあって茫然《ぼうぜん》自失としていたが、はっと我に返ると、『関所に返事を催促する手紙を送ってきます！』と息巻いて出て行った。

この村に来た当日、ネリ嬢を襲った男をきちんと捕らえなかったことが悔やまれる。村の人間と面通しすれば、誰か一人くらい覚えている人間もいたかもしれないというのに。

次の日の朝に山に上がったのだが、既に男の姿は消えていて、確認することもできなかった。思えばあれも、無事に戻ったネリ嬢を確認したカールデールからの指示だったかもしれない。

もう少し確証が持てれば、領主に自分の名前を出して話を通し、本格的に冬が来る前に騎士を派遣してもらうこともできるだろう。協力を要請すれば自分は前衛には出ず、ナコの身辺の安全も確保することができる。

手っ取り早く野盗騒ぎを片づけようとすれば、私が行って頭を抑えるのが一番早いだろうが――もし自分が野盗のアジトで戦っている時に、二手に分かれて村を襲われたら、ナコを危険に晒すことになる。なによりこちら側の情報が筒抜けなのだから、人質に取られる可能性もあった。

しかも怪しいからという理由だけで、神官を謀《たばか》り罠《わな》にはめるような真似《まね》は、敬虔《けいけん》な村人には荷が重いだろう。信仰の薄そうなラルフも青年団の仲間も、間諜《かんちょう》役にするには向かない体格と実直な性格の若者ばかりだ。ソルもしかり。

――アルノルドかユアンがいれば――。

こんな時、つい頼りになる部下を思い出してしまうが、時間の無駄にしかならない。

「でもカールデール神官の目的って結局なんなんですかね？」

手持ち無沙汰を慰めるように、ナコがシーツから枕を引っ張り出して胸に抱く。その上に顎を置いたナコは小さく問いを口にしたのだが、私はその内容に少し驚いてしまった。

情報量と衝撃が多すぎたせいか、村長達からは最後まで聞くことがなかった問いだった。あるいは野盗と強奪品の山分けで手を組んでいると思ったのかもしれないが——。そう、結局はその問いに全てが集約されている。おそらくこれからの展開も答えも。

「神殿の内部まで弄るなんて大それたことは、一神官の身には手に余るでしょうね」

「じゃあ、黒幕は大神官長ってことですか？」

「おそらく」

頷いた私に、ナコはむむっと眉間に皺を寄せ、指を折り始めた。

「ん……と、ここで野盗騒ぎを起こす。で、商団とか旅人が来なくなる……。村の人達の商売もできなくなって、村人達が移動する……ってなったら、村にある神殿の神官だって困るんじゃないですか？　あ、むしろ嫌いだから潰れて王都に戻れて嬉しいとか？」

この際カールデール神官は置いておきましょうか、と少しずれた思考を正せば、ナコははっとしたように顔を上げて枕を放り投げた。腕を組んで天井を仰ぐ。

「大神官長の利益……、ううん……採算の取れない、寄付の少ない地方の神殿を潰す計画とか……」

意外な言葉に今度こそ目を瞠る。

むしろその辺りは思いもつかなかった。神殿は基本的に寄付で運営されており、地方の神殿は有事の際の避難所にもなるので、その土地の領主が施工費を援助することも多いが、完成した後は神官の生活費や設備は神殿負担となる。それこそ赤字になる神殿は、大きな街や大神殿の寄付で賄わなければならないのだ。確かにナコの言う通り地方の神殿がなくなれば、その補塡分を懐に入れることができるだろう。

「なかなか興味深い話です。後でまたお聞かせ下さいね。次は――地理の勉強になりますかね。このゼブ村があるヘルトリング領の南にあるのは?」

「え、と、突然ですね。えっと……ドナース領……?」

「正解です。よく覚えていましたね。ドナース領は大神官長の実家です。そしてクシラータの関所がもう一つ置かれている場所です」

「あ、そうですね……」

「国外への関所を通るには国内とは比にならない金額の通行料がいります。大きな商団から旅人まで結構な収入になるんですよ」

「あっ! もしかしてそういう人達を独り占めしたくて、ゼブ村近くの関所に来る商談や旅人を襲ってるってことですか!」

「まだ憶測ですがね」

百点満点の答えに頷きつつもそう言えば、ナコは思いきり顔を顰めた。

「いや、やりそうです……あの、お金の亡者っぽい人なら」

頭に大神殿で会った大神官長を思い浮かべているのだろう。可愛らしい顔を歪めたままのナコの頭を撫でて、先ほど別れた三人同様、後は関所からの連絡待ちだと締めくくった。

話し終わって、水差しからコップに水を注ぎ一つをナコに手渡し、もう一つで喉を潤わせる。その途中で上着の裾がテーブルに当たり、かつん、と硬質な音を立てた。

「……そうだ」

大事な預かり物をしていたのに、カールデール神官のせいですっかり忘れていた。

立ち上がりナコの隣に腰を下ろす。懐から小瓶を取り出してナコへ差し出せば、燭台《しょくだい》の蠟燭《ろうそく》の明かりを反射した杏のいかにも甘そうな黄金色に、ナコの表情がぱあっと明るく輝いた。

「わぁ！　なんですかこれ！」

「ナコへの預かり物です。杏の砂糖漬けらしいですよ。口許に黒子《ほくろ》のあるご婦人でした。刺繡が売れたのでそのお礼だと」

「え？　……あ、そういえば商人さんに見せてみようかしら、って言ってました！　そっか……ちゃんと売れてよかったぁ」

そう言いながら瓶を大事そうに抱えた横顔は柔らかい。

「よかったですね。デザート代わりにつまんでみてはいかがですか？」

ナコから一度引き取り、固く閉じてあった蓋を開けてやれば、ほんのり甘酢っぱい香りが鼻をくすぐった。

「えへへ、じゃあちょっとだけ」

同じように覗き込んだナコは嬉しそうに受け取ると、慎重にその一つを指でつまんで口に放り込んだ。

小さなナコの口には少し大きかったらしく、栗鼠《りす》のように膨らんだ頬を見てつつきたくなる。手で口許を隠してようやく飲み込んだナコは、きゅっと目を細めて笑った。

「んーっ美味しいです！　旦那様もどうぞ」

差し出された瓶とナコの笑顔を見て、少し考える。

「……食べさせて下さいますか？」

ついそんなことを言ってしまったのは、杏をもらった母娘《おやこ》の会話のせいだったかもしれない。

「え？」

ぱちっとナコの目が一度瞬き、その動きに我に返る。

いい歳をして無意識に零した言葉に呆れて、いたたまれなくなった。

あまりにナコが普段通りなので忘れていたが、今はただでさえ老いた姿だ。なのに甘ったれた言葉など滑稽なだけだろう。「冗談ですよ」と返そうとしたところで、ナコの頬がふわっと赤く色づいた。

「くっ……、旦那様……！　なんですか珍しい……！」

甘えてます⁉　と勢いよく叫んだナコは足をジタバタさせた。興奮に頬を染めたナコに、心配した呆れの色は見えない。

「はい！　気が変わらない内に！　どうぞ！　うふふ、あーん？」

一つつまんだ杏を私の目の前に持ってくる。照れくささも相俟《あいま》って視線を外して口を開ければ、タイミングよく杏が口の中に入ってきた。

まだ漬けたばかりなのか表面の砂糖の甘くザラザラした感触が舌にこびりついたが、果実を噛み砕けば酸味が程良く口の中で混ざり合った。

なるほど、確かにナコの言う通り美味《うま》い。

感想を待つナコの顔は近く、上目遣いにこちらを窺う瞳は期待に輝いている。

「美味しいですよ。ほら、ナコももう一つどうぞ」

そう言って瓶から掬い取った杏を差し出せば、はにかむように一度視線を伏せて小さな口を開けた。

押し込むには小さな口に躊躇《ちゅうちょ》していると、焦れたのかナコが白い歯を見せて齧《かじ》り取る。その時に見えた赤い舌に、ぞわりと肌が粟立った。

目を逸らせないまま残りを自分の口の中に入れれば、あ！　と、ナコが非難の声を上げて唇を尖らせた。可愛らしい様子にくすりと笑って、ちゅっとわざと音を立てて口づけた。

砂糖のついたナコの唇を親指の背で撫でて舐めれば、熟れた杏のようにナコの瞳がとろりと蕩けた。唇を離して吐き出した吐息はどちらも甘い。

……参ったな。どんなにいい雰囲気になったとしても、若返った経緯を考えれば、まさかここで身体を繋ぐわけにはいかないというのに。

正直にどちらがいいと言われれば、若い身体の方が色々と都合がいいのは確かだ。戻れるのならば歓迎するが、今ここで姿が変われば大騒動になることは想像に難くない。数年前のあの騒動を思い出せば、幸いなことに少し身体の熱が収まった。

瓶をサイドボードに置き、すすす、と近づいてきたナコが、そっと首に手を回してきた。すりっと猫のように抱きつかれて、柔らかな胸の感触とナコの甘い匂い、そして杏の香りが鼻腔《びこう》をくすぐる。抱きついたり離れたりを繰り返すナコに、「どうしたのですか？」と尋ねるとナコはぐりぐりと頭を押しつけてきた。幼い子供のような仕草に髪を撫でると、ナコががばっと顔を上げた。

至近距離で見つめる黒い瞳は、濡れているように艶やかで自然と喉が鳴った。

「……あー……まずいです、旦那様……」

「ナコ？」

「すっごく……したい、です。ムラムラします」

「……」

かぁぁっと音がするくらいの赤い顔で、そんな言葉を発したナコに、片手で顔を覆い天井を仰いでため息をつく。

全くこの子は……。我慢を台無しにされる流れに苦笑しつつも、せっかくのナコのお誘いを断るのは、些か、いやかなり勿体ない。

「……では、少しだけ触れても？」

後で辛くなるのは自分なのに、どうしてナコに関しては判断を誤るのか。……まぁ、耐えるか場所を変えて処理すればいい。

嬉しそうに頷いたナコに、もう敵《かな》わないな、と笑いそっと抱き締める。大事そうに抱え込んだ杏に気づいてサイドボートに置いた。半分まで減ってしまった杏に先ほどの母娘を思い出す。

「……私のお嫁さんは愛嬌もあるし、気遣いもできるし、手先も器用でその上、可愛すぎで困りますね」

村の女に言われたことを重ねて言葉にしてみるが、足りずに自分なりの言葉を足してみる。そう、愛らしくて困る。まさに今の気分にぴったりだった。

「ええ……っなんですか、それ」

「村の方に言われたのですよ。改めて私は幸せ者だな、と思いました」

「わっわたしの方が幸せですよ！」

最後の言葉に被せるようにそう言ったナコに、今度こそ堪えきれない笑みが零れる。額にかかった髪を後ろに流し、形のいい額に唇を落とした。

甘い杏の香りがする唇を柔らかく何度も啄《ついば》み、仰け反った背中を支えながら、寝台へそっと押し倒す。

唾液、愛液……若返る可能性のある行為を避けようとすれば、些か物足りない。

柔らかな胸を押し潰すように手のひらで覆えば、ん、とさっそく可愛らしい声が聞こえた。

今日二階に泊まっているのは、商人のみ。トーマスの気遣いで部屋を離してくれているので、多少の声ならば耳に届くことはないだろう。可愛いナコの声は自分だけのものなので、そもそも聞かせたくもないが。

ワンピースの襟元から釦《ボタン》を外して、するりと中に手を滑らせる。下着から零れ落ちた二つの膨らみは真っ白で柔らかく美味そうだ。淡く色づいた先端も先ほどの愛撫で柔らかく立ち上がり、触れられるのを待つように見えるのは男の勝手な妄想か。

寒いかもしれないと毛布を引き抜き上から被ると、ナコがぎゅうっとまた強く抱き締めてきた。

「今日のナコは随分甘えん坊ですね？」

親指で優しく胸の先端を擦り上げると、ぴくっと身体を震わせる。

「だって……最近、あまり一緒にいられない、……かったです、から」

そういえば、事態の収束ばかりに気がいって情報収集のために、村人と食事を取ることも多く、そのまま酒に誘われることも多かった。思えば見知らぬ場所だ。気の合うネリ嬢もいてご婦人方とも楽しそうにしているので、逆に邪魔になるかと思っていたが、そうでもなかったらしい。確かにこうして二人きりでゆっくりと会話したのは、久しぶりだった。

「寂しい思いをさせてしまいましたね」

立ち上がり始めた胸の先端を優しく口に含んで舌で存分に舐め、時々吸いつきながら尋ねると、ナコは肩に手を置いてふるっと首を振った。

「あ……っ、……い、えっ……わたしが夜起きてられない、っだけ……んっあああっ」

ここに来てやはり気疲れをしているのか、夜に戻るとナコは眠ってしまっていることが多い。しかしその時もベッドで眠っていてくれればいいのに、律儀に待っているのでテーブルやベッドサイドで眠りに落ちていることも多く、寝台で待っていて下さい、とお願いしたくらいだ。

「許してくれますか」

先ほども言ったように、後は関所からの連絡待ちである。明後日くらいまではおそらくナコのそばでゆっくり過ごせるだろう。何かと鍛錬を、話をと強請ってくるラルフには、仲間達を纏める用事を頼んで少し離れていてもらおう。むしろその仲間達は、鍛錬の見学に来るナコを見るのを楽しみにしているきらいがあるので、何か対策をと思っていたところだった。

『……幼妻ってなんか滾《たぎ》る……』

ぽそりとそう言った青年は、いつかの赤髪の彼以上に念入りに稽古をつけてやったのだが、他の者も口に出さないだけで、ナコを意識していることは分かる。

唾液に塗《まみ》れて尖った先端に名残惜しくもう一度触れると、ナコは熱に浮かされたような潤んだ瞳で浅い呼吸を繰り返していた。

「ねぇ、ナコ気持ちいいですか?」

少し強めに圧《お》し潰してみれば、華奢な腰が派手に跳ねる。

「あっ……ひゃんっ、……んんっ、気持ち、い……っ」

「ええ。もっと良くして差し上げましょうね」

最近とみに素直になってきたナコを褒めるように赤い耳に囁く。たくし上げたスカートの下の滑らかで健康的な肉付きの肌を撫で上げ、太股の付け根に触れた。

「……っあ」

下着の紐を解いて中に触れれば、濡れたそこは私の武骨な指を歓迎するかのようにしとどに濡れていた。ついいつもの癖で身体を下にずらそうとして、思いとどまった。

「……駄目、でしたね」

「旦那様……？」

――ああ、やはり物足りない。

震える声で私を見上げたナコに、首筋に顔を埋めて薄い皮膚を吸う。

濡れたそこに舌を差し込んで舐め柔らかくなるまで解《ほぐ》してやれば、あるいはその上の控えめな蕾を甘く噛んで吸ってやれば、ナコは今よりももっと可愛い声で啼《な》いてくれるのに――今度こそ真面目にそう思い、結局若くても老いても変わらぬ貪欲さに笑い出したくなった。

彼女の身体に見合ったその場所は、間が空いたこともあり少し硬い。中は後の楽しみにして手っ取り早く快楽を膨らませるために小さな蕾《つぼみ》に指を伸ばした。人差し指と中指で優しく撫でながら、舌で耳朶を舐《ねぶ》る。撫でる強さと速さをナコの吐息と喘《あえ》ぎ声に合わせると、白い爪先がシーツを蹴り丸まった。

「は、あ、あっ、……っ」

すぐに達してしまったナコを一度抱き締めてから、息が落ち着くのを待つ。

そろりと置いた指をつぷと蜜壺に差し入れると「ひゃああっ」と悲鳴のような声が上がった。

「あ、すぐ、は、だめ……っ」

「しかし、きゅうきゅう指に吸いついてきますよ？」

言葉通り、蜜を増やしたその場所は、自分の指を歓迎するように奥へと誘いこもうと蠢《うごめ》いている。

それでも傷がつかぬように浅い場所で円を描くように捏ねると、細い腰は痙攣するように何度も浮いた。

泣く寸前のような細く甘い声を堪能しながら指を増やし、三本になったところで、ナコの好きな場所を強く擦ってやる。

その度にきつく締め上げる中の動きに、限界が近いのだと分かる。

「……は、……」

縋りついて腰を揺らすナコの痴態に知らず吐息が零れてナコの耳にかかった。

快感の大きさに反射的に逃げようとする腰をやんわりと押さえ込んで、胸の先端をやや強く親指の腹で擦りきゅっとつまんだ。いっそう中が食い千切られるほど、締まる。

「や、ぁ……っあぅ、あ、あ、っふ、ぅん、んっ――!」

びくりびくりと魚が跳ねるように何度も痙攣したナコは、一際高い声を上げ、達したのだった。

七、そして伝説へ

気持ち良く晴れた秋晴れの空。雲も伸び伸びと流れていて、絶好の洗濯日和である。

洗濯板と石鹸、沸かしたお湯を少し入れてぬるま湯にするので、指先が痛くなるほどの冷たさじゃない。毎日の洗濯のためにお湯を沸かすなんて結構贅沢な使い方なのだけど、井戸が村のあちこちにあること。そして林業がさかんで端材が出るので、燃料に事欠かないおかげらしい。

そしてここ——みんなが集まる村の洗濯場は、食堂の裁縫教室と同じく、奥さん達の社交場である。

いつもなら近所の噂話から子供の夜泣きを抑える方法、旦那さんの愚痴まで、お喋りが途切れることはないんだけど、今日は皆一様に黙り込み、ソワソワしていらっしゃる……。

その理由はもちろん、後ろで竈番《かまどばん》をしてくれている旦那様の存在だ。

旦那様が説明してくれた通り、今は、例のカールデール神官が神殿を建設するために呼んだ大工さん達が本当にその後、ヘルトリング領を出て行ったか問い合わせ中である。関所とこの村は結構離れている上に、問い合わせは受付順らしいので、返事が来るのも時間がかかるらしい。

そんなわけで野盗討伐は一旦お休みということになり、ここに来てようやく……！　二人でゆっくり過ごすことができているのだ……！

商団もまだ滞在していて、広場に出している露店を覗いてちょっとしたアクセサリーやお菓子を買ったり、一緒に来ている楽団さんが、食堂で演奏するのを聴いたりと楽しく過ごしている。

今日も今日とて張り切って、二人で朝からきゃっきゃうふふと洗濯をしていたんだけど、そんな新婚さんごっこも束の間だった。来る人来る人、旦那様が洗濯をしている姿を見ては、驚かれてしまうのである。

挙句の果てには「ナコちゃん体調悪いの？」なんて心配されてしまうので、結局少し離れた場所で、洗濯に使うお湯を沸かす竈番をしてもらうことになってしまった。ここ最近物理的な距離はゼロに近かったから寂しい。

たとえば旦那様が平民だったとして、田舎で二人きりで生活してたら、こんな感じなのかなぁ、なんてシチュエーションを楽しんでいたのに。

「いやぁ、あんな立派な男の人が洗濯なんてびっくりしたわ」

「本当、働き者よねぇ」

さっき来たばかりのネリとお土産屋さんの若奥さんが、わたしを挟んで会話しているんだけど、延々と同じ話ばかりで、ため息が出てくる。

……貴族や裕福な商人みたいに、世間体とか雇用のために洗濯侍女さんを雇わなきゃいけない家ならともかく、普通の家なら洗濯くらい男がやったっていいと思うけど。男女の差別を極力なくしていこうという時代に育ったわたしとしては、ここまで反応されると戸惑ってしまう。

ちなみに貴族である旦那様が何故洗濯に抵抗がないのかというと、見習い騎士時代は寮生活をしなければならず、洗濯掃除等身の回りのことは自分でやっていたからだそうだ。

その言葉通り、抵抗どころか洗濯する姿はなかなか堂に入っていて、むしろ力があるおかげで洗うのも速い。本当にうちの旦那様はいい方向に規格外で、生活力がありすぎる……。死角が見えない。素敵。抱いて……って、そう！　実は今そういうことをすると、旦那様が若返っちゃう可能性があるからって、最後まではお預け状態なのである。

一方的に気持ち良くされてしまうので悪いなぁ……、とイチャイチャするのは控えてはいる。

……べたべたしたいけどムラムラもするんだよ！　これこそ理性と本能のせめぎ合い。諸刃《もろは》の剣状態で辛い。そしてたまに本能に負けてくっついてしまうと、また気持ち良くされてしまう、なんていう天国循環である。幸せだけど辛い。

「ナコ、洗い終わったら私が絞りますよ」

いつの間にかわたしの後ろに立っていた旦那様が上から覗き込んできた。仰ぎ見た銀糸の髪が形のいい額に流れて億劫そうに払う、その色っぽい動作にうっかり見惚れていたわたしは慌てて頷いた。

……きっとタイミングを計って来てくれたのだろう。そんな些細《ささい》なことが嬉しい。にこりと笑った旦那様がわたしが持っていたワンピースを引き受ける。ちなみにこれはネリのワンピースではなく、古着屋さんで買ったものだ。借りっぱなしはよくないからね。

水を含んだ洗濯物はもちろん重い。普段なら二人がかりで絞るか、端っこからちょっとずつ絞るんだけど、さすが男の人だ。旦那様が両端を持って絞ると、ぼたぼたと大量の水が桶の中へと落ちていった。「干してきますね」と言って、肘まで捲り上げた腕に引っかけ、少し離れた場所にある干し場に向かう。

「はぁ……やっぱりいいわねぇ。洗濯まで手伝ってくれるなんて、優しいわ。男は年齢じゃないわね……」

「いや、むしろあの落ち着きがいいんじゃないかい？　威厳もあるのに穏やかで、声も舞台役者みたいにイイじゃない」

少し離れた場所から、吐息交じりの声が聞こえてくる。

ちらりとそちらを見れば、旦那様の背中を熱い眼差しで見つめる複数の奥さん達の姿があって、きゃっきゃうふふと盛り上がっていた。……ここ最近、どこへ行ってもずっとこんな調子で、着実に旦那様はこの村でアイドル化している。正直グッズでも作ったら瞬く間に売り切れそうな人気だ。まぁまずわたしが買い占めるけどね！

しかしそんな危険な視線に純粋な旦那様は気づくことなく、淡々と洗濯紐にワンピースを干してくれている。そしてふっと振り返って後ろからやってきた、赤ちゃんを背負った奥さんに声をかけると、その人が手にしていたシーツの端を引き取った。長い腕と背の高さを生かして軽々と引っかけていく。

「あ、……ありがとうございます……」

「いいえ。気持ち良く乾くといいですね」

そう言って旦那様は顔を綻ばせて微笑む。

お母さんの背中からひょこっと顔を出した赤ちゃんが可愛かったのも確かだけど、そんな優しい顔で笑いかけちゃったりしたら……！

「……はぁ、枯れ専になっちゃいそう……」

うっとりとしたため息と共に吐き出されたのは、わたしにとっての地雷だった。言うに事欠いて枯れ専って！　もしやわたし枯れ専というワードに呪われてるんだろうか。これでまた旦那様がわたしに対して枯れ専疑惑を持ってしまったらどうしてくれよう……。誤解解くの本当大変だったんだからね！

そもそも何回も何百回でも言うけど、旦那様は年齢なんて超越した存在なんだからぁああ！

わたしはふらりと立ち上がる。ふふふふふ、さっきからなんなんだ。旦那様に見惚れるのは素敵すぎるので百歩譲って許そう……。しかし枯れ専発言と禁断の恋の予感なんて、女神様が許してもわたしが許さん。速やかに消去すべし……！

旦那様のもとへ駆けつけようとすれば、横にいたネリにがしっと腕を摑まれた。

「とりあえずその洗濯棒は置いてこうか。結婚式の前に殺人事件とか勘弁してよ！」

「もーララさーん！　ナコちゃんに嫉妬で呪われるわよー！」

反対側にいた小物屋さんの若奥さんが口許に手を当ててそう叫ぶ。その場にいた奥さん達からどっと笑いが起き、その声に我に返ったらしいララさんも、まだ頰を染めつつ、気まずそうに首を竦めた。

「……あっ、やだわ！　あたしったらつい」

ナコちゃんごめんねー！　と叫ばれ、かつ旦那様も少し照れ臭そうに頬を撫でてから、優しい顔をして手を振ってくれる。も、もう！　そんな顔をされたら許すしかないじゃないか！

とりあえず洗濯棒は桶に戻したものの、まだ近い距離にいる二人を要観察していると、「さっさと手ぇ動かす！　早く洗って干さないと乾かないわよ！」とネリに叱られてしまった。

渋々残りの洗濯物に手を伸ばすと、最後に残っていたのは旦那様のシャツ。むむ……これは丁寧に洗わなくては。

そんなこんなでシャツと奮闘していると、隣の若奥さんが不意に顔を上げた。

「そういえばネリ。結婚式の招待状の返事は全部返ってきた？」

「あーうん。この前来てくれた商人が預かって来てくれたけど、街の親戚は無理そう」

「まぁねぇ。無理してこっちに来て盗賊に襲われたら、お祝い事どころじゃなくなっちゃうもんね」

「え？　ネリ結婚式もしかしてもうすぐ？」

少し驚いてネリを見る。そういえば前に聞いた時、内緒、って誤魔化されたっけ？　そんな直近で結婚式があるとは思っていなかった。

ネリはぱんっと洗濯物の水分を切ると、軽く肩を竦めた。

「あれ、言わなかったっけ？　まぁ、野盗騒ぎでそれどころじゃないっていうのもあるけど。ちょうど二週間後になるわね。でもその頃には帰っちゃうんでしょ？　……ねぇ、それって延ばせないの？　出席者も予定より減りそうだし、ナコにも出てもらえたら嬉しいんだけど」

「出たい！　けど、お屋敷、……家の人がすごく心配してくれてるんだと思うんだよね」

勢いよく言ったものの、すぐにリンさん達とユイナちゃんの顔が思い浮かんで、言葉尻が弱くなる。だけどネリは分かっていたようで「そうよね」と、肩を竦める。

「うん。変なこと言っちゃった。気にしないで」

顔を戻して再び洗濯籠に手を突っ込む。ネリお気に入りの綺麗な水色のスカートが水に浸かって色を濃くしながら沈んでいった。

「お湯もらってこよっと」

そう言って立ち上がる。その背中は少し寂しそうに見えて、つい目で追いかけてしまう。

……せっかく誘ってくれたのになぁ。

一生に一度の結婚式なのに野盗のせいで出席者も少なくて、ドレスの発注も無理っていうのは、やっぱり寂しいよね。

お世話になってばっかりだし、出席もできないし何かお祝いしたいけど、わたしにも何かできることあるかな。

「……あ」

ネリのウエディングドレス姿を想像して、ピンと思いついたことがあった。

うん、いいかもしれない。それにレースなんかつければ……。

色々考えている内に洗濯も終わり、また引き取りに来てくれた旦那様と一緒に、今度は二人で洗い上がった洗濯物をイチャイチャしながら干した。その時の羨ましげな奥さん達の視線よ……。

ちょっと溜飲《りゅういん》を下げたわたしは旦那様と連れ立って二人で宿屋へ戻り、トーマスさんのご飯に舌鼓を打つ。お互い違うメニューを頼んで食べさせあいっこしていたら、筋肉青年団のラルフが悔しそうな顔でこちらを見ていた。ふふふ、どれだけ見つめてもこの場所は渡さん……！

お腹いっぱいになったわたしは二階の部屋へと戻り、古道具屋さんで揃えた裁縫道具を取り出し、洗濯している間に思いついたアイデアを形にしようと針を動かしてレースを作り始めた。旦那様も村長さんから借りた本を携え、お互いの背中を背もたれにして読書タイムだ。

温かな空気に包まれた昼下がりは、ゆっくり時間が流れているみたい。

最初こそ集中していたけれど、キリのいいところで一旦針を置いて肩を鳴らせば、お日様が差し込む窓辺はポカポカしていて、ついうとうとと眠くなってくる。

眠い、なぁ……。

とうとう意識が微睡《まどろみ》に呑まれて、少しだけと重い瞼を閉じる。

長いような短いような時間が流れて、ふわりと宙に浮いた感覚の後、洗いざらしのシーツに包まれる。抱き寄せられた匂いに安心して眠気が加速していった。

ああ、旦那様、違う。寝ちゃ駄目なんです。もうちょっとやらないと……と、呟こうとしたけれど、声は音にならず吐息に変わる。

頭を撫でてくれる年齢を感じる節ばった大きな手が気持ちいい。

大好きな手。優しくて温かい。

そうしてわたしは導かれるように眠ってしまったらしい。

「――コ、ナコ、目を覚まして下さい」

旦那様の声にふっと意識が浮上する。冷たい空気を避けるように毛布に潜り込めば、後ろからぎゅっと抱き込まれた。

「ナコ」

いや、分かってる。起きなきゃいけないことは。

部屋はもう薄暗いし、既にお昼寝って言っちゃいけないレベルで眠ってしまったことは分かる。

でもここのところ眠気に抗《あらが》えないことが多くて、自分でも困ってるんだよねぇ。

今までは目覚ましに旦那様の声を聴けば、ぱちんっと目を覚ましていたというのにこの体たらく。

こんな風に幸せに胡坐《あぐら》をかいてちゃいけないのは分かってる……でも、今日だけ……明日からはちゃんとするから。ぐぅ。

「ナコ」

はぁい、と寝ぼけつつ返事をすれば、ふっと包まれていた温かさが遠ざかった。あ、それは寂しい！　と追いかけようとすると今度は大きな手が腰に伸びてきて、毛布を被ったまま旦那様の膝の上に座らされる。

くるりと身体を返され寝ぼけ眼で見たのは、旦那様の麗しいお顔。陶器のようにすべすべの肌に、深みのあるコバルトブルーの瞳を縁取る金色の睫毛、寝起きで乱れた細い金糸の前髪が色気を醸し出している……本日も眼福です。神様、女神様、お義母《かあ》様、旦那様をこの世に誕生させてくれてありがとう。いやぁ、寝起きにいいもん見たわ……大満足して再びこてんと、旦那様の胸に頭を預けて数秒後――。

金色の髪の毛。

すべすべの肌。

……なんか違和感があるぞ……？

「……ん？」

掠れた声と共にちょっと首を傾げる。

そしてがばっと顔を上げて、旦那様を凝視し、再確認したわたしは思わず叫んだ。

「あ、……え、ええっ⁉」

これは間違いなく！

「だ、旦那様！」

『また』若返って、る……⁉

思わず伸ばした手を、旦那様は逆に摑んで自分の頰に寄せる。指先に触れるのはチクチクする髭と柔らかな肌の感触。今度こそ完璧に目が覚めた。

驚くわたしに、旦那様はどこか面白そうに口角を上げてから頷いた。

「目が覚めましたか？」

「さ、覚めましたっ、けど……！　どうして、突然……元に」

あ、この場合、元に戻ったって言うべき……⁉

驚きすぎて言葉が出ないわたしとは対照的に、旦那様は頬に触れたままのわたしの手を宥めるように優しく撫でた。

「時間が経ち幼い神子の影響が消えた、ということでしょうか。徐々に戻っていくことも考えていましたが、そうではなかったみたいですね。先ほどこちらへ飛ばされた時と同じ光に身体が覆われていって、そこからは一瞬でこの姿に戻っていました」

驚きすぎて言葉が出ないわたしを安心させるように、旦那様が落ち着いた声でそう説明してくれる。旦那様の目が細まり形のいい唇が弧を描く。そうすると少し幼さが出て、整いすぎて近寄り難いくらいの雰囲気が和らいだ。

その笑顔が妙に懐かしくて、わたしは再び手を伸ばして旦那様の頬に触れていた。シャープな頬には艶やかなハリがあり、顎までそっと撫で下ろして息を吐く。

ぽろり、と不意に涙が零れた。

視界が潤んで端整な旦那様の顔立ちをあやふやにしてしまう。ちゃんとしっかりお顔が見たいのに。

「ナコ?」

「……っ旦那様!」

がばっと飛び込むように抱きつく。危なげなく抱き留めてくれた旦那様は、わたしの顔を覗き込んで目を細めて、困ったように微笑んだ。どんな姿でも変わらないその穏やかで優しい笑顔に、僅かに張り詰めていた糸のようなものがぷつっと切れた。と、同時にぼろぼろ涙が溢れてくる。

込み上げた気持ちは喜びと安堵だった。このまま普通に年を重ねても後悔はない。だけどやっぱり一緒にいられる時間は長いに越したことはなくて。

「よかったぁ……っ」

あっさりと吐き出してしまった本音に、旦那様はくすりと笑うと、宥めるようにぽんぽんと背中を撫でてくれた。

「ええ。私も少しほっとしました」

「……だ、旦那様も、ですか？」

今回元の姿に戻ったことについて、あまり動揺を見せなかった旦那様。それはきっとわたしを不安にさせないためだと思っていたから、言葉通りの安堵した表情は意外だった。

「もちろん嬉しいですよ。まだまだナコと一緒に過ごしたいですから」

「……わ、わたしも！　旦那様とやりたいことといっぱいあります！」

そう言って気づいた。そうか。そうだよ。欲望なんて生きてる限り尽きることはない。それはわたしだって旦那様だって同じで。

旦那様はわたしの頭をそっと抱え込むと、つむじに優しい口づけを落としてくれた。

——ああ、わたし。旦那様に甘えてばっかりだ。

ぎゅうっと抱きついてシャツ越しに感じる旦那様の心臓の音を聞く。落ち着いた心音にそのままじっとこうして落ち着かない心の中を整理したかったけれど——ぱんっと勢いよく頬を張って、旦那様を改めて見上げる。

そう。いつまでもこうしてはいられない。

「もう大丈夫です！　もうすぐネリも来ちゃうし、えっと……とりあえずわたしが出て……どう説明しましょうか」

頭を切り替えてそう尋ねる。

部屋の中は薄暗くて夕食の時間までそれほど時間がない。呼びに来てくれるネリとはいつも部屋で少しお喋りしてから、食堂に向かうのが習慣になっている。突然入ってきて今の旦那様の姿を見たらきっと驚くだろう。

悲鳴でも上げられたら、それこそ大騒ぎになってしまう。

『この化物が！』

旦那様が若返った時にお屋敷まで乗り込んできた貴族の言葉を思い出してしまい、反射的に唇を噛み締める。

……今度こそ、あんな言葉言わせない。全身全霊をかけて阻止してやる。

ぎゅっと拳を握り締めたわたしに、旦那様は顔を覗き込んできた。コバルトブルーの瞳はわたしの言葉を確認するように気遣わしげに細まっているのが分かって、「大丈夫です！」と言葉を重ねてやや強引に話を進めた。

とりあえず旦那様は体調不良、うつる病気かもしれないから、と面会を断りしばらく部屋にこもることにする。

だけど王都から迎えが来るまで一歩も出ないというのは厳しいので、それも一時しのぎだ。

旦那様の息子ということで押し通すか。しかし村の門を使わずにどうやって入ってきたのかと尋ねられたら答えに困る。あの野盗が使っているかもしれない隠し穴の存在が使えるかもしれないけれど、それも村長さんやラルフ達しか知らないトップシークレットだ。

「そうですね……。村長はともかく、他の村人にはどう説明しましょうか」

旦那様の言葉にわたしも頭を抱える。

まずい。何も思いつかない。

旦那様も顎に手を置き、眉間に皺を刻む。そして何か思いついたのか口を開こうとしたところで、どどどっと勢いよく階段を駆け上がってくる音が聞こえた。次いで響いた廊下を走る音に、旦那様はわたしを自分の背中へと隠し、あ、と思ったのも束の間、勢いよく扉が開いた。

ノックもなにもなく大きく開かれた扉の先にいたのは、ネリだった。

「ちょ、ネリ……！」

なんでよりにもよって今日に限ってノックしないの⁉

「大変！　今村の広場に――っ⁉　きゃあああ！　アンタ誰⁉　間男なの！」

言葉の途中でネリの目が丸くなり、次いで甲高い悲鳴が建物の中に響き渡った。

渋い銀髪から明るい金髪に変わったせいか、ネリの目には別人に見えたらしい。部屋が薄暗くなっていたのも悪かったかもしれないけれど。わたしと旦那様の近い距離と、ネリのセリフから何を思われたのか理解して、よりにもよってそっち⁉　と、ぎょっとした。

わたしの頭上から旦那様のため息が落ちる。

「ネリ嬢、落ち着いて下さい」

「――え、誰、っていうかその声、――もしかしてジルさん……？」

信じられない表情で眉を顰めつつ、ネリがそう呟く。

若返りが荒唐無稽《こうとうむけい》すぎて、事情を知らない人からすれば、頭から別人だと決めつけると思っていたけれど、ネリはそうじゃなかったらしい。確かに旦那様の声はみんな褒めていたくらい素晴らしく格好良いので、そこから気づいたのかもしれない。

「あの、ネリっ……！」

「どうしたんだ！」

ネリの悲鳴を聞きつけて部屋に飛び込んできたのは、トーマスさんと息を弾ませた村長さんだった。一呼吸おいてたくさんの足音が続き、ラルフや木こりさん達の常連客、縫い物教室の奥さん達までやってきて扉の向こうから交互に顔を覗かせて、旦那様を確認しては目を丸くしている。

――最悪な事態になってしまったことに気づき、思わず顔を覆って呻きたくなった。

「え、誰だよ」

「間男だって？　まぁえらい男前だねぇ」

「え、あれジルさんじゃないの？　何となく似てるけど……あ、年の離れた兄弟か息子じゃないかい？」

「それにしたって嫁さんと同じ寝台なんて問題あるだろう！」

もう滅茶苦茶だ。どう落ち着かせたらいいのか分からず呆然としていると、人ごみに押し出されるようにネリがわたしの前にやってきた。

「なんか、ごめん……」

謝るネリに、痛んできたこめかみを押さえながら、曖昧に返事をする。ざわめきが大きくなり、また後ろから野次馬が大量にやってくる気配を感じたその時、旦那様がゆっくりと口を開いた。

「――静かに」

決して声を荒らげたわけじゃないのに、不思議とよく響く声に部屋の中がしんと静まり返った。

「とりあえず扉を閉めて下さい。事情は後ほど必ず。このままでは身支度も整えられませんから」

「あっ……すみませんでした！」

そう言っていち早くトーマスさんが村長さんの腕を取り、部屋から出てわたわたと扉を閉める。

扉一枚隔たれたことでざわめきが遠くなり、少しだけ身体から力が抜けた。

驚きを隠せないまま、じっと旦那様を凝視しているネリに、ここにいる美丈夫は旦那様で間違いないとだけ説明する。

「わ、分かった」

聞きたいことは山ほどあるだろうに、ネリはそう言って「とりあえず間男じゃないことだけは言っとくわ」と部屋を出て行った。廊下の向こうにはまだ誰かいたらしく、「二階は宿泊客以外立ち入り禁止よ！」と一喝して人だかりを散らしてくれた。そんなネリに感謝しつつも二人で急いで身支度を整えた。

「こうなってしまっては私の身分を明かしてしまった方がいいですね。シュバイツァーの名は言わずとも、最低でも貴族だと言っておけば無体はされませんから。……何分《なにぶん》田舎ですから、若返りについてはなかなか受け入れてもらうのは難しいかもしれませんね」

宥めるようにそう言う旦那様は、こんな状況でも焦りが見えなくて頼もしい。その強さの理由を尋ねれば『ナコがそばにいてくれるからですよ』と仰ってくれるのだろう。

そのことに勇気をもらって、わたし達は二人でしっかり手を繋いで下の食堂に下りていったのだけど。

そこには予想外の——そして不安なんて吹っ飛ばしてくれるような、とても頼りになる人物が待っていたのである。


「ナコ様！」

階段を下り食堂の明かりに目を細めたと同時に、聞き慣れた声に名前を呼ばれて驚く。

いつもの紺色のシックなドレスとは違う、灰色のマントに下はブーツとズボンという出《い》で立ちに一瞬誰か分からなくて、反応が遅れてしまった。

「リンさん……？」

名前を呼べば、リンさんは少し怒ったような顔でずんずん近づいてくる。間違いなくリンさん！

だけどいつもきっちりと結われた髪は若干ほつれており、吊り上がった目は少し赤く充血している
……せいか、いつも以上に威圧感を覚えて思わず後ずさった。

もしかして膝下のスカートとか穿いてるから怒られる⁉　なんて思ったのは一瞬。

気がつけばすごい勢いで抱き締められていた。女の人らしい柔らかい身体と細い腕に懐かしさを感じる。少し前まで外にいたのか、リンさんの身体は冷たかった。

……リンさん、こんな遠くまで迎えにきてくれたんだ。

そう分かってしまえば、鼻の奥がツンと痛くなる。

「リ、リンさん……」

感動のままにわたしも背中に手を回そうとしたら、――なんとリンさんがすっと身体を引いてきた。当然ながらわたしはバランスを崩して前につんのめる。

「――失礼致しました。ご無事で何よりです」

「もうちょっと！　せめてわたしの分まで再会の余韻を残して⁉」

顔を上げたリンさんは既に通常モードだ。え、感動の再会終わり？　早すぎない⁉　変わり身の早さに涙が引っ込んじゃったんだけど！

抱き締めようと宙を掠った両手をわきわきさせながら憤っていると、リンさんの背中からひょいっと誰かが顔を覗かせた。

「ナコ様！　ご無事でよかったっす！」

「リック！」

弾んだ声でそう声をかけてきたのはリックだ。どうやら彼も来てくれたらしい。

「まぁ、ナコ様のことだから、旦那様さえいれば図太く元気にしてるって思ってましたけどね！」

鼻声交じりにそう言って、赤くなった鼻先を腕で擦る。

「リック！　相変わらず失礼！」

まさにその通りだけどな！

そう突っ込むと、お互い真っ赤になった目を見合わせて思わず笑ってしまう。――と、リンさんが「ナコ様」と言葉遣いを咎めるようなひやっとした視線を飛ばしてきた。慌ててぴしっと背筋を伸ばして、おすまし顔で視線を避ける。

ふふ。なんか二週間も経ってないっていうのに、こんなやりとりがすごく懐かしい。

「ジルベルト様。ナコ様もお元気そうで安心致しました」

そんなわたし達のやりとりを温かく見守ってから、最後に挨拶したのはアルノルドさんだ。

食堂の扉近くにいるのはユアンさんで手を振ってくれている。多分警備上の位置だと思うけど、その顔は安堵でいっぱいで若干目が潤んでいるようにも見えた。そうだよね。神殿で起こった瞬間転移の唯一の目撃者だし、なんだかんだと真面目なユアンさんだから、警護対象だったわたし達が突然消えてしまったことを気にしていたのかもしれない。

「随分早かったな」

歩み寄ってきたアルノルドさんに、旦那様がそう返す。そのお顔はどことなく安堵しているようにも見えた。アルノルドさんは旦那様の片腕だ。心強く思うのも分かる。

「リオネル陛下が一刻も早く迎えに行くようにと王家の馬車を出して下さいました」

そう報告したアルノルドさんに、旦那様の目が軽く瞠られた。

この時はピンと来なくて後で教えてもらったんだけど、王家の紋章入りの馬車というのは、審査なく関所を通り抜けることが可能で、他の馬車も道を譲らなければいけない代物だそうだ。確かにここから王都まで早馬を使っても連絡がいくのは一週間ほどかかると聞いていたし、そこからとって返し馬車で迎えにきたとしても二十日はかかるはず。

私達がここに来て今日でちょうど二週間だから、相当急いで迎えにきてくれたのだと分かる。

「大々的に迎えに行ってやれ、との陛下のお言葉でした。それからこちらがお預かりした書簡でございます。——老骨に鞭《むち》を打ってここまで強行軍で参りました。あまり心配させないで下さいませ」

アルノルドさんにしては珍しく愚痴めいた発言に、旦那様は少し驚いたように眉尻を上げた。もちろんこんな場所まで来ちゃったのは不可抗力だけど、それでも心配させてしまったのは事実だ。旦那様も同じことを思ったのだろう。ふっと息を吐き出すように苦笑すると「悪かったな」と呟いてから受け取った書簡を開いた。

素早く視線が下がっていくのを見て、わたしも覗き込みたくなったけどリンさんの手前だし、やめておく。ああ、この感覚も懐かしいな。

「——あの、陛下とか、……つまりどうなって……?」

騎士服を身に着けしっかり帯剣しているユアンさんを横目でちらちら見ながら、村長さんがみんなの代表という感じでそうっと手を上げた。

あ、リンさん達の登場に驚いて、うっかり飛んじゃってたけど、何も解決してなかった……。

でもリンさんやみんながいてくれていることがすごく心強くて、さっきまであった緊張や不安はすっかり消えていた。

「その、ジルさん、でいいんですよね？」

隣にいるネリにそう聞いたのだろう。村長さんは迷うように声を揺らして問いを重ねる。

旦那様が「はい」と頷いた途端、ざわっと騒ぎ出したのは宿の中にいた村人達だ。

二階まで上がってこなかった楽団員や商人達は状況を掴めなくて、ただ不思議そうにお互いの顔を見合わせている。ざわめきが大きくなっていくそんな中で、突然背後から悲鳴のような細い声が上がった。

振り向くと、そこには部屋から出てきたばかりのノアおばあちゃんがいた。だけどなんだか様子がおかしい。

ノアおばあちゃんは悪い足を支えるように近くにあったテーブルに両手をつき、皺に埋もれた目でこちらを――いや、旦那様を凝視していた。

「まさか……貴方様はシュバイツァー様……、シュバイツァー様ではございませんか⁉」

あまりにもしっかりとした口調に、一瞬誰か他の人が喋ったのかと思ったけれど、間違いなくその声はノアおばあちゃんのものだ。

旦那様もわたしもここではファーストネームしか名乗っていない。

「ノアばあちゃん⁉　ちょ、勘弁してくれよ。今立て込んで――」

初日の動きをさらうように、またトーマスさんがノアおばあちゃんを止めに入る。でもその時とは違い、ノアおばあちゃんが別人のような勢いで、押さえようとしたトーマスさんの手をぴしゃりと払い除《の》けた。

「おだまり……！　シュバイツァー様……そのお顔はシュバイツァー様ですね……⁉　ああ……長生きするもんだねぇ。ああ……わたしです。この村で助けてもらったノアです……」

「何言ってるんだい、ノアばあちゃん」

困惑したように村長さんも前に出て、黙らせようとすれば、ノアおばあちゃんは「きぇえええっ！」と甲高い声を出して村長さんを黙らせた。

ちょ、ノアおばあちゃん、ほんとに大丈夫⁉　そんな声出して心臓止まったりしない⁉

「お前こそ、何言ってるんだよ、トム！」

「は⁉　トムは俺のオヤジ……」

「だまらっしゃい……！　この方はかの有名なジルベルト・シュバイツァー・グリーデン伯爵だよっ！　村の恩人だって何度もアンタに話してやっただろう！」

くわっと皺に埋もれた目をこれでもかと見開き、けたたましく村長さんを叱り飛ばした。って誰⁉　あのふわふわのんびりしてたノアおばあちゃんだよね？　口調もキャラも変わってるんだけど！

「ジル、……ベルト・シュバイツァー……って、あの？」

集まった村人の間からも「あの？」「剣豪の？」「伝説の？」「鬼神の？」「鬼畜の？」と戸惑いの声が上がり、さっきとは別の種類のざわめきが広がっていく。だが待て。最後は聞き捨てならんぞ。旦那様ほど優しい人はいないというのに誰が鬼畜だ、こら。

「少し成り行きを見守っていましょうか」

むむっと眉を寄せれば、旦那様に小さな声で耳打ちされる。

まぁ、確かに口を挟める空気じゃないことは確かだけど。

「その麗しいお顔は間違いないよ。ああ、……長生きするもんだねぇ……カレンちゃん、マリア姉さん……わたしだけこんないい思いしちゃって申し訳ないよ」

「いや、でも……シュバイツァーっていったら三、四十年前以上の英雄だろう？　もう死んじまってんじゃ」

生きてるわ！　と、突っ込みそうになったわたしよりも早く、ノアおばあちゃんは、だんっとテーブルを強く叩いた。

「いいや……間違いない！　トーマス、ばーちゃんの寝台の下に置いてある化粧箱を持ってきてくれ」

「え？　アレって、じいちゃんにも触らせなかった宝箱じゃ」

「いいから持ってきな！」

二度は言わせるな、とでも言うように冴え冴えとした声でそう言ったノアおばあちゃん。トーマスさんもいつにない迫力に押されて、階段裏にあるノアおばあちゃんの部屋に駆け込んだ。中でばたばたと何かをひっくり返すような音がして、すぐにトーマスさんが出てくる。手には両手でやっと抱えられるくらいの大きさの箱を持っていた。

装飾こそないけれど、ＲＰＧゲームの宝物みたいに造りがしっかりしているから、すごく重そうだ。トーマスさんは少しよろよろしながらも、その箱をノアおばあちゃんの前にどんっと置いた。

箱にくっついていたらしい埃《ほこり》が舞い上がる。

ノアおばあちゃんは一旦椅子に腰を下ろして身を屈めると、宝箱の蓋の留め具を開けた。かちんっと軽い音が鳴って、上蓋が勢いよく跳ね上がる。

「わたしらの時代は娯楽もなかったからねぇ。村の英雄にそりゃあ憧れたもんさ。――ああ、ほらこれをごらん」

丁寧に布でくるまれていたのは一枚の紙だった。端っこはよれよれで随分くたびれているけれど……そこに描かれていたのは、間違いなく若い――今現在の旦那様の姿だった。鉛筆のようなもので描かれた旦那様は鮮明に陰影もきちんとつけられており、モノクロだというのにどこかキラキラしている。

描いた人の熱意が伝わるような華やかさがあった。

「――ジルさんだ」

「ほんとだわ」

村の誰かが呟いて、同意する声が次々と出てくる。

ノアおばあちゃんはそんな周囲の声なんて気にする風もなく、口許に手をやって若い女の子みたいな仕草で、ふふ、と小さな笑い声を立てた。

「仲良しだったレダが絵が達者でねぇ。若い娘みんなで回し見ては盛り上がったもんさ。まぁみんな他の村に引っ越したり亡くなっちゃったけど。ほぅら、うまく描けてるだろう。そっくりだ……」

ノアおばあちゃんが絵を持ち上げて、旦那様と、見比べるように目を細める。

ところどころ変色しているけれど、確かに一目で旦那様だと分かるほどうまく描けている。

「……ああ、やっぱり本物は素敵だねぇ。天の国に行く前に、憧れの君に出逢えるなんて」

似顔絵をしっかり胸に抱き、旦那様をぷるぷると見つめるその姿は、もはや乙女だ。

「中身教えてくれないし、ばぁちゃんがめちゃくちゃ大事にしてたから、あの箱にはじぃちゃんとの思い出の品でも詰まってんのかと思ってた……」

くねくねと身体を揺らすノアおばあちゃんに、トーマスさんは複雑そうな顔でぽそっと呟く。あ、うん……孫としては微妙な気持ちになるのは分かる……。

「そうだ。ほらお前達もお礼を言いな。この村がまだ存在できているのも、ここの井戸に毒を放り込もうとしたクシラータの間諜を、シュバイツァー様が怪我を押して、止めて下さったおかげなんだからね」

「確かノアばあちゃん……その現場見ちまったから口封じに斬られそうになったんだよな。母さんから聞いたことがある」

戸惑いつつも昔を思い出すように、少し斜め上に視線を向けていた村長さんがぽつりと呟いた。

「マリア姉さんは本当に憧れてたからねぇ」

どうやらマリア姉さんというのは村長さんのお母さんだったらしい。それを皮切りにそういえば……と呟く声があちこちで上がっていく。

前の戦争の時にここに来たことがあるとは聞いていたけれど、旦那様がそんな活躍をしていたなんて聞いていなかった……。もう、旦那様そういうの全然言わないんだもん。普段から謙虚すぎるよ。もっと自慢していいのに……！

「――いや、ちょっと待てよ。シュバイツァー様だったとして、それとこれとは話が別だろうが。急に若返るなんておかしいだろ？」

青年団の一人が納得いかない顔で声を上げる。周囲の数人も頷いていて、いつもこういった時に一番に声を上げるラルフはいまだ衝撃の大きさに固まったままだ。本気で使えないな、この脳筋め……！　旦那様が若返ったことに驚いたのか、もしくは憧れの人がシュバイツァーというスーパースターだったことに気づいた衝撃なのか分からないけど、いつもみたいに力こそ正義！　みたいなノリで仲間を説得してくれたらいいのに。

「やっぱりなんかの呪いか、もしくは魔……」

「――おや、皆さまご存じないのですね」

人だかりのどこからか、ロクでもない言葉が紡がられる予感に、くわっと前のめりになったわたしだったけれど、それより先に一緒に状況を静観していたアルノルドさんが口を挟んだ。同じタイミングでわたしの肩に手を置いて押し止めたのは旦那様で、その連携プレイにちょっと悔しくなる。

「アルノルドさん、彼らが知らなくても仕方がありません。王都からここまで遠いですから」

次いで声を張り上げてそう言ったのはユアンさん。どうやら何か思惑があるらしいということに気づいて黙り込む。

ユアンさんは訳知り顔で腕を組み、その柔和な笑顔で食堂内の空気を落ち着かせる。

「では僭越《せんえつ》ながら私がジルベルト様——英雄と呼ばれたジルベルト・シュバイツァー・グリーデンのその後のお話——稀有《けう》なる神子との出逢いと奇跡の話を諳《そら》んじましょう。ああ、そちらの楽器を貸して頂いても？」

「あ、……ああ」

アルノルドさんがそう言って壁際にいた商団の楽隊の一人に話しかけた。彼が持っていたのはギターを小さくしたような民族楽器で、丁寧な所作で借り受ける。王都の広場でよく見かけた吟遊詩人さんが持っていた楽器よりも、弦が多くて扱いが難しそうだ。

アルノルドさん、楽器まで弾けるの……？

意外な、というよりはさすがという感想が先に浮かぶほど、彼は多芸である。

一気に食堂中の視線を集めることとなったアルノルドさんは、特に緊張する様子もなく、むしろ楽しむような余裕の笑みを見せて、近くにあった椅子に腰を下ろした。弦を弾いて調律するその姿も様になっている。

「では——しばしお時間を頂きましょう」

アルノルドさんは小さく深呼吸してから、ゆっくりと指先を弦の上へ滑らせた。

そして繊細に響く弦の音と低く落ち着いた伸びやかな声で、以前わたしが聴きそびれてしまった『孤独な英雄と異世界からの神子の奇跡』の一節を諳んじ始めたのだった——。

最後の一音の響きが消え、たっぷりとした余韻の後、大きな拍手が食堂の床や壁を揺らした。

「っなんて感動的な――――！」

「悪漢に攫われた神子を救うくだりなんてハラハラして！」

「いや、それよりその後のラブロマンスよっ。少しでも二人が長くいられますように、若返りなんてさすが女神様も粋なことするねぇ」

ただでさえ娯楽が少ない土地だ。辺境の村は交通の便も悪く観光客もいないので、吟遊詩人がやってくることはほぼない。その珍しさもあったのだろう。集まった村人達は、一気にアルノルドさんの落ち着いた歌声に引き込まれ、静かに耳を傾けていた。

むしろ頭に血が上っていたわたしの心すら、落ち着かせる効果まであったみたいだ。

ただ冷静になると、若干いたたまれなくなる。

やっぱり旦那様のくだりは楽しく聞けるのに、自分のことを歌われていると、大袈裟すぎるほど容姿やら心根の優しさとか褒めるフレーズが思っていた以上に多くてムズムズしてしまった。昔何度か旦那様とデートで街に行った時に旦那様が自分のサーガを聞いて、立ち去りたそうにしていた時の気持ちが分かった。これは恥ずかしい。いたたまれない。

過剰にキラキラした目で見ないで欲しい。ほら！　今のわたしは奇跡の力は出し尽くした出がらしだから！　期待しないでね！

すすす……と対応は旦那様にお任せしてエビの如く、後ろに引っ込んだところで、トン、と踵が誰かの足に当たってしまった。

すみません、と謝って顔を上げると、ゴゴゴ……と太文字で効果音を抱えていそうなネリが、腕を組んで立っていた。その迫力に思わず頬がヒクつく。

「……ひどいじゃない。黙ってるなんて」

「あ、……ネリ……ごめん」

よくしてもらったのに、黙っていた負い目はちゃんとあるので、素直に謝る。

しゅんと小さくなったわたしに、隣にいたトーマスさんが苦笑いして、ネリの頭をポンと撫でた。

「神子様も色々あるんだろう。なんか俺ら失礼なことばっかり言ってすみませんでした。村も……昔のことだけどありがとうございます。みんなに代わってお礼言います」

笑みを引っ込めて真面目な、落ち着いた口調でトーマスさんはそう言った。それを聞いたネリも神妙な顔付きになる。

「トーマス……そうね。ジルさ、様、ありがとうございます」

そのお礼を皮切りに、食堂のあちこちから声がかかった。

「ありがとう!」

「ありがとうな!」

お調子者達め、と思うけれど、ギスギスしているよりマシだ。

食堂中が変な高揚感に包まれて、楽団の人達もわけも分からないままだろうに、空気を読んで音楽を奏で始める。なんだかお祭り騒ぎへと向かっていった。

そんな中、鼻息を荒くしてやってきたのはラルフ達青年団だ。というか、一体今までこいつらはどこにいたんだ。旦那様がピンチの時に使えない筋肉だな！

「お、俺！　ジルさんがあのシュバイツァー様だったなんて……昔から憧れてたんです！」

「オレも伝説の鬼神に生きて会えるなんて！」

ずずいっと距離を詰めてくる青年達は、その体格のせいでなんとも暑苦しい。「握手して下さい！」なんて今更言っては勝手に旦那様の手を取るラルフ。だぁかぁらぁお触り厳禁！　そして今更調子がよすぎる！

慌てて旦那様の手を取って、服の袖でふきふきしながら「脳筋が移ったらどうしてくれる！」と睨んだけれど、ラルフは旦那様に触れた手をしっかりと握り締めて『もう一生手洗えねぇ……』なんて、夢見心地の乙女仕様で呟いていた。それを見てネリが辛辣に「気持ち悪っ……」と顔を引き攣らせる。全く同感だ。

トーマスさんは急に入ったお酒の注文にてんやわんやで、忙しそうに動き回っている。手伝わないの？　ってネリに聞いたけれど、今日は呑みたい気分、とちょっと据わった目を向けられた。

「さ、ちゃんとアンタの口から事情を聞かせてもらおうかしら」

そう宣言されてしまい、愛想笑いで誤魔化したものの、今回は逃げられなさそうだ。

そんな感じで夜は更けていき、トーマスさんを手伝っていたアルノルドさんが旦那様にお酒を注ぎながら尋ねた。

「それで出発はいつになさいますか？」

「できるだけ早く、と思っていたのですが、その前に一仕事しましょう。派手な馬車で来たのですからおそらくすぐにでもヘルトリング伯爵の使いもこちらに来るでしょうしね。こそこそ隠れる必要もなくなりましたし、——ちょうど駒が揃いました」

旦那様はそう言って悪戯げに笑って、ラルフと大工のソルさんを呼び出し、明日の作戦会議を提案した。

八、旦那様、意外な人物に逢う

二回目となってしまった若返り騒動から丸一日。

まさに変化は突然だった。ナコに説明した通り、こちらへ飛ばされた時と同じ光が身体を包んだかと思うと、一瞬でこの姿に戻っていた。

再び若返った要因はいまだ判明してはいないが、おそらく伝承通り神子同士の特殊能力が打ち消し合い、時間を置いたことで効力が薄れて元の姿に戻ったのだろう。ナコと私が遠く離れたゼブ村の森に飛ばされたことについては、単純に幼い神子の特殊能力の方が強かったのか、あるいはナコ自身は打ち消したが、思わず触れた私が飛ばされ、そこにナコが巻き込まれた可能性もある。

そしてもう一つ、敢えてナコには伝えなかったが、若返った同じ時間に幼い神子自身に何らかの変化があった可能性もありえる。たとえば彼女が何者かに害され——命を失ったとしたら特殊能力の効果が消えたとしてもおかしくはない。しかしそれとは真逆に、幼い神子の特殊能力なのであろう『移動』の力で世界を跨いで元の世界に戻ったことも考えられるが、これこそ王都に戻らなければ確認のしようもない話だ。

——とにかく、今、村に滞在できなくなるような騒ぎにならなかったことは僥倖《ぎょうこう》だった。

アルノルド達があの時やってきたのは、まさに奇跡のようなタイミングだったかもしれない。あの場にアルノルドがいなければ、ああも上手く村人達を抑えることはできなかっただろう。自分達の正体を告げ、貴族という権力を盾に沈黙を強要したとしても、閉鎖的な村で得体の知れない人間を受け入れることはなかなか難しい。

しかしアルノルドが楽器を奏でながら謳った物語は素晴らしく良くできていて、聴く者の心を捉え引き込んだことで、少々の違和感を忘れさせた。私の老化や若返りについては、新しい神子の話は伏せた上で、いまだ『奇跡の力』は不安定なのだと尤《もっと》もらしい顔で嘯けば。逆にそれが女神の信《しん》憑性《ぴょうせい》を深めたらしく、そういうものだと受け入れられた。それに加えて、トーマスの祖母が語った『村の恩人』という言葉が、いい方向に作用したのも想像に難くない。

——そして、アルノルドから受け取ったリオネル陛下からの書簡には、ほぼ予想していた通りのことが記されていた。

結局自分達の失踪は社交界で派手に宣伝され、神殿側の幼い神子の能力に対する監督責任を追及した結果、神子はリオネル陛下預かりとなり、今現在、王城で暮らしているらしい。

アルノルドが王城に文官として勤めている息子に調べさせたところ、城に移った神子は、特に体調を崩すこともなく元気に過ごしていた。だが、目の前で人間が二人、煙のように消えたことで、今の状況を『夢』だと思い込み、否定すると泣いて暴れるのだという。

朝食を取った後、少し迷ったものの幼い神子の動向を気にしていたナコにもそう話してやれば、泣きそうな顔を隠すように俯いて小さく息を吐いた。

貴女がそんな顔をする必要はない、と言いかけたものの物憂げな顔に口を閉じる。

同郷の幼い少女だ。自分と重ねたのかもしれないナコの心を否定するように思えて、ただそっとテーブルの上に置いていた手を上から握った。

気づいたナコはふっと顔を上げて私を見て微笑む。

美しい冬の夜空を閉じ込めたような瞳が、私だけを映していることに安堵しつつも、幼い子供にまで嫉妬心を向けている自分に気づき自嘲する。

——全く私はナコのことになると、途端に子供になる。

自分の手にすっぽりと隠れるナコの手がやはり温かい気がして、部屋で休むように勧めると、自覚があったのか珍しく素直に頷いた。

……ここのところ、寒さが本格的になってきたせいか、ナコはぼうっとしていることが多い。『眠たいだけですよ』と笑っていた。体調を崩した時に身体は休息を求めるものだ。

病気でなければいいのだが……。

生憎この村には医者がいない。しかし隣の街の医者が定期的にゼブ村に回診に来るらしく、ちょうど明日がその日になっていた。

野盗と交戦ということになれば、少なからず怪我人は出るはずだ。少し長めに滞在してもらう予定を組んでいるので、討伐の間にナコを診《み》てもらうつもりだった。

部屋に戻るナコをリン嬢に任せて、食事で使ったトレイをカウンターに戻すと、近くにいた男達が声をかけてきた。

「ジルさん、おはよう！」

「なぁ、北の山に住むドラゴンを倒したって本当なのかい」

昨日の騒ぎでナコと私の正体が判明してから、食堂に下りる度に村人はひっきりなしに声をかけてくる。悪意は感じないが少しばかり煩わしい。ナコばかり気にしていたが、自分自身も存外に気楽な立場を楽しんでいたらしいと知った。

僅かにため息をついて振り返る。

「おはようございます。さすがに私も架空の生き物は倒せませんね」

そう言って肩を竦めて見せれば、「やっぱそうだよな……」とどこかがっかりした様子で呟く。からかうための冗談かと思ったのだが、半ば本気だったらしい。この村の男らしい見た目とはかけ離れた夢見がちな一面に、期待を裏切ってしまったことを謝れば、隣にいた男が呆れ顔で「当たり前だろうが！」と、男を小突いた。

盛り上がるテーブルに軽く会釈してその場を離れる。その後も声をかけられて、ナコと共に二階で待つかと考えたのだが、久しぶりにリン嬢と二人で話したいこともあるだろう、とカウンターの前の椅子に腰を落ち着けた。

そういえばナコも、朝食前に刺繍仲間だと言っていた年配の奥方達に拝まれて、居心地が悪そうにしていた。少し窮屈にはなるが、ナコと相談して王都に戻る日まで、食事は部屋で取る方がいいかもしれない。

「ああ！　ジルベルト様！　いいところに！」

　食堂の扉のベルがけたたましく鳴り響き、村長が駆け込んで来た。丁寧な言葉遣いと尊称に違和感を覚えるが、彼の立場的に今まで同様気安く、とはいかないのだろう。

　そんな彼の手の中には手紙があり――よくよく見ればヘルトリングの家紋が入っていた。

「関所からも返事をもらいましたが、領主様からもジルベルト様宛で来ております。確認して下さいませ」

「私宛、ですか」

　ヘルトリング伯にはリオネル陛下から直々に今回のことについて、説明の書簡を送っているらしい。

　そこに件のゼブ村からの不審な問い合わせだ。何か関係があるのかと訝《いぶか》しむのも無理はない。

　開けた手紙には、ほぼ定型文の貴族同士の挨拶と今回の災難について慰労する文言。ゼブ村には野盗が出没しているので、その護衛として騎士団と跡取り息子を、こちらに向かわせると武骨な文字で書かれてあった。そして野盗について何か情報を得ており、討伐するなら彼らを使って欲しい、と追記されていた。さすがに黙って見守るつもりはないらしい。

　到着予定は今日の深夜となっていて、領主の屋敷との距離を考えれば強行軍でこちらに向かっているのだろう。

「野盗討伐に援軍が来るそうですよ」

「それは心強い！　ああ、それでこちらの手紙なのですが、やはりあの大工達が、ヘルトリング領を出た記録はないそうです。と言いますか……短期の工事労働者ではなく、移住者として登録して入ってきていたようです」

「ああ、なるほど。これほど大人数が労働者として入ってきたのに、戻らなければ怪しまれますからね」

言い方は悪いが領民は資産である。婚姻、仕事など正当な理由がない限り、他領に一定期間以上の滞在は認められていないのだ。

「以前の籍を置いていたのは」

「……ドナース領となっていたそうです」

改めて差し出された書簡に目を通して確認する。ドナース領はもちろん大神官長の実家である。どうやら仮説は寸分の狂いなく正しかったらしい。

そして少ししてからやってきたラルフとソルと共に改めて話し合いをすべく、前回と同じ二階へと向かう。

駒は揃った。後は最終的な作戦会議である。


「あれ？　リックは？」

「あの渋いおっさんと、騎士もいねぇのか？」

既に三人がこの部屋にいると思っていたらしいラルフとソルが部屋を見渡してそう言い放つ。

昨日の今日で随分存在を認知されたものだと感心するが、それぞれに大事な仕事を任せており、朝から不在だった。

「リックは森にいますよ。よければ差し入れでもしてやって下さい」

「なんで森なんだ？」

太い眉を顰めてソルが問う。リックは身長こそ高いものの、村の男のような目立つ筋肉もない。ソルには一人で森を歩くには、些か頼りなく感じたのだろう。

「神殿に繋がっている抜け穴を探してもらっています」

「げ……森の中って広いじゃないですか。目星はついてるんですか？」

驚いたように目を丸くさせたラルフに、私はゆっくりと頷いた。

「ええ。騎士団が見つけたアジトと、神殿の位置で大体の予想はついています。それに以前カールデール神官に会った時に袖を赤く汚していましてね。酒臭かったこともありワインかと思ったのですが、よくよく考えてみればあんな色にはならない。匍匐性《ほふくせい》のコドの実だと気づきました」

ソルは首を傾げたままだったが、ラルフは木こりとしての経験上思い当たるものがあったのだろう。あ！　と、声を上げた。頷いて説明を続ける。

「屈んで地面にでも触れない限りそんな場所には実の汁は付着しないでしょう。地面の――たとえば穴から抜け出た時に付着したと思うのが自然です。ですからコドの実の群生地であることは分かりますから伝えています。棘《とげ》もありませんし地面を覆うように生えますから、隠し穴の目隠しにもぴったりですしね」

「へぇ……すげぇ観察眼だなジルさん！」

太い腕を組んで感心したように頷いたのはソル。会話に割り込んだソルに少しむっとした顔をしたラルフは「なんだよ。俺がジルさんと話してるんだぞ」と呟いて横目で睨んだ。

「いえ、私よりリックの方がすごいのですよ」

不穏な気配を感じて空気を変えるべくそう言えば、二人は案の定「どういうことだ？」と睨み合うのを止めて前のめりになった。

自然の中で育ったリックは異質な『もの』に対する観察眼があり、勘も鋭い。隠し通路などを見つけるのも得意で、こういった場面でとても頼りになる存在だった。二年前にはた迷惑な友人が起こした騒動の片棒を担ぐことになってしまったのがきっかけで、リックは護身術を習い始め、今や屋敷の護衛と肩を並べるほどに強くなっていた。本人が馬番でいたいというので意思を尊重しているが、正直に言えば騎士団に所属してもらいたいほどの逸材である。

「人は見かけによらねえなぁ」

「さすが伝説の勇者に仕えるだけありますね！」

何にでも自分に結びつけるラルフに少し呆れつつも、話を切り上げて今回の作戦……というにも烏滸《おこ》がましい至ってシンプルな筋書きを口にした。

ついでにアルノルドとユアンには、カールデール神官のもとへ向かわせた。どちらも弁が立ち物腰も柔らかで警戒を解きやすい容貌をしているので、うまくカールデール神官に取り入ることができるだろう。神殿の中に入ることができれば、間取りも確認できるはずだ。

まだ戻ってこないところを見れば、うまく懐に潜り込むことができたらしい。

「じゃあ連絡待ちってとこか？」

「ええ、でももうすぐ――いいえ、今戻ってきましたね」

扉の向こうの足音を聞きつけてそう言えば、言葉の終わりには規則正しく扉を四回ノックする音が部屋に響いた。入室を許可した後、入ってきたのはアルノルドで、その後ろにユアンが続いた。

「ただいま戻りました」

「ああ、ご苦労。成果は」

「間取り図はこちらに。それとさすがに決定的な書簡や手紙は、不用意な場所には置いていませんでしたね」

渡された間取り図を見下ろして、頭に叩き込んでいく。

「隠し通路に繋がっている場所は見つかりましたか？」

「ええ。鍵がかかった貯蔵庫の扉の向こうから、僅かに空洞音が聞こえました」

ユアンの報告に部屋の空気が張り詰める。

現役時代を彷彿《ほうふつ》とさせるどこか懐かしい緊張感に一旦目を閉じ、それからゆっくりと言葉を発した。

「おそらく野盗は今回の討伐も、今までのように地下室に隠れてやり過ごすことを選ぶでしょう」

「伝説のシュバイツァーだもんな。むしろ出てきたらただの馬鹿だろ」

ソルの軽口に曖昧に頷いて流し、私はユアンへと視線を向けた。

「カールデール神官に討伐は近い内に行うと伝えてくれましたか？」

「もちろんです。当日は討伐成功を祈願するために、朝から神殿にこもるそうですよ」

ユアンはそう言うとつけ加えた自分の言葉に呆れたように肩を揺らした。本当は何を願うのか聞いてみたいところだが、悪党同士纏まってくれていた方がこちらとしても都合がいい。

「野盗がこれまでのように神殿の地下に隠れてくれた上で、森の抜け穴を塞ぐことができれば話は早いのだが――」

「まさしく袋の鼠《ねずみ》ですもんね！」

「あのう……出口が一つとは限りませんよね？　その辺りは？」

それまで遠慮して黙っていた村長が、控えめに声を上げた。そう、実はそれが懸念事項であり、森の中に待機させる村人達の安全を考え、隠し通路を全て把握するまで野盗の討伐は見送るつもりだったのだが――ヘルトリングの騎士団が来るのなら話は早い。

「ええ。いくらリックでも今日一日では全て見つけられないでしょう。ちょうどよく騎士団が来てくれるとのことですから、森の中で青年団と木こりの皆さんに取り零しのないように、散らばって見張ってもらおうと思っています。平たく言えば人海戦術ですね」

あくまで村人は見張りとして動いてもらう。盗賊の姿を見たら声を上げてもらい、実戦は本職である騎士団に任せればいい。

「なんかズルいよなぁ、ジルさんがここに来てるってだけで、忙しくて春まで来れないって言ってた騎士団が来るんだぜ？」

「面子《メンツ》というものがあるのですよ」

一応そう擁護したものの、ヘルトリング伯はそれこそ武芸に秀でているが、それほど領地を運営する手腕は高くないのだろう。クシラータに向かう商団や旅人が関所を通る時に支払う通行料は、馬鹿にできない領地の収入源だ。野盗騒ぎで失うには惜しいくらいの金額で、噂だけでも命取りになるというのに、野盗被害の規模だけで判断し、二度の騎士団派遣、加えて失敗したというのに三度目の派遣を来年の春に延ばしたことがいい証拠だ。

「よし。じゃあ、森の人員の配置は任せとけ！　で、ジルさん達はどうすんだ？」

「正面突破ですよ。ちょうどいい証拠もありますし」

そう言うとユアンは得意そうに書簡を手にした。

既に中を改めているが、それは昨日私とナコの正体を他の村人から聞きつけて知ったカールデール神官が焦り、大神官長に送った手紙だ。

神殿にとっては神の化身ともいわれる神子をどう扱ったらいいのか。おそらくカールデールは自分自身では判断できず、大神官長に指示を仰ぐだろうと予想して、到着して早々、リックとユアンと共にカールデールの行動を追わせていた。すると案の定、今日の明け方に人目を避けるように村に来ている商人のテントに入っていったらしい。

暫《しばら》くして出てきたカールデールは満足げだったが、その後ろに続いた商人の顔は暗い。つけ入る隙を見つけて早々に近づけば、むしろ商人は騎士服姿のユアンを見るなり、助けを求めて来たそうだ。

——曰く、カールデール神官に大神殿まで手紙を届けるように頼まれた。しかし野盗が出るから討伐が終わるまでこの村から離れるつもりはないと断ったところ「襲われることは絶対にない！」と言い切られて、結構な金額と共に無理やり手紙を置いていかれたらしい。

その自信満々な態度にもしや野盗と繋がっているのでは――と疑っていたところだったので、これ幸いとばかりに押しつけられたそうだ。

商人はユアンに勧められ、届ける振りをするために今朝方早く街へ戻っていった。

預かった手紙には野盗のことこそ書かれてはいなかったが、私がゼブ村に来ていること、暫く様子見をするということ、そして大部分には、自分はいつ本神殿に戻ることができるのかという嘆願が滾々《こんこん》と綴《つづ》られていた。

「大神官長もわたしがここにいることは、既に知っているでしょう。新しい策を取られる前に、さっさと片づけてしまった方がいい」

「そうですね。私とナコがゼブ村で見つかったことは公式に発表はしておりませんが、あの馬車は目立ちますから、ドナース領からの妨害も考えられます」

「では決行は明日。ユアンはカールデール神官に『野盗討伐は明日』になったと、もう一度伝えに行って下さい」

「承りました」

「村長はできるだけ神殿からは離れた場所に、村人達を避難させて下さい」

「わっ、分かりました！」

来た時と同様の慌ただしさで部屋から退出した村長の後を追うように、ソルとラルフも立ち上がる。その顔はやる気に満ちていて頼もしい。

「頑張りましょう」

そう言えばソルは「俺達の村だからな」と片頬を上げて気障に笑い、珍しくラルフも同意したのだった。


その後――。

ナコの待つ部屋に戻ると、扉を開けた早々、甘い花の香りが鼻をくすぐった。

「お帰りなさいませ」

どうやらネリ嬢を含めた女性三人で、お喋りを楽しんでいたらしい。邪魔をしたかと思ったが、すぐにナコの髪を梳いていたリン嬢が手を止めて私に向かって綺麗な礼をした。甘い香りは髪の香油だったらしい。部屋が狭いせいで屋敷にいた時よりも強く感じたのだろう。

「旦那様、お疲れ様です!」

「あっ、お帰りなさいませ……?」

私の正体を思い出したのだろう。ネリ嬢も椅子から慌てて立ち上がり、リン嬢の真似をしてぺこりと頭を下げたものの、バランスを崩してつんのめった。

「ネリ嬢、今まで通りで結構ですよ。身分で言えば、ナコの方が上なのですから」

咄嗟に腕を取って支えながらそう話せば、ネリ嬢は口に手を当てた。

「え!? そうなの……? あーじゃあ、いっか……今更だもんね」

顔を上げたネリ嬢は私の顔が見慣れないのだろう。照れくさそうに笑う。娘らしい無邪気さは昔のナコを思い出させて、自然と笑みが浮かぶ。……と、ナコと目が合い、ぷるぷる震える子犬のような目で見られた。……どうやらネリ嬢に笑いかけたことを気にしているらしい。

可愛らしい嫉妬に頬を緩ませ、ナコに歩み寄ると、がしっと両手で腰を摑まれる。驚いたのも束の間、少し浮いた腕の隙間からぐりぐりとナコが顔を出した。まさに子犬のような動きに今度こそ噴き出してしまう。

「……ネリ。旦那様を五秒以上見るの禁止ね、禁止」

「心せっま！　いいじゃない！　こんなイケメン一生に一度見られるかどうかなんだから。それにあたしにはトーマスがいるんだし、ちょっかいなんかかけないわよ！」

毛を逆立てて威嚇する子犬のようなナコが愛らしく、そのまま頭を撫でる。ぱっと見上げたナコは手の下で唇を尖らせていた。

可愛らしい嫉妬を見せる大事な妻の機嫌を取るべく、手入れされていっそう艶やかになった黒髪を撫でると、ゆるりと眉間の皺もほどけて気持ち良さそうに薄い瞼を閉じる。ついつい手を動かし続けていたら、「見てらんない……」と呆れたようなネリ嬢の声が聞こえた。

顔を上げればネリ嬢よりも冷ややかなリン嬢の視線と鉢合った。さすがに自重してそっと手を離す。

「――グリーデン伯爵、まだナコ様の髪のお手入れが済んでおりません。手触りを楽しみたいなら後にして下さいませ」

「すまないね。つい」

ナコから離れると、「あっ」と名残惜しそうな声が上がる。後ろ髪を引かれつつも寝台に腰を下ろしたところで、気を利かせたのかネリ嬢が立ち上がった。

「あー……あたしもトーマスの顔見たくなっちゃいました。失礼しますね」

「すみませんが、トーマスに夕食は部屋で食べますので後で取りに行く、と伝えて下さいますか」

「はーい」

ネリ嬢は私とリン嬢に軽く頭を下げてから、ナコに手を振ると軽やかに部屋から出て行った。

「あ、夕食少なめでってお願いすればよかった……」

リン嬢に櫛で髪を梳かれながらナコが思い出したように呟く。

「ナコ様。またおやつでも食べすぎたのですか？」

「いや、子供じゃないからね！　なんか胸がいっぱいで。これ多分リンさんと会えて嬉しいからだと思う」

茶化すように笑い飛ばしたナコだったが、やはり顔色は冴えない。

「明日はしっかりお医者様に診てもらって下さいね」

「えー……でも野盗やっつけたらすぐ帰るんですよね。王都に戻ってからでいいですけど」

面倒そうに首を竦めたナコの顔を覗き込み、私は静かに首を振った。

「では自分のためではなく私のためだと思って医者にかかって下さい。貴女に何かあれば、野盗討伐の間も気になって集中できませんから」

「旦那様……」

黙り込んだナコは数秒間考えるように無言になり、ようやく頷いてくれて、ほっと胸を撫で下ろす。実際大袈裟でもなんでもなく事実だ。

ナコの髪が以前の艶を取り戻したところで、リン嬢がお茶の支度をしてくれる。

久しぶりに飲む丁寧に淹れられた――リン嬢がわざわざ持ち込んだらしい――慣れ親しんだ紅茶の味に、ナコの表情が綻ぶのを見て、ひどく優しい気持ちになる。

紅茶を飲み終わるまではそんな時間を過ごして、それからナコとリン嬢に明日、討伐を決行することを伝えたのだった。

＊

明朝。

手紙通り深夜ほぼ定刻通りにやってきた騎士団は、疲れた様子は見せずに私の前に整列した。その中から一歩足を出したのはヘルトリング伯の跡取り息子だった。

まだ二十代だというヘルトリング子爵は、武闘派で知られる父には似なかったらしい。細身の身体は堅強というにはほど遠いが、聡明《そうめい》そうな顔立ちをしていた。

挨拶もそこそこに今回の事件のあらましを説明すれば、話が進んでいくごとに苦い顔に変わっていった。

「……実は私は、家督を継ぐために、クシラータからこちらに戻ってきたばかりなのです。野盗のことは聞いておりましたし、場所的にまずいと、父には早急に騎士団を派遣するように注進していたのですが、なかなか聞き届けてもらえず困っておりました」

「失礼ですが、ドナースの手引きだとは」

「……考えなかったわけではありません。しかし神官を多数輩出しているドナース家が、これほど即物的な利に走るなどとは考えておりませんでした」

潔く自分の甘さを認め、謝罪したヘルトリング子爵は少ない情報で事態を読み解き、騎士団の指揮権を私へ譲渡する。そして戦いが得手ではない自分の代わりとして、私達に部下を同行させたい、と申し出てきたのだ。護衛とは建前で、こちらの動きを正しく知るための見張りの役目も大きいのだろう。

悪くない選択に、ヘルトリングは跡取りには恵まれたらしい、と他人事ながら安堵する。ヘルトリング領はクシラータとその大部分が接する大事な土地だ。愚策を続けるのならばリオネル陛下に注進すべき案件だと思っていたからだ。

そういったことも理解していたのかもしれない。ヘルトリング子爵はまだ幼さの残る顔に緊張の色を浮かべたまま、騎士団に指示を伝えている。指揮官自らが戦う必要などない時代に、ふさわしい人物なのだろう。

結局、神殿の正門から私とユアン、そして騎士団から言葉通り身の軽そうな騎士が二人加わった。

おそらく宿の窓からナコが見ているのだろう。何かあった時のためにリックを残してきたが、見知らぬ土地で離れる不安は拭い切れない。

医者の見立てても気にかかってはいるが、とりあえず今は目の前のことを片づけるのが先だ。ナコがいるであろう宿の一番端の窓へ視線をやってから、顔を戻し深呼吸する。

吐き出す息は白く、上を向けば分厚い雲と交じり合って消えていく。

「雪が降らねばいいですね」

呟いて周囲を見渡す。きっちりと整列した騎士に、思い思いの武装をした木こりや青年団。

「では皆さん、怪我などないように」

ふっと息を吐き出してそう言えば、いみじくも鬨《とき》の声となってしまったらしく、盛大な雄たけびが村中に響いた。


森の中へと向かうアルノルドと一団を見送った後、村にリックを残し、白々しくも討伐成功を願って神殿で祈祷《きとう》しているというカールデール神官と対峙《たいじ》すべく神殿へ向かう。

騎士の一人が呼び鈴を鳴らすと、少しの間が空きゆっくりと扉が開かれた。カールデールは私達の姿を見てぎょっとしたように後ずさった後、取り繕うような笑みを浮かべる。

「いっ、一体どうなさったのですか。討伐に向かったのでは……」

「ええ、ですからここにいるのですよ」

淡々とそう言えば、カールデール神官は愕然《がくぜん》とした顔で私を見つめ、瞬時に顔色を白くさせた。

弾けるように踵を返すと、転ぶような足取りで神殿の奥へと逃げ込んだ。

「何も聞かずに逃げるなどと、自ら認めているようなものですね」

ユアンが呆れたように呟いて閉じかけた扉を押さえた。

「あの程度の小者に気づかなかったなどと、本当に情けない限りです」

私達につけられた年配の騎士がそう呟く。年齢から言えばおそらく役職付きで、前の討伐にも参加していたのだろう。ヘルトリング子爵の言うように、人間の思い込みというものは根が深い。ましてや信仰が絡んでいるのだから尚更だ。

見取り図通りの場所にあった祈祷室、集会室を通り抜けて、廊下の一番奥にあたる貯蔵庫へと向かう。それほど広くない廊下のあちこちに身体をぶつけたのか、額縁まで凝った絵画が落ち、砕けた花瓶の水が足跡のように床を濡らしていた。神官の部屋にしては贅沢な印象の屋敷の廊下を抜け、奥の貯蔵庫へと向かう。

あらかじめ用意していた斧で頑丈なカギを潰すと、その隙間から微《かす》かに複数の男の怒声が聞こえてきた。騎士達が率先して扉を開けた向こうには、広い空間が広がっており、もぬけの殻となっていたが、寝床らしき毛布の塊、転がった酒瓶や食べ残し……と、避難所というよりは明らかに生活感があった。

持ち込んだテーブルには散らばったカードとコインまで置いてあり、随分くつろいでいたらしい、気づいた騎士達の顔がいっそう険しくなるのが視界の端に映った。

その奥に取りつけられた木の扉の向こうには剝き出しの土の壁があり、崩落しないよう坑道のように柱で補強されている。その奥の方で複数の足音と、揺らめく炎を反射した光が遠ざかって行くのが見えた。

「あー……実はあんまり狭い場所、得意じゃないんですよねぇ」

「では、騎士の遠征訓練に坑道も加えておかねばなりませんね」

きちんと場所を把握できなければ、剣がぶつかり思うように戦えなくなるが、逆に言えば、こちら側に人数不利がある場合なら一対一に持ち込むことができる。実践では有効な戦術の一つなので、苦手な騎士がいる方が問題だろう。

「もしかして藪蛇《やぶへび》ったかな、俺……」

ははは、と空笑いしたユアンに、ヘルトリングの騎士達は肩を揺らして笑った。

「ユアン殿、災難ですな」

「身になりそうな訓練だ」

僅かに緊張が緩み、先へと進んで行く。

湿気と黴臭さが身体に纏わりつく不快感、坑道の壁には明かりらしきものはなく、手にしたランタン以外の光源はない。

先へと逃げた男とカールデール神官が持っているだろう明かりは見えなくなったが、これまで一本道であり、迷うこともなく足を進めていく。

——そしてとうとう明かりと共に男達の、暗い中で一際目立つ白いトーガを身に着けたカールデール神官の姿が見えた。

「早くしろ！」

「いや、開かないんだよ……！　なんか上に重いもんが載ってるみたいだ！」

空気穴らしき場所はいくつもあるのか、外から幾筋かの光が漏れている。そこを覗き込んでいた男が焦ったように叫んだ。

「駄目だ！　外に騎士団がいる！」

「っちくしょう！」

一際大柄の男がそう言った男を蹴飛ばした。勢いよく倒れた男は転がり落ち、我々の足元の邪魔をする。

「……やばい！　こっちからも来てる！」

「お前がシュバイツァーかよ……」

からん、と階段代わりに積み上げられた石の欠片が落ちる。

松明《たいまつ》の火に照らされた男の顔は、用心のためか髭に覆われており、相貌どころか年齢すら分からないようになっていた。髭の男が階段を駆け下り、ひどく狼狽しているカールデール神官の首を強引に腕で引き寄せ、こちらに向かって怒鳴った。

「おい！　こいつがどうなってもいいのか⁉」

「お、お助けを！　……わ、私はこいつらに脅されていただけなのです！」

突然始まった猿芝居に白々しい空気が流れる。

もしもの時の作戦だったのか、もしくは本当に裏切られたのか。どちらにせよ、ただの滑稽な出し物にしかならないが。

「――いいんじゃないですかね。カールデール神官？　このまま無事生還できたとしても、野盗と協力したのは確かですから神殿からは破門ですよね。信仰と共に生きる神官なら死ぬより辛いんじゃないですか？」

人のいい笑顔でそう言ったユアンに、カールデール神官の顔がいびつに歪む。

なかなか意地が悪いが、気が弱く何よりも自分の身を一番に案じるカールデール神官を揺さぶるには最良かもしれない。

カールデール神官はぶるぶると身体ごと声を震わせて、縋るような目をユアンに向けた。

「……いやっ、そんな……私はっ」

「いっそ殺してやった方がいいんじゃないですかね？　リオネル陛下の気性の荒さなら破門の後は確実に死刑でしょう？　市中引き回しの上磔刑《たつけい》――なんてやりそうだし。ここに大神官長と繋がってた書面もあるし、カールデール神官に生きててもらわなくても、証拠としては充分ですよね」

綺麗に無視をしてユアンは言葉を続け、最後に私に向かって首を傾げて見せる。どうやら最後はこちらに華を持たせてくれるらしい。

「演習メニューが増えたのが私のせいだって、他の騎士には言わないで下さいね」とちゃっかり売り込んでくる辺り、しっかりした部下を持ったな、と苦笑する。

「そうですね……カールデール神官が、大神官長に脅されたとして、頼まれた企《たくら》みを告発するのなら情状酌量で死刑は免れるでしょうが――」

「ひぃいいい！　命だけは！　私は大神官長様の命令に逆らえず、渋々従っただけなのです……！」

言い終わる前にカールデール神官は両手を胸の前で組み懇願する。その流れに「おいっ！」と髭の男がすごんだが、半ばパニック状態になっているカールデール神官の耳には届いていないようだった。

「では大神官長に命令された内容を証明するものはありますか？」

「手紙が……！　燃やせと言われておりましたが、寝台の下に大神官長様とやりとりした手紙が残っております……！」

あっさりと吐き出された言葉に、私は後ろに控えていたヘルトリングの騎士に視線を流して頷く。意図を察した彼は踵を返し、今来た道を駆け足で戻っていった。

確固たる証拠さえ握れば、ほぼ全ての問題は解決する。

しかしそういったものは保身のために肌身離さず持っているものと思ったのだが、……最後に火でもつけて神殿ごと証拠を隠蔽しようと思ったのだろうか。

ある意味、小者すぎて行動が読めない。村人達や騎士が気づかなかったのも、この気性のせいもあったのかもしれない。

どんな経緯があったのかは想像もつかないが、確実に大神官長は悪巧みする相手を間違えたな、と同情を覚えるほどに、色んなことがお粗末だった。

「っち、馬鹿が」

しかし髭の男は、いくらか冷静らしい。逆に手紙さえあれば、カールデール神官に人質の価値などないことが分かったのだろう。むしろ逃げるならば足手纏いにしかならない。突き飛ばされたカールデール神官をヘルトリングの騎士が受け取め、持っていた捕縛縄で素早く縛り上げる。そのまま、こちら側に逃げてくると判断し、少し後ろに下がったユアンが態勢を整えたが、髭の男は意外にも後退した。

こちらを睨みながら森の抜け穴に出る階段を上がり切り、懐から丸く小さな紙玉を取り出す。そばにいた男が持っていた松明を取り上げると、それに火をつけた。

導火線が生き物の尻尾のように揺れて、火花を散らし長さを縮めていく。

そこにきてようやくその正体に思い至り、叫んだ。

「っ下がれ！」

にっと笑った髭の男は、天井にある小さな空気穴に勢いよく爆弾を突っ込むと、そこから下りこちらへと駆け出してきた。

「っうわぁああ！」

「爆弾だ！」

「くそっ！　俺達も巻き込む気かよ！」

男達が喚く声が狭い空洞内に響いて木霊《こだま》する。

前にいたヘルトリングの騎士の襟首を掴み、思いきり後ろへ押しやる。

その反動で前に出てしまった身体を爆風から庇うべく、腰を落としてマントで顔を覆った。

まさかこんな狭い場所で――予想していなかった事態に舌打ちすると同時に、鼓膜を破裂させるような爆発音が間近で響いた。

「……っ！」

爆風と砕石をやり過ごし、すぐに顔を上げる。

ぽっかりと拓けた場所には曇天が見え、暗闇から突然放り出された明るさが目を眩ませる。何度か瞬きを繰り返しようやく周囲を見渡せば、ちらつく雪の向こうで、爆風に飛ばされた複数の男達が倒れており、その服装から全てが野盗であることを確認できた。

「お怪我はありませんか⁉」

いち早く声を上げたのはユアン。後方に下がった分、被害が少なかったのだろう。ユアンがこちらに駆け寄ってくる気配を感じ私は立ち上がった。私自身は煤《すす》で汚れた程度で怪我はない。マントについた土埃を軽く振って落とす。

「大丈夫です。――ユアンは平気ですか。彼は」

後ろを振り返ってヘルトリングの騎士を見れば、引きずった際マントが首に食い込んでしまったのだろう。軽く咳き込みながらもゆっくりと立ち上がった。

「……ええ。シュバイツァー伯爵。お手を煩わせました。カールデール神官も気を失っていますが無事です」

ありがとうございました、と頭を下げたヘルトリングの騎士に、私は首を振り周囲を見回す。

髭の男の行動から察するに、結局森の出口はリックが見つけたこの一つだけだったようだ。

出口があるこの場所には、アルノルドとヘルトリング子爵、そして複数の騎士がいたはずだが、立ち上る砂埃のせいで彼らの姿が見えない。白煙を払いながら足を進めれば、うっすらと複数の影が浮かんだ。

その中から白煙を切るように現れたのは、今まさに案じていたアルノルド達だった。

「アルノルド！　こちらは大丈夫だ。そちらの被害状況は」

「こちらも怪我人はおりません！　吹き上げる風が火薬の匂いを運んでおりましたので、避難しておりました」

「野盗のリーダーらしき男が一人逃げた。警戒を——」

怠るな、と告げる前に、馬の嘶《いなな》きが少し離れた場所から響く。伝令用にヘルトリングの騎士達が用意していたのだろう馬が爆音に驚いて興奮してしまったらしい。視界の悪いこの場所では怪我人が出ると判断し、こちらに駆けてきた馬の手綱を取り、マントの金具を外して顔に被せた。嘶いた後、しばらくその場で土を掻くと、ようやく大人しくなる。

そして徐々に白煙が収まり周囲の状況が見えてくる。爆煙で真っ黒になった髭の男を騎士が取り押さえようとしたところで、くるりと身体を返し、叫んだ。

「どけっ！」

叫び声と共に取り出したのは、先ほどよりも長く太い円筒状のダイナマイトだった。

ヘルトリングの騎士達が怯み、その隙をついた髭の男はもう一歩距離を置いた。

「近づくな！　お前達も近づいたら木っ端微塵《こっぱみじん》になるからな！」

髭の男が手に持つダイナマイトは掘削用のものだ。隠し通路を造っていた時に使っていたのか、入っている爆薬の量は、それこそ千差万別で見た目では判断できない。

髭の男は間違いなく捨て身だ。どうせ死刑ならばと、自分達を巻き込むことも厭わないだろう。それに何より場所が悪い。雪が降っているといってもいまだ地面を泥濘《ぬかる》ませるほどでもなく、秋の乾いた森で火薬を使えば、辺り一帯が火の海になる危険が高い。山火事になり資源である木を失えば、林業を営む者が多いゼブ村にとって今以上の痛手になる。

「くそっ！」

「卑怯だぞ！」

この土地で生活する木こり達はいち早く気づいたらしく口々に叫ぶが、男は「うるせぇ！」と一喝し黙らせた。

「馬だ！　その馬を寄越せ！」

私が手綱を摑んだままだった馬に向かって顎をしゃくる。少し離れた場所にいたヘルトリング子爵は厳しい顔をしたまま唇を噛み、指示を仰ぐように私に視線を向けた。

――あらゆる可能性を考え――結局、私は首を振った。

首謀者の一人に逃げられるのは手痛いが、国境沿いにある森が火事になるよりははるかにマシだ。隠し穴を掘るには不向きかつ高価なダイナマイトを彼らが所持していることを考えていなかった自分の落ち度だった。大雑把な計画になるような浅慮な集団だと、高を括《くく》っていた自分の詰めの甘さにぎりっと奥歯を軋ませる。

……鬼神とまで揶揄《やゆ》された自分が随分平和ボケしたものだ。

そう心の中で吐き捨て、せめて少しでも足止めをと、ひそかに馬の鐙《あぶみ》の留め金を緩めてから、髭の男から指示された村人の一人に手綱を渡した。

しかし爆発物を持つ髭の男に近づく村人の腰は引けており、その歩みは恐怖で鈍い。苛立った髭の男は近くにいた騎士から松明を奪い取った。

「おらっ！　さっさとしねぇとみんな吹き飛ばしてやるぞ！」

脅しかけるように火種にダイナマイトを近づける。揺らめく炎と血走った男の目に、その場にいた全員に緊張が走った。その時。

ばしゃあああんっ、とバケツをひっくり返したような大量の水が、ダイナマイトを持った髭の男の頭上から地上へとぶちまけられた。

「っひっ⁉」

髭の男が大きく肩を震わせて目を見開く。

一瞬で頭から靴の先までびしょ濡れになった足元には、水溜まりができていた。もちろん持っていた松明からは火が消えている。そしておそらくダイナマイトも――濡れて使えなくなっているだろう。

「……え？」

「なんで、水……」

ぽつぽつとそんな疑問の声が上がり、その場にいた全員が髭の男の頭上……絡まるように伸びた木の枝に注目した。

「おーぅ、森で火遊びはやめときな」

緊迫した空気を破ったのは、子供を叱るようなそんな呑気な――少し、懐かしい声だった。

突然の出来事に髭の男は呆然と立ち尽くし、風が吹いて水で張りついたシャツの冷たさにようやく我に返ったらしい。雪さえちらつく外気に、ぶるりと大きく身体を震わせてから、泥を踏み締める粘着質な音を響かせて後ずさると、ようやく上を向いた。

木の葉に隠れるようにして太い枝にしゃがみ込んでいたのは、底が大きく破れた革の水袋を手に持った枯草色のマントの男だった。飛び降りた勢いで目深に被っていたフードが背中へと落ち、派手な赤銅色の髪が零れ落ちる。

その場にいた全員が突然現れた男に虚を衝かれて、しんと静まり返ったのだが、その中でただ一人声を上げた者がいた。

「オセ様⁉」

「あ？　――っておいおいユアンかよ！　ひっさしぶりだなぁ！　なんでこんなところにいるんだよ」

「こちらのセリフです！　一体……ああ！　そいつ捕まえて下さい！」

「お？　おう」

はっと我に返った髭の男が、オセの脇をすり抜けて逃げようとしたが、オセが腕を掴み押さえ込んだ。懐から取り出し突き出されたナイフを避けると、すうっと目が細まり唇が弧を描く。

狂犬の目だ、と僅かな懐古と殺気に目を眇めたその時、髭の男も瞬時に自分との力量の差を悟っ

たらしく、取って返すとこちらの方へ向かって逃げてきた。

再び隠し穴から村に戻り、人質でも取るつもりなのだろう。先ほどの爆発で出入り口は大きな横穴になり、中は補強のおかげで崩れてはいないのだ。

よほど焦っているらしく、無茶苦茶にナイフを振り回しながら、私の脇をすり抜けようと向かってくる男と向き合う。

避けるように半歩ほど横にずれ——間合いを測った。ナイフを振りかざした腕に手を引っかけて勢いを殺すと、そのまま背中側に捩《ね》じり上げる。

腕が外れる鈍い音が響き、男は低く呻いてもんどり打つ。しかし最後のあがきか、真っ赤にさせた顔を上げると、叫びながら反対側の拳で殴りかかってきた。

頭を低くさせて鳩尾《みぞおち》に拳を叩き込めば、男は地面に膝をつくと、そのまま前のめりに倒れ込んだ。

自死を防ぐために男の衣服を破き口の中に突っ込んでから、ヘルトリング子爵に声をかける。

オセが現れてからの一連の展開に、理解が追いつかなかったらしい彼は、慌てて片手を上げて同じように呆然と立ち尽くしていた騎士達に捕縛の命令を出した。

夢から覚めたように一斉に動き出した騎士達は、素早く髭の男に駆け寄り縛り上げた。爆風に飛ばされて意識を失っていた他の盗賊達も捕縛していく。

「っていうか、お前までいたのかよ」

にやにやしながらこちらへゆっくり歩いて来たオセの容貌は、二年前と全く変わっていない。おそらく何でも面白がる中身もそうに違いないだろう。まさにそういった表情だった。

気にするだけ無駄だとは分かっているが、自然と眉間に皺が寄るのが分かった。

「分かっていて、わざと逃がしたように思えましたが？」

「ははっ、だって俺がやっちまうよりお前らが捕まえる方が、手続きやら面倒かけないだろうが。そいつ野盗だろ？　報奨金は譲ってやるよ」

「お気遣い頂きまして」

嫌み交じりにそう言えば、オセは腕を組み周囲を見渡した。

「なぁ、お前がいるなら嬢ちゃんも来てるんだろ？　どこにいるんだ？」

――二年ぶりだというのに本当にこの男は変わっていない。久しぶりの再会で二言目に出てきたナコを気にする言葉に、先ほど気にするだけ無駄だと思ったばかりの言葉を翻したくなる。

隠しきれない苛立ちのまま言葉を返そうとすれば、盗賊を捕縛する騒がしい中で交わされる会話が耳に届いた。

「オセ……ってあの？」

「もしかしてクシラータの狂犬……」

爆発に集まって来た一部の村人達、そして騎士までもこちらに注目している。オセの赤い髪は冬の森でもかなり目立っていた。

「……少し移動しましょうか」

人目を避けるために、ぽっかりと空いた空洞内の、壁の陰になる場所へと移動する。

戦場となったこの辺りに住む昔の人間は、王都とは違い先の戦の記憶からクシラータの人間を毛嫌いする者も多い。ましてや二つ名を得るほど活躍したオセを今も憎む者もいるだろう。

「貴方こそどうしてこんなところにいるのです」

仕切り直してユアンと同じ質問を繰り返せば、オセは面倒そうに後ろ頭を掻いた。そして少し真面目な表情を浮かべた。

「いやな？　うちの商人から、ドナース領の関所よりヘルトリングの関所の方が安いのに野盗が出てきて使えないって苦情が多くてな。第二王子……いや今は王太子か。旅行ついでにちょっと見に行ってこいって追い出されたんだよ」

相変わらずの雑な説明と、クシラータの王太子の悪い意味での豪快さに頭痛を覚える。

しかしこの雑ともいえる匙加減がオセには合っている……というよりは、オセの使い方を知っているのだろう。それに確かに一番手っ取り早い解決法ではあった。

正式に手順を踏むのなら、まさか自分の国の商人からの要望だと言っても、他国の領地に野盗が出るからと勝手に討伐隊を出すわけにもいかない。まずベルデにお伺いを立てつつ要望書を送り、そこから領主へと話を通してもらったのちに、騎士団を派遣——と、場合によっては何か月もかかってしまう案件だろう。

しかし偶然クシラータの国民の一人が、旅行先で遭遇し退治したのならば、それはただの正当防衛だ。手続きとしては何もないし、ヘルトリング伯の面子も守られる。

近づく足音に一旦会話を切り上げる。やってきたのは、ヘルトリング子爵だった。

「シュバイツァー伯爵。埋まっていた者も合わせて二十六名を捕縛致しました。一応取り零しのないように周囲も引き続き探索させております」

そう報告すると驚いた様子もなくオセに視線を流して、軽い礼を取った。

「オセ様ですね？　何度かクシラータの王宮でお会いしているのですか、覚えてらっしゃるでしょうか」

名前を名乗った後、少し懐かしそうに目を細めたヘルトリング子爵に、オセはきゅっと眉を寄せ腕を組む。そういえば少し前まで留学していたと言っていたな、と昨日聞いた話を思い出していると、ようやく心当たりがあったらしいオセが、ああ！　と手を打った。

「ヘルトリングの息子か！」

「ええ。王太子の懐刀と呼ばれるオセ様に、再びお会いできて光栄です」

どうやらヘルトリング子爵にはクシラータへの悪感情はないらしい。オセに覚えていてもらったことが嬉しいとでもいうような笑顔で頷いた。

しかし対するオセは、あー……、と呻いて目を泳がせる。

「何か？」とヘルトリング子爵が首を傾げれば、オセは観念したように両手を合わせた。

「悪い！　偽名でヘルトリングの関所通過してんだよ。すぐ出て行くし見逃してくれ！」

確かにこの目立つ髪色とオセという名前では、国から発行される正式な通行証ではない限り、まず止められるだろう。そして領主のもとへすぐに連絡が行くはずだ。

ヘルトリング子爵はオセの勢いに一瞬目を瞬かせてから、下げたままの頭を見て苦笑した。

「……そうした方がいいのでしょうね。功労者を労《ねぎら》うことができないのは申し訳ないのですが」

「いや、そもそも俺は水かけただけだしな」

肩を竦めてそう言ったオセは、ふと空を見る。既に日は沈みかけていた。

「今から戻れば暗くなるまでには戻れるだろ。——じゃあジルベルト、嬢ちゃんによろしくな」

言葉の途中で踵を返す。

確かにオセは水こそ持っていたが、国境を越えるような旅装束ではない。むしろ冬だというのに隣町に行くような軽装だった。最初から日帰りで戻るつもりだったのだろう。

その呆気なさに少し驚いたものの、自身が言うようにこの土地に長居しない方がいい。ナコが残念がるだろうか……。あるいは顔を見るだけでも。

なんだかんだ言いつつも楽しそうに言い合いをしていたナコを思い出すが、引き留めたくない嫉妬心も僅かにあった。

しかしそんな複雑な心の中を読んだのでは？　と疑念に思うほどいいタイミングで、オセが振り向いた。

「あ、半年後くらいには溜まった休み取って遊びに行くからよ。料理長に頼んで、美味いもん用意しといてくれよな！」

片頬を持ち上げて気障に笑ったオセは、返事を待たずに森の中へ消えていく。

残った野盗達の捕縛を手伝っていたユアンが、オセの消えた森の奥を見つめて「嵐のようでしたね」と小さく苦笑いした。

そして——幸いなことに騎士や村人達にも怪我はなかったらしい。

野盗討伐成功の報告と解散の声に口々に「宴会だ！」とはしゃぎながら村に戻っていくソルやラルフ達の顔は明るく、笑みが浮かんでいる。二年近く悩まされていた問題が解決したのだから当然だろう。その様子を見ていたヘルトリング子爵が、酒代は自分が出す、と申し出たことで、いっそう村人は盛り上がった。

「いいですね」

領主が二年近くも野盗騒ぎを解決できなかったことは確かな事実で、しかも私という第三者からの働きかけにより解決した。今こそ盛り上がっているが、落ち着けば領主に対する不信感を覚える者も出るかもしれない。酒を奢《おご》り労うことで一体感を与えて、燻る不満を好印象で上書きしたのはいい判断だった。

「いえ」

ヘルトリング子爵は少し照れたように微笑む。しかしすぐに真面目な顔をして、私に向き合うと低く頭《こうべ》を垂れた。

「部下を助けて頂いたと聞きました。騎士達を預かる者として感謝します。重ね重ねありがとうございました」

「……いえ、むしろ少し痛い思いをさせてしまいました」

一瞬何のことかと思ったが、髭の男が出口を爆破した時のことだろう。若い彼に恩を着せる必要もない。

軽く流せば、ヘルトリング子爵は少し困ったように笑い、再び礼を口にした。それからすぐに副官のもとへ向かい、テキパキと指示を伝えるその姿に、将来が楽しみだと思う。

ふっと吐き出した息は白い。既に雪は止んだが、木々の合間を縫う冷たい風は痛いほど頬を刺した。

「さて、私達も帰りましょうか」

「ええ。きっとナコ様が心配していますよ！」

ユアンの言葉に頷き、今朝不安そうに見送ってくれたナコの表情を思い出せば、すぐ戻らねば、と気持ちが逸《はや》る。

戻る場所があり、待っていてくれる人がいる。

改めて幸福だと思う。昔の自分は残される者が哀れだと母を重ねて、そういった存在は作らないようにしていた。今もある意味では正しいと知っているが――これほど心強くなれるものかと今更ながら自覚した。母ばかりが哀れだと思ってはいたが、戦地に向かった父はそれが唯一で絶対の鎹《かすがい》だったのかもしれない。その存在がなければ、もっと早くに亡くなっていたのではないだろうか。

それに診察を頼んだ医者の見立ても聞きたいと、逸る心のままに山を下っていると、駆け上がってくる馬の蹄《ひづめ》が聞こえてきた。木の多い森の中の傾斜だ。馬を歩かせる程度ならともかく走らせるには相当な技術がいる。そしてそんな芸当ができる人間はここには殆どいない。

「――リック」

姿が見える前に名を呼ぶと、常人離れした耳の良さで聞きつけたリックが「旦那様！」と叫んだ。

その声音に悲愴感を覚え、心臓が嫌な音を立て始める。リックにはナコの護衛を任せていたはずだ。

それなのにこんな場所にいるということは――。

すぐに脇道から飛び出したリックが、馬の背から転がるように下りてきた。

「旦那様！　お医者さんが旦那様に大事な話があるって仰ってます！」

「ナコ様に何か……？」

ぽつりとそう呟いたユアンの声が耳に届くよりも先に、リックから手綱を預かり鐙に足をかけ、馬に飛び乗る。

「こちらはお任せ下さい！」

ユアンに頷く時間さえ惜しく、そのまま馬の腹を蹴り村へと急ぐ。ひどい後悔の念に駆られ胸を掻きむしった。

――どうしてもっと早く医者に診せなかったのか。

いつも眠そうにしていたのは知っていたし、その華奢な身体が熱いと感じることもあった。

「……っ」

ぞわり、と得体のしれない恐怖が胸から喉元まで這い上がる。

同時に浮かんだのは、亡骸《なきがら》すら戻らぬ父の遺留品に縋るように泣いていた母親の姿だ。……ああ、私は愚かだ。いつの間にか置いていくことばかりに囚《とら》われていた。残される者こそ哀れだと、あれほど思っていたにもかかわらず、自分がそうなることを何故想像しなかったのか。

身体は異常に熱いのに、血の気が引いていく感覚は、ナコを失うかと思った時と同じ。

『貴女がいれば何も怖くありませんから』

ナコに宣言した自らの言葉が、心の柔らかい場所に鋭い棘となって刺す。

ではナコがいなくなれば――？　答えなんて決まっている。

自分はきっと孤独に囚われたまま、残りの人生をただ死だけ願って過ごすのだろう。

「……っわぁ⁉」

「え？　ジルさん⁉」

馬の勢いに驚く村人の間を縫うのが面倒になり、道から逸れて滑るように木々の間を抜けていく。

顔にかかる木の枝が頬や腕を打つが、気にせず馬の腹を蹴る。永遠にも感じられる道を駆け、村の入り口が見えたと同時に、門の見張り台に立つ人間に手を上げて合図を送る。リックがあらかじめ言っておいたのか、素早く扉は開け放たれて、馬を止めることなく門扉を潜ることができた。

まだ野盗討伐が成功した知らせも来ていないのだろう。ひっそりと静まり返った通りを抜け、宿屋へと一直線に向かう。

馬の手綱さえ結ぶ時間が惜しくて宿の前で乗り捨てた。どうせ村の外には出られない。

「――あ、ジルさん！　討伐はどうでしたか⁉」

扉のベルの音に気づいたトーマスが厨房から顔を出すが、返事をする時間も惜しく黙ったまま階段を駆け上がる。

廊下の短い距離すら長く感じ、勢いよく扉を開ければ、寝台の上で上半身を起こしたナコの驚いた顔が目に入った。しかしぽかんとしていたのは一瞬。

「旦那様！　怪我されてませんか？　野盗は」

早口でそう尋ね、起き上がろうとしたナコに、素早く寝台へと駆け寄る。

「討伐は成功しました。問題ありませんし怪我もありません。それより容態は」

ほぼ無意識にそう答えて、ナコの小さな顔をそっと両手で包んで覗き込む。

顔色はそれほど悪くないが――、やはり目が赤い。もしや病名を告知され、驚きに泣いたのだろうか。何故そんな時に自分はそばにいてやらなかったのか。

後悔渦巻く胸の内を押し殺しながら、傍らにいた老年の医師がようやく目に入る。病状を尋ねようと口を開いたところで、目を丸くしていた医師が「こりゃものすごい色男じゃな」と、呑気に呟いた。

その様子に違和感を覚えて、部屋にいるリン嬢が――表情が見えづらいながらも少し呆れた顔をしていることに気づく。

そうしてわたしは、ナコから意外な――否、驚喜の事実を知ることになる。

九、幸せの足音

飛び込むように入ってきた旦那様に驚いたのは一瞬だった。

「旦那様！　怪我されてませんか？　野盗は」

はっと我に返り旦那様の全身を確認したくて、寝台から起き上がろうとすると、それよりも早く旦那様は部屋を横切り、わたしのすぐそばまでやってきた。

「討伐は成功しました。問題ありませんし怪我もありません。それより容態は」

寝台の上で上半身を起こし、診察を受けていたわたしに寄り添うように床に膝をつく。わたしの頬を両手で撫でて包み込み、麗しいお顔を歪めて顔を覗き込んできた。触れた指は冷たく、朝アルノルドさんに言われて、久しぶりに渋々整えていた髪は乱れている。

「あの、旦那様？」

むしろわたしが旦那様に聞きたかったことを、矢継早に問われて呆気に取られる。その言葉を反芻して考えれば、ふと思い当たることがあった。

……そういえばおじいちゃん先生、リックに『大事な話をするから旦那を連れてこい』って言ってたっけ……！　妙に厳めしい顔をしてたし、リックのことだから、おそらく大袈裟に伝えちゃったんだろうな……。それで急いで戻ってきてくれたんだ。討伐直後で疲れているだろうに申し訳ないと思う一方で、無事な姿を一秒でも早く見ることができてほっとした。

「こりゃものすごい色男じゃな。嬢ちゃんが不安になるのも分かるのぅ」

おじいちゃん先生は無遠慮に旦那様を眺めながら、うむうむと頷く。旦那様は一つ瞬きをしてから僅かに首を傾けた。

「大事な話じゃからお嬢さんから話してやれ。じゃあ、儂《わし》は行くぞ。一応王都に戻る時にでも診療所に寄ってくれ」

おじいちゃん先生が足元の鞄《かばん》を持ち上げようとしたところで、リンさんがそれよりも早く鞄を手に取った。

「では下までお送り致します」

「あっ、ありがとうございました！」

「いや、別に何もしとらんからな」

あっけらかんとそう言うと、おじいちゃん先生はリンさんに先導されて、部屋から出て行った。

残された旦那様はおそらく今のやりとりと和んだ空気に、大きな病気ではないと察したのだろう。旦那様から醸し出てる緊張感はいくらかマシになったけれど、わたしをじっと見つめる眼光はいまだに鋭い。

「ナコ、教えて下さい。お医者様はなんと？」

「あ、えっと……」

んん、あれ、なんか恥ずかしいぞ⁉　うわぁ、勢いがある内に言っちゃえばよかったな……。

「ナコ？」

すうっと旦那様の眉間に皺が寄り、目が細まって息がかかるほど近く顔を寄せてくる。その目は切なげでコバルトブルーの深海に引き込まれそうで——あ、やめて。しばらく見ていなかったせいで美しすぎる顔面は凶器なんです。眼福が許容量を超えてくるとか幸せに溺れそう。

ごくり、と息を吞んでから、わたしは意味なく手を擦り合わせて小さな声で呟いた。

「あ、赤ちゃんが、その……できました……！」


——朝。この部屋の窓から、野盗討伐に向かう旦那様を見送ってからすぐ。旦那様が頼んでくれていたお医者さんが往診に来てくれた。

リンさんが付き添ってくれる中、手際よく熱を測り、内診と問診を終えたおじいちゃん先生は、まず廊下にいたリックを呼び寄せて『大事な話をするから旦那を連れてこい』と言いつけた。護衛を頼まれていたリックは躊躇《ちゅうちょ》したものの、リンさんが『仰る通りに』と言い添えると、わたしが止めるのも聞かずに階段を駆け下りて行った。

すわ、家族に相談しなければいけないくらいの大病——⁉　なんて真っ青になったその瞬間。

おじいちゃん先生はパタンと扉を閉めて、わたしの枕元へと戻った。そして。

「妊娠しとるな。おめでとう」

耳から入ってくる言葉が脳に届いて理解するまで、たっぷり十秒はかかったと思う。

「……え？　え、あ、あ――――！」

思わず叫んでしまった口を慌てて押さえて、上半身を起こせば、お医者さんが髭と同化した真っ白な眉毛をきゅっと持ち上げた。

「なんじゃ。望まん妊娠か？」

「まさか！　めっちゃ望んでます！　むしろ……っ、うわぁぁあ！　嬉しい！　っていうか気づかないとかわたしの馬鹿！」

地団駄踏みたい気分でそう返せば、おじいちゃん先生は「なんじゃややこしいの」と頭をくしゃっと撫でてくれた。その髪の間から見えた表情は厳めしいながらもどこか優しくて、今更ながら照れくさくなってしまう。

なんだかんだと避妊薬を使わなくなって一年と少し。できない可能性も高かったから、やっぱり無理なんだなぁ、なんて諦めていた妊娠。とは言っても悲愴感みたいなものは覚えていなくて、もう二人なら二人でいいよね、と旦那様と話したこともあったし、周囲からも後継ぎ云々だとかプレッシャーを受けたことはなかった。

うん、ちょっと寂しいかな、くらいの感情で早々に諦めていたから――ものすごくびっくりしてしまった。

「っあ！　最近走ったり、ちょっと冷やしたりしちゃったんですけど、大丈夫ですかね⁉」

「まぁ、張りや痛みもないなら、しっかり心音も聞こえるし大丈夫じゃろ。ただ最初が肝心じゃから落ち着くまでは慎重にな」

「そう、ですか……よかった」

ほっとしてシーツの中でお腹を撫でる。妊娠初期って不安定って言うもんね。うつ伏せ寝結構好きなんだけど、やっちゃ駄目だよね。気をつけなきゃ苦しかったよね。……大雑把なお母さんでごめんね。

心の中でそう話しかけてから、お母さんだって！　とセルフ突っ込みする。いやいや間違いない。ここには旦那様とわたしの愛の結晶が存在するのだ。

いやあのスーパー旦那様の遺伝子だよ？　むしろ神の子を宿したと言っても過言ではない。……いや、ちょっと待って？　それってさ、控えめに言っても――。

「……無敵だ」

「なんか言ったかの？」

ポソリ、と呟いた言葉におじいちゃん先生は首を傾げる。何でもないです、と慌てて首を振った拍子に、枕元で付き添ってくれていたリンさんにようやく気づいた。

そういえば静かだな、と顔を上げると、リンさんは珍しく……本当に珍しく口を半開きにしたままポカンとしていた。

「え、リンさん？」

わたしが呼びかけてようやく我に返ったのか、パチパチと瞼が上下する。そしてわたしと目が合うと、きゅっと口許を引き締めた。あ、いつものクールビューティ。

「おめでとうございます。ナコ様」

そう言ってペコリと頭を下げる。

……あれ、微妙な反応？

でもリンさんだしなぁ……もともと喜怒哀楽分かりづらいし、満面の笑みで祝福っていうキャラでもないか。

まぁ悪い意味じゃなく、いい意味でテンションが落ち着いたのでヨシとしよう。もしリックがここにいたら、ヒャッハー的な勢いでわたしの興奮も倍増していたかもしれない。うん、お腹の赤ちゃんにも悪そうだ。

「ありがとうございます」

それでもお祝いを言ってくれたリンさんにそう返せば、がしっと手を掴まれた。

「な、なに⁉」

いつにない勢いに気圧されて尋ねれば、リンさんはわたしに視線を合わせるために、ベッドの脇に跪《ひざまず》いた。

どうしたの、と続けようとすればリンさんは俯いたまま「……そうではなく」とこれまた普段とは全く違う、弱々しい声音で囁いた。

「私はあまり感情を出すのが上手くありません」

「う、うん……？」

なんで唐突に自分語り。昨日からリンさんは少し変だ。もしかしてリンさんの皮を被った別の人なのだろうか。

あ、もしかして村に来てから、結構な量の間食をしていることがバレたとか？

英雄であるグリーデン伯爵家の子供を身籠もっている自覚が……とかお説教される感じ？

でも自覚がなかったし過去は戻らない……が！　これからはちゃんと気を引き締めておかなくては。もともと大雑把な性格で横着者だし、心に刻んどくためにもお説教は受けておこう！

よし、ばっちこい！　と覚悟して目を閉じる。握られた手にぎゅっと力がこもった。

しばらく沈黙が落ち、それに、耐えられなくなったわたしはそーっと瞼を押し上げ、リンさんの顔を恐る恐る覗き込んだ。

「とても……嬉しく思います」

そこにあったのは柔らかな優しい微笑みだった。

基本鉄面皮のリンさんなので、滅多に笑顔を見ることはない。だけど数年一緒にいると、たまに笑っていることはあって、「レアだなぁ、そして笑うともっと美人だなぁ」なんて思っていたけれど、今のは本当に女神様みたいに慈愛に満ちた笑顔。

おそらく、じゃない。本当に心からそう思ってくれているのが分かって、ふわっと胸の奥が温かくなる。鼻の奥がツンとして涙が零れそうになった。

「う、うん……！　こちらこそありがとう……」

わたしも反対の手をリンさんの手に重ねてから握り締める。

うわぁ。なんか泣きそう。

妊娠中って涙脆《もろ》いって聞いてたけど本当かもしれない。やっぱりそうなんだよ。祝福してもらうのって嬉しいんだ。

心がふわふわしてきて落ち着かない。

今朝、野盗討伐に向かった旦那様の顔が、ふと頭に浮かんで気がつけばぽつりと呟いていた。

「だ、旦那様も喜んでくれるかな」

「きっと」

リンさんが強く頷いてくれて、どこかほっとする。

いや、うん。喜んでくれると思うよ！　もちろん！　ただどういう反応を見せてくれるかな、って……あ、楽しみかもしれない。

旦那様はリンさんと同じく、いつも落ち着いていてあまり焦っているところなんて見たことがない。……これは新しい旦那様を発見できるチャンスじゃない？

いやでも、人間驚きすぎると固まるよね。わたしにしろ、リンさんにしろそんな感じだったし。

それまで黙っていたおじいちゃん先生が少し曲がった背中を、トントンと拳で軽く叩いて椅子に座った。

「よっこらしょっと。まぁ、喜ばん旦那に子作りする資格なんぞないわ」

この世界には安全性と確実性の高い避妊薬がある故の言葉だろうけど、なんとなくこのおじいちゃん先生好きだなぁ、と思った。

「というわけじゃから薬はない」

そう言いながら、わたしの顔に触れると、下瞼を親指で押さえて覗き込んできた。

「まぁ、軽い貧血気味ではあるから、鉄分が含まれる滋養のあるものを食わせてやれ」

「分かりました」

おじいちゃん先生の言葉に頷くリンさんは、既に普段通り。ああ、なんか勿体ない……。

リンさんはすくっと立ち上がり、詳しくおじいちゃん先生に「妊婦にいい食材」の聞き込みを始めた。

干し葡萄《ぶどう》なんかは大歓迎だけどレバーはやだなぁ……と思っていると、規則正しいけれど勢いのある足音が扉の向こうから聞こえてきた。次いでトーマスさんの「ジルさん⁉」との叫び声が響いて——今に至る、というわけである。


「あ、赤ちゃんが、その……できたんです」

気恥ずかしさに視線を合わせられなくて、俯いてお腹を見下ろす。だけど沈黙に耐えきれなくて顔を上げると、旦那様はわたしを凝視したまま固まっていた。

いつも冷静な旦那様にしては珍しいけど……やっぱりびっくりしてるんだよね？

見開かれたコバルトブルーの瞳を縁取る黄金色の睫毛は羨ましいくらい長い。ある意味予想通りだったので、旦那様のレアな表情をまじまじと観察する絶好のチャンスだけど、なんだかそわそわしてしまって「旦那様？」と呼びかけてしまう。

「あの……」

旦那様は触れたままだったわたしの頬から手を離した。すぐにばっと自分の顔を半分覆う。

その耳も顔も、筋張った手すら真っ赤で、「びっくりしましたか?」なんて続けようとした言葉が引っ込んでしまったくらい。初めて——本当に初めて見る表情だった。

「旦那様、お顔が真っ赤です、よ……」

思わずそう言えば旦那様は、きゅっと眉間に皺を寄せて眩しそうに私を見つめる。

「いえ、申し訳ありません。……感情の起伏に心がついていかなく、て……いえ」

旦那様は丁寧に言葉を選ぶように、途切れ途切れにそう話す。そしてくしゃりと顔を崩し、一度俯いた後、くっと肩を揺らした。

「……ふふ、ああ……、……本当に、私は幸せ者ですね。……ナコ」

その場に跪いてわたしの顔を覗き込んでくる。

乱れた前髪の向こうのコバルトブルーの瞳が、光を受けた水面《みなも》のように綺麗で吸い込まれそう。

「——ありがとう」

今まで私がもらった感謝の言葉の中で一番、気持ちのこもった深くて静かで、優しい感謝の言葉だった。

「っこちらこそ!」

込み上げた気持ちが口から溢れるように、勢い込んでそう返事をしたせいで——近かった旦那様の額にごつん、っと額をぶつけてしまった。

「いたっ」

「っく……はは……っ」

「……っ！」

旦那様がまさかの爆笑……！　これは本気で見たことないんだけど！

ぱっと額を押さえて視線を上げれば、まだ旦那様は笑っていた。

視線が鉢合うときゅうっと目尻に皺が寄って、笑みを深くする。そのお顔が少し前の旦那様と重なって、わたしもなんだか笑いたくなってしまった。……うん。旦那様はどんなお姿でもかっこ可愛いのは間違いない。

ひとしきり笑った後は、ぶつけたわたしの額をそっと撫でて、甘く優しい口づけを落としてくれた。

気を利かせてくれたリンさんが戻ってきたのは、それから少ししてから。

旦那様が着替えている間に下で用意をしてきてくれたらしく、お茶を淹れてくれた。紅茶じゃなくてハーブティー。何も言わないけど気を遣ってくれてるんだなぁ、と嬉しく思う。

そして旦那様に経過は順調だということと、少し貧血気味だと言われたことを報告し、心配そうな顔をした旦那様に、昔、後宮勤めをしていた時に妊娠したリオネル陛下の側妃様の世話をしていた経験から、珍しいことではないと旦那様に説明してくれた。

「つわりは気分が悪くなると聞いていましたが」

気遣わしげに尋ねられて、わたしは首を振る。

確かにわたしの中でも、妊娠すると突然吐きそうになって、洗面所に駆け込んじゃう的なイメージがあった。実際はちょっと身体が重くて、ただただ眠かっただけ……なんだよなぁ。いや、もうややこしいよ！

「不安はありませんか……？」

改めてそっと尋ねられて、わたしは笑って「大丈夫です」と首を振る。

旦那様、野盗討伐から戻ってきたところなのに、さっきからわたしのことばっかり。幸せなくすぐったさにちょっと悶《もだ》えつつも、わたしは真面目な顔を作って姿勢を正した。

「わたし旦那様に甘えてばかりで色々しっかりしなきゃな、って落ち込んでいたんです。でも旦那様との赤ちゃんがお腹にいるって分かった時に、不安になるどころかわたし『無敵』だって思ったんですよね。……なんかお腹からめちゃくちゃすごく応援されてる気がします」

母は強い、っていうのはこんな感覚を言うのかもしれない。

まだうまく説明できないけれど、今言える精一杯で答える。

「この世界で生きることに対して改めて腹を括ったというか。今なら何でもできそうな――ううん、できなければ努力すればいいって頑張れる気がするんですよね」

旦那様に置いて行かれるかもしれないって怖がる自分の弱さも臆病さも、今すぐじゃなくてちょっとずつ攻略していくのが、わたしらしいんじゃないかな、なんて今は思えてしまう。

だってここには――わたしが『今』生きているこの世界には、わたしを支えてくれる旦那様もリンさんもお屋敷の人達も――そして何より奇跡の塊のようなお腹の赤ちゃんがいるんだから。

旦那様はわたしのたどたどしい言葉を最後まで聞いて嬉しそうに頷いてから、椅子から腰を浮かせてわたしの後頭部に手をやりそっと引き寄せた。

「ですが、あまり頑張りすぎないで下さいね」

少し真面目な顔で念を押されて、旦那様はやっぱり心配性だなぁ、とニマニマしてしまう。

「はい！」と元気よく返事してから、さっきから気になっていたことを口にした。

「というか旦那様。野盗討伐詳しく聞いてもいいですか？」

虚を衝かれたように一瞬黙り込んだ旦那様は、「すっかり飛んでいましたね」と少し照れたようなお顔で説明してくれたのだった。

＊

その日、野盗討伐をお祝いする宴《うたげ》は深夜まで続き、途中で酔っぱらったラルフと大工のソルさんが旦那様を担ぐように連れていってしまった。

いつもなら『きぃいいい！　二人きりの貴重な時間がぁああ！』と、呪いを送っていたけれど、今の私は無敵モードのニューナコである！　一晩くらい広い心で許して差し上げましょう。ナコちゃん、優しいわぁ！

と、まぁそんな感じでお祭り騒ぎは一昼夜続き、明朝にはヘルトリング子爵率いる騎士団が野盗と共にゼブ村を出発。

帰還する騎士団を目撃した街の人からゼブ村はもう安全らしいと噂が広まりさえすれば、また村へ立ち寄るようになるだろうとのことで、村はかつての活気を取り戻しつつあった。


——そして野盗討伐から三日目の朝。

すっかり大所帯になったわたし達は、村の入り口で村人達のお見送りを受けていた。

とにかく大人気なのが旦那様で、別れを惜しんで声をかけてくる人が途切れないほどである。

村長さんは、『是非村の広場にジルさんの銅像を！』なんて言い出すし、ラルフは「離れたくないですっ！」と男泣きしながら旦那様に縋りつき、青年団の他のメンバーに引き剝がされていた。

最後はあれからすっかり若返ったかのように、活動的になったノアおばあちゃん。例の宝物の旦那様の絵にサインを求めて詰め寄っていて、あんなに困った顔をした旦那様も珍しい。

やや遠慮がちに小さく名前を書いていた旦那様を思い出して、なんか可愛かったなぁ……とニマニマしてしまう。

リンさんを手伝おうと荷物を持つと、すぐにリックが飛んできて「ナコ様は大人しくしといて下さい！」とすごい勢いで取り上げられてしまった。いや、今の、片手で抱えられるくらいのお菓子の詰め合わせだから。めちゃくちゃ軽いから。

意外なことにわたしの妊娠を知ったリックは、旦那様と並ぶくらい過保護になってしまった。そう、あの人間のお産と犬のお産を同列に考えていそうなくらいの超野生児のリックが、だ。

「ナコ様はほっとくと木とか登りそうで怖いっす。しばらくはオレ代わりに登りますから我慢して下さいね」

真面目な顔で訥々《とつとつ》と語られ指切りさせられたけど、ここ数年木なんて登ったこともないし、代わりに登って何するんだっての……。絶対リックの中で、わたしはお仲間認定されてるよね！　レディを捕まえてサル扱いなんて失礼な！

とりあえずわたしにできるお手伝いはなさそうなので、旦那様の様子が見える位置に陣取る。

話しているのはアルノルドさんで、手の中には地図らしき紙があり、旦那様の長い指が紙の上を辿っている。

帰り道の最終確認ってとこかな？

わたしの体調が優先の行程なので野宿の予定もなく、十日以上かけてゆっくり王都へと向かうらしい。

でもユイナちゃんのことが心配だなぁ、と心の中で呟いて欠伸を噛み殺す。

ううん……今日も眠い。早朝だから余計にそうなのかもしれない。

元気にお腹の赤ちゃんが育ってる証拠だと思うけど、眠い……妊娠したら眠くなるなんて誰も教えてくれなかった。多分人によって違うんだろう。食欲もあるし、気持ち悪くなるよりははるかにマシだからいいんだけど。

眠気覚ましに冷えた手を頬に当てていると、トーマスさんを連れたネリがやってきた。

「もうっ急に帰るなんて言うんだもん。お礼も兼ねてご馳走《ちそう》用意して盛大に見送ろうってお父さんとも話してたのに」

「ごめんね。朝早いのにこうやって見送ってくれるだけで充分だから」

わたしがそう言うと、ネリはきゅっと唇をへの字に結ぶ。

そしてちょっと俯いてからそっと囁くような声で呟いた。

「……元気でね。ナコ」

「うん。ネリも元気で」

しんみりとなった空気に、どちらからともなく手が伸びて抱き合う。

身分に関係なく同じ年齢の女の子と話したのは随分久しぶりだった。元の世界に来る前の学生生活を思い出して懐かしくなって、ネリといる時は周囲を気にせずにはしゃいでいても許される気がしてとても楽しかった。同い年の女の子に呼び捨てにされるのも、気兼ねなく突っ込まれるのも嬉しかった。

「ネリのおかげでここでの生活、すごく楽しかった。ありがとう。トーマスさんと仲良くね」

「あたしも同い年の友達なんていなかったから楽しかった！　元気な赤ちゃん産んでね」

ぽんぽんとお互い労り合って身体を離す。そしてわたしは後ろに控えてくれていたリンさんに声をかけた。

差し出された箱を受け取りそのままネリに手渡す。開けてみて、と促せばネリは不思議そうな顔をしたまま、箱の蓋をずらした。

「これ……」

中を見たネリは、箱の中身とわたしを交互に見つめた後、一旦トーマスに箱を預けて中身を取り出す。

「これって！　ナコがこの村に来た時に最初に着てたドレスよね？」

「うん、ネリが洗濯してくれたドレスだよ。ネリとわたしって背格好変わらないし、着れるんじゃないかなって思って。……これ結婚式のドレスにならないかな？」

ネリがドレスを用意できないのだと聞いてから思いついて、どうせならちょっとシンプルすぎるし！　とレースを編んで裾と袖につけてみたんだけど、完成していざ——となったら、おせっかいのような気がしてなかなか言い出せなかった。

野盗騒ぎは解決したけれど、今すぐ商人さんがやってきてくれるわけじゃない。今から布やレースを注文して仕立てるには一週間後の式には時間が足りないだろう。

「あ、もちろんネリがよかったらだけど……」

「ナコ……でも、こんな高そうな……それに私達の結婚式、いつになるか分からないし」

「え？」

顔を上げれば、ネリが苦笑いする。それを見たトーマスさんが、ポンとネリの頭を撫でた。

「カールデール神官が捕まりましたから」

「え、……あ、そっか……」

色々考えが足らなかった。

旦那様が野盗を捕まえて——その結果、繋がっていた神官まで連行されてしまったから——。

ごめんって言うのもおかしい気がして、でも言うべき言葉が見つからない。ちょっと俯きかけたところで、ネリが慌ててわたしの肩を摑んだ。顔を上げると至近距離にネリの顔があった。

「ちょっとちょっと誤解しないでよ。ナコが気にすることなんてないの。結婚証明書にあんな奴の名前が証人として記されるなんて、こっちからお断りよ。だからジルさんには感謝してるわ」

「ネリ……」

ぽんぽんと背中を撫でられて思わず抱きつく。ほっと胸を撫で下ろして――でもやっぱりどこか拭えない罪悪感を覚えていると、背中から旦那様の声がかかった。

「大丈夫ですよ」

「ジルさん？」

ネリが顔を上げてわたしから離れる。代わりに背中に温かな体温を感じた。そのままそっと引き寄せられる。

「ネリ嬢、実はヘルトリング子爵にお願いして、領地にいる神官を派遣してもらえることになりました。私達と入れ替わりになりますが二、三日もすればこちらの村に着くはずです」

初耳だったのだろう。ネリとトーマスは驚いて、お互いの顔を見合わせる。

信じられない、と呟いたネリは、トーマスの手をぎゅっと握って満面の笑みで口を開いた。

「結婚式できるって……！」

「あ、ありがとうございます！」

「ナコのドレスもよければ身に着けて下さいね」

頭を下げた二人に旦那様は、穏やかに微笑んで首を振る。

……さすが旦那様。わたしと違ってフォローまで完璧……じゃなくて、ちゃんと物事の先を見通して動いているからこその采配なのだろう。わたしも脊髄反射で動くんじゃなくて、ちゃんと色々考えてからにしよう。

「え、あの……いいのかな、……本当に」

「うん！　好みじゃないなら他の、従妹が着てたっていうドレスでもいいけど、よかったら着て欲しい！」

差し出したままだったドレスの生地の表面を撫でる。ネリの表情は嬉しそうで、でもどこか恐れ多いみたいな迷いが見えた。

最初にネリがこのドレスを見た時のうっとりした顔を思い出して、わたしは言葉を重ねる。

「せっかく呼んでもらった結婚式には参加できないから、ネリがこれ着てくれたら嬉しい。わたしの代わりにドレスがネリの幸せな姿を見届けてくれることになると思うんだよね」

「ナコ……」

ネリは、きゅっと唇を引き結んで、またドレスに視線を落とした。もう一押しかな、と思っていると、その役目はトーマスさんが担ってくれた。

「ネリ、お言葉に甘えさせてもらおう。俺はネリがその綺麗なドレス着てる姿見たい」

さりげなく付け足された言葉に、ぽんっとネリの顔が赤くなる。

……トーマスさん、やるな。やっぱり決めるところは決める男だ！　馬車の陰でいまだしくしく泣いているラルフの百倍かっこいい！　うん。やっぱりネリはいい旦那様を見つけたと思う。

「お世話になりました。このゼブ村もいい思い出の地になりました」

全ての準備が終了し、最後に一言！　と村長さんにお願いされた旦那様はそんな挨拶をした。

短いけどその言葉に含まれている意味が分かるのは、多分一部の人だけだろう。旦那様と、何でも知ってそうなアルノルドさん。話を聞いていたわたし。もしかしたらハンカチを目に当てているノアおばあちゃんも分かっているかもしれない。

その中に自分が入っているのが嬉しい。

そうしてわたしはこの世界に来て初めてできた女友達に別れを告げ、皆が待つ王都のわが家への帰路についたのだった。

*

——一か月後。

今回のゼブ村の事件はリオネル陛下によって明るみにされ、大神官長含む上層部は更迭され、一新されることとなった。

一番の懸念事項だった市民の反発も、神殿の腐敗ぶりを同時に明らかにしたことで、それほど多くはなかった。大神殿は一部改修され、市民のための救護院として開放される予定だと発表したこともよかったのだろう。

そうそう。お屋敷に戻ってきた時はそれはもう——みんなの喜びはすごかった。ただでさえ泣き笑いで迎え入れてくれたマーサさんは妊娠を告げるなり、文字通り——ひっくり返ってしまった。

幸いすぐに目が覚めたものの、その数秒後には『ナコ様ぁあああ！　ありがとうございますぅぅう！』と大号泣してぎゅうっと抱き締められてしまったのである。珍しく慌てた旦那様やアルノルドさんが引き剝がしてくれたものの、実はお腹部分にはそれほど力は入っていなかった。それを知ったみんなも笑顔笑顔で――思い返す度に嬉しくなるような、幸せなお迎えをしてもらった。

そして旦那様も、溜まっていた仕事の後処理も落ち着き、わたしもつわりなんかが出てきて、膨らんできたお腹に妊婦という自覚も芽生えてきた。

――そんなある日、旦那様と、久しぶりの休暇を楽しんでいる時に突然、リオネル陛下がいつかのように親衛隊二人だけを連れて伯爵家にやってきたのである。


ほどよく暖められた来客用のリビングのソファにふんぞり返り、大神官長を含めた上層部の裁判が終わったと報告したリオネル陛下は、目に見えてご機嫌だった。

「新しい大神官長にナコをという声もあったんだがな」

「悪い冗談を」

げ、と呻く前に旦那様がすぱっと切り捨てる。リオネル陛下も本気ではなかったのだろう。小さく肩を竦めて、まぁな、と頷いた。

「神殿内部が落ち着くのは早いだろうが、その後が面倒だろうな。私との対立を煽《あお》る連中がまた湧いてくるだろうし」

ちらりとわたしに視線を向けてくる。いや、嫌いだけど対立したいわけではないからね。

ふふふ、と女優の皮を被って愛想笑いを浮かべると、リオネル陛下はちょっと鼻で笑って話題を変えた。相変わらず失敬だよね！

「そうだ。神子に関しても国内に目撃情報は届いていない、やはりお前の姿が元に戻ったタイミングから察するに、元の世界に帰ったと考える方がいいだろう」

――そう。実はユイナちゃん。わたしが王都に戻った時には既に王城から姿が消えていたのである。

お世話をしていた侍女さん曰く、しばらくぶりに癇癪《かんしゃく》を起こしたユイナちゃんは「おうちに帰る！」と叫ぶと、光の粒子に包まれて忽然と姿を消したらしい。

城の中にはもちろんおらず、街中まで探したけれど見つからない。

私達がゼブ村近くの森に飛ばされた状況を考えると、言葉通り『おうち』に戻ったのではないだろうか、と判断されたのだ。そう、つまり元の世界の『家』である。

よくよく思い出して欲しい。わたしはユイナちゃんに会う直前に『森の中に召喚されなくてよかった』なんて妄想していたことを覚えているだろうか。そしてわたしが飛ばされたのは、まさに妄想そのままの森の中。

そしてユイナちゃんが忽然と消えたのは、私達がゼブ村にお世話になってから二週間目の夕方ということで、旦那様が若返ったタイミングとぴったり重なったのだ。

こうなると俄然《がぜん》都合がよすぎると思っていた予想も、現実味を帯びてくるわけで――ユイナちゃんが元の世界に帰ることができたのなら、きっとそれが一番いい。昔、旦那様が言っていた通り『自分の娘たる神子が幸せになるために、授けられたのが特殊能力』だというなら、きっとあれだけお母さんを恋しがっていたユイナちゃんは、元の世界に戻ることこそ幸せなのだと思う。

「それにしてもナコが妊娠とはめでたい限りだな。ジルに似たら、さぞかし美人になるだろうが……まだ性別は分からんのか？」

にやにや笑うリオネル陛下にぞっとする。うっわぁ……女の子だったら絶対会わせたくない……と顔を引き攣らせていたら、隣からひやっとするような冷気が流れてきた。

「リオネル陛下、国も落ち着いてきましたし、老害になられる前に、貴方を反面教師として育った優秀な王子に跡目を譲られてはどうでしょうか。余生は……ああ、ちょうどいい。絶景が楽しめるヘルトリング領の渓谷辺りでお過ごしになられては？」

「野生動物しかおらぬクソ田舎だろうが！」

旦那様の雰囲気にちょっとたじろいだリオネル陛下だったけれど、すぐにそう言って唾を飛ばした。それを受けた旦那様は淡々と「雌鹿や雌熊はいますよ」と返していた。

大分失礼な応酬だけどお付きの騎士さん達も慣れているのか、少し俯いて笑いを堪えている。

まぁ怒ってるけど、リオネル陛下も若干楽しんでいると思うんだよね。ほらわたしがネリに感じたような気安さっていうの？　たまには童心に返って、っていうのかな。リオネル陛下なんてこんなんでも一国の王様なんだから、じゃれ合いみたいな言い合いができる人なんていないのだろう。

――っていうか、さっさと正妻作ればいいのになぁ。

いつものわたしなら、そんな二人の気安いやりとりを、ぶち壊すべく、「雌熊だって選ぶ権利はありますよ」って乗っかっていただろうけど、今日のわたしは余裕である。いや妊娠ってば人を成長させるよね。嫉妬なんかしてストレス溜めてたら胎教によくないし。うん、心が広くなるわー。

「……おい？　ナコ。調子でも悪いのか？　いつもならここぞとばかり乗ってくるだろうに」

「……構ってちゃんですか」

呆れ半分でそう言えば、図星だったのかリオネル陛下はイラッとした表情で顔を顰めた。しかし何か思い出したように視線を上げた後、にやっと人を食ったような笑みを浮かべた。

「そうだ。忘れてたな。これは懐妊祝いだ」

差し出されたのは、ちょっと触れるのも躊躇うくらいのボロボロの巻物だった。

隣にいた旦那様の手が一瞬膝から浮いたのが分かって、首を傾げつつも受け取り、破らないように注意深く紐を解いて開く。

細かい模様のようないくつもの魔法陣が描かれたその最初には、聖女召喚の儀と書かれていた。

「どうするかはお前に任せよう」

人の悪い顔をして見ているのは、わたしではなく旦那様の方だ。

これがあればわたしが何かしら誰かに頼んで再びユイナちゃんを召喚して、一緒に元の世界に帰る、とか。元の世界に戻る方法をお城の研究者とかそういう人達に頼んで見つける、とか。そういうことが可能になるわけで。

おそらく旦那様の反応を見て楽しんでいるんだろう。この悪趣味め。やっぱりモゲろ。神子パワーよ！　再び我に力を！

「……」

心の中で悪態をつきながらもぱらぱらっと最後まで開いて、一通り眺める。

これのおかげでわたしは召喚されて、これのせいでユイナちゃんが召喚された。

わたしや歴代の神子達のように幸せになれた人もいる。だけど、自分の意志を丸無視されて強制的に異世界に召喚されるなんてことは、やっぱりいいとは思えない。

特にユイナちゃんみたいな幼い子が、召喚されることには全面的に反対だ。今までユイナちゃん自身のことばかり考えていたけど、ユイナちゃんのお母さんやお父さん、家族はどんなに心配しただろう、って思えるようになった。それはきっとお腹の赤ちゃんのおかげで。

わたしは巻物のちょうど真ん中を持ち、両手に力を入れた。乾いているので呆気ないほど簡単に真っ二つに分かれた紙を束ねて、もう一度破く。

埃臭さを我慢してそれを繰り返していくと、わたしの上には紙の山ができ上がった。

「――ナコ」

旦那様が驚いた顔でわたしを凝視しているのが分かって、わたしは手に張りついた紙をパンパンと叩いてはたき落とした。

「向こうの世界に行く必要なんてありませんから」

ねぇ、旦那様気づいてる？　わたしもう元の世界のことを『帰る』じゃなくて『行く』って言ってるんですよ。自分が意識するずーっと前からそう。それって居場所なんてとっくの昔に決めてたってことなんだけどな？

旦那様の顔を下から覗き見れば、何かを堪えるようにぎゅっと眉間に皺が寄ったかと思うと——たまりかねたように勢いよく、だけど決して痛くない力で抱き寄せられた。その拍子にテーブルに置いた紙片が、ひらひらと舞い落ちる。

まるでわたしの決意をお祝いするような紙吹雪みたい。

そしてご褒美……と、分厚い胸板をスリスリして堪能していると、腕を組んだリオネル陛下が鬱陶しそうに鼻を鳴らした。

「おい、客の前でイチャイチャするなよ。——つまらん」

リオネル陛下がそうぼやくのが聞こえたけれど無視だ無視。ここ最近忙しかったせいで、不足気味だった旦那様成分を補わなければならないわたしは、ブチ切れたリオネル陛下に引き剝がされるまで、旦那様にくっつき続けたのである。

十、物語は本当におわり

青く高い空の下。この世界に召喚されてもう数えなくなった幾度めかの春。

わたしは庭師さん達と相談しながら少しずつ造ってきた中庭の一角で、咲き誇る春の花々もかくやという素晴らしい芸術品を堪能していた。

そう。柔らかな春の木漏れ日の下にいるのは、ますます魅力を増した旦那様である。

花の香りを含んだ風に靡《なび》く金髪はきらきらと輝き、その広い胸には柔らかな生地で作られたおくるみに包まれたふくふくほっぺの可愛い赤ちゃんを抱いている。

時折優しく囁き、慈愛溢れる瞳で赤ちゃんを見つめる神々しいその姿はまるで……！

「聖女……！」

ぐっと拳を握り締めてそう唸る。

まさにマリア様降臨！　直視できない……！　いや見るけど、凝視するけど、目に焼きつけるけど！

「尊い……」

ちょうど真横にあった壁によろりとしなだれかかって、その幸福を凝縮したような光景を前に両手を合わせる。……ああ、駄目だ。一仕事を終えたばかりの疲れ目には眩しすぎる……。あ、むしろご褒美？　眠くてボンヤリしていた頭もすっきりしたし、さすがわたしの万能薬……。

第二の神子召喚騒動からお屋敷に戻り、なんだかんだと小さな騒ぎはあったものの、そこそこ順調な妊娠期間を過ごした十月十日。

そして今、旦那様が抱いている可愛い赤ちゃん――エリオットを出産したのはもう半年も前のことだ。

異世界での妊娠出産は、文字通りわたしには未知の世界だったけれど、旦那様のたっぷりの愛情とお屋敷のみんなの心配りのおかげで、乗り越えられたように思う。今は慣れない育児に奮闘しながらも、わたしもエリオットも健康で元気に過ごすことができている。

現代日本の一般的な出産知識のおかげで、ここの世界の常識からは考えられないほど超安産だったわたし。そんな噂を聞きつけて、貴族や裕福な商人の奥様なんかが妊娠・出産指南を仰ぐ手紙がやたらと来るようになってしまった。もちろん正しい医療知識はないので、冷やさないとか安定期を過ぎたらお腹が張らない程度に動く方がいいとか、食べすぎないとか本当に常識的な話しかできない。それでも『神子』に話を聞いてもらった、と一種の縁起担ぎ効果が出て気が楽になるらしい。

旦那様の知り合いの奥さんに頼まれることもあるので、役に立ってる感があるのが嬉しい。ここ最近は時間が空けばプレママさんが集まるお茶会に顔を出したり、お手紙での相談に返事を書いたりしている。

そんな感じで今日もエリオットがお昼寝してから、少し溜まっていた手紙の返事を必死で終わらせて、再び子供部屋に戻れば、そこにエリオットの姿はなかった。

部屋を片づけてくれていたマーサさん曰く、早めに仕事を終えお城から戻ってきた旦那様が、短いお昼寝で機嫌が悪いエリオットをお庭に連れ出してくれたらしい。

くぅう……不覚！　忙しかったとはいえ、旦那様のお戻りに気づかなかったなんて、わたしのアンテナも鈍ったものだ。旦那様が玄関扉を潜って、安心したように零れる小さな吐息とか『お帰りなさい』って声をかけた時の、雰囲気が緩みほんの少し目尻が下がる感じとか——毎日欠かさず見たいのに！

「確かに女神様みたいっすねぇ」

すぐ後ろから同意してくれた声に、はっと我に返る。

旦那様を堪能することに夢中ですっかり忘れていたけど、エリオットの部屋を出てすぐにリックが声をかけてくれて、一緒に探してくれていたのだった。

律儀にわたしに倣って壁に隠れて顔を覗かせているので、端《はた》から見れば愉快なトーテムポールである。

「地元の神殿に飾ってあった女神様の絵みたいっす」

「いや！　超えてる。あれは超えちゃってるから。あの神々しさは女神様と言えども太刀打ちできないと思う」

「ってかソレ、神子が言っちゃ駄目っす」

旦那様から視線は逸らさずに拳を握り力説したところで、ため息交じりの呆れた声が背中にかかった。

「お前ら何してんだよ」

決してやましいことをしていたわけじゃない。だけど、ぎくんっと背筋が伸びたのを誤魔化すように、何でもない顔をして振り返った。

視線の先にいたのは、昨日から伯爵家に滞在しているオセ様だ。そう、あのクシラータのお騒がせ元狂犬オヤジですよ。

かねての約束通り伯爵家に遊びに来てくれたんだけど、エリオット誕生のお祝いが、まさかのクマ一頭だったので、お屋敷は結構なパニックになった。

え、どうするの、って思ったけれど、中の肉は食べて毛皮は敷物にするらしい。子供部屋に敷けと言われたけれど、リアルすぎるテディベアはちょっと……と丁重にお断りした結果、敷物は加工した後、旦那様の執務室に敷かれることになった。クマ肉は何度も煮てその都度煮汁を捨てて臭みを取らないと美味しくないらしく、まだご相伴には与《あずか》っていない。楽しみなような恐ろしいような……。

前こそオセ様にお菓子作りを教えていた料理長だけど、今回はオセ様にクマ肉の処理の仕方を教えてもらって、なんだか楽しそうだ。……というかそもそも以前来た時から、オセ様はお屋敷のみんなから慕われていたので、突然の来訪だったにもかかわらず一部を除き、大歓迎ムードなのである。

ちなみに前回騙《だま》されてわたしの誘拐の片棒を担いでしまったリックの反応が心配だったけれど、表向きは意外にも友好的だった。

だけどオセ様が来てから絶対にわたしを一人にしないし、普段通り軽口を叩きながらも注意深くオセ様の一挙一動を観察している。ともすれば失礼な、っていうくらいなんだけど、オセ様はオセ様で『おお、いいツラ構えになったじゃねぇか』なんて笑っていたので、雰囲気自体は悪くないのが幸いだ。

そんなオセ様は前と変わらずマイペース。いつも賑やかに誰かと笑っていて、相変わらずフレンドリーさを発揮している。――が、今は見るからに怠そうだ。寝起きらしくちょっと跳ねた後ろ頭を掻き大きな欠伸をしながら、重そうな足取りでこっちにやってくる。

そういえば昨夜は『飲むぞー！』って旦那様の首に手を回して騒いでたっけ？　あれ……？　でも確か旦那様、昨日の夜は――。

「ナコ」

「っはい！」

思い出していたその光景に被さるように、旦那様に名前を呼ばれて慌てて振り返る。どうやら旦那様は、わたしの存在にとっくに気づいていたみたいだ。

「手紙の返事は書き終わりましたか？」

やっぱりわたしに気遣って、黙ってエリオットを連れ出してくれたらしい。

うふふ、優しい！

「はい！　ありがとうございます。旦那様戻ってらしたんですね。お帰りなさいませ」

壁から身体を出して答え、旦那様のもとへ歩み寄りエリオットの顔を覗き込む。ちょっとタコみたいな口をしてあやせば、大きな瞳がわたしを捉えて、きゃっきゃっと笑った。旦那様そっくりのコバルトブルーの瞳に髪の色は黒。顔の造作は今のところわたし寄り……かもしれない。

生まれる前は絶対旦那様に似てて欲しいと思ったけど、前言撤回。わたしに似てても超可愛い。旦那様の血が入っているからこそかもしれないけど、どっちにも似てるって事実に感激してしまう。

改めて赤ちゃんって奇跡の塊だよね……。

「オセ、ようやく起きたんですか。年甲斐《がい》もなく呑みすぎですよ」

急に人が増えて少しグズりそうなエリオットを、素早く縦抱っこして気を逸らすように背中をポンポンと撫でながら、旦那様はあからさまに二日酔いの顔をしたオセを見てそう窘《たしな》めた。

オセ様はますます眉間の皺を濃くさせると、旦那様に噛みついた。

「うっせぇよ。旧友が子供の顔見にわざわざ来てやったってのに、最初の一杯だけでさっさと寝室にこもりやがって。アルノルドが付き合ってくれたんだぞ？」

「普段ナコばかりにエリオットの世話を任せていますからね。たまに早く帰ってきた時くらい親子水入らずで過ごしたかったのですよ」

――そう、そうなのだ。

昨日はなかなかエリオットが眠ってくれなくて困ってた時に、さっそうと旦那様が現れて代わりに抱っこしてくれたのだ。奥様業は意外に忙しく、迷いに迷って乳母はなし、寝室も暫くは同じ部屋で！　って自分で宣言した手前、日中の殆どをエリオットと過ごしているわたし。だけど、夜に二人きりだと可愛いけど辛い時もある。

……だからこそ昨日戻ってきてくれて、嬉しかったなぁ。

やってきた旦那様は『たまには先に寝なさい』と、エリオットを抱っこしながら言ってくれたけど、わたしは旦那様がエリオットをあやしたり遊んでくれたりするのを見るのがすごく好きなので、寝る間を惜しんで見守ってしまった。

フリフリしている手にそっと触れれば、上手に握り返してぶんぶん振ってくる。ふふふ、ご機嫌になったり不機嫌になったり忙しいね。

そういえばエリオット、なんでも握り返すよね。昨夜も旦那様の前髪を握って離さなかったっけ……。旦那様も困り顔だったけど、そのままにさせていて可愛かったなぁ……。

昨夜のハイライトを思い出してニマニマしていると旦那様と目が合う。

微笑んだ旦那様にわたしもにっこりと笑うと、それを見ていたらしいオセ様が嫌そうに思いきり顔を顰めた。

「おいおい、子供の前でイチャイチャすんなよ。嬢ちゃんも母親になったってのに、相変わらずだなぁ」

……む。失礼な。まぁでも旦那様スキーは変わらないがな！　一生イチャイチャする所存ですが何か？

そう返してやろうと口にするよりも先に、旦那様の手が腰に回って優しく引き寄せられる。

「ナコはナコのままでいいのですよ。それにこうやって見つめてもらえるのも夫冥利に尽きますから」

腕の中のエリオットからわたしへと視線を向ける。

どことなく得意そうに微笑んだ旦那様に、わたしが犬だったら千切れんばかりに尻尾を振っていただろう。抱きつきたい衝動をなんとか我慢して、再びエリオットの顔を覗き込む。

もう一眠りしたそうな顔付きだけど、実は昨日から現れた大きなオセ様に興味津々だ。わたしと同じように歩いてきたオセ様に向かってしきりに両手を伸ばしている。それにいち早く気づいたリックがオセ様を仰ぎ見た。

「オセ様、エリオット様が抱っこして欲しいみたいっすよ」

「あ？　……やー……、無理！　小っさすぎるわ」

リックの言葉にオセ様はぎょっとして首を振る。

「えーウチの可愛いエリオットを抱っこできないとかどういうこと？」

「いやムリムリ！　力入れたら折れそうで怖《こえ》ぇ！」

一歩どころか三歩くらい後ずさりしたオセ様はどうやら本気らしい。

エリオットは六か月過ぎたばかりで確かにちっちゃいけど、とっくに首も据わってお座りも上手くなってきたから、随分抱っこしやすくなったのに。

意外に小心者なオセ様に、旦那様が苦笑する。

「狂犬が形無しですね」

そう言うと腕の中でエリオットの身体を返した。エリオットはもしかしたら鮮やかな赤い髪が気に入ったのかもしれない。しきりにオセ様の髪に手を伸ばして抱っこをせがんでいる。

ニヤニヤしているわたしに気づいたのか、オセ様はちっと舌打ちする。

そして旦那様からいかにも恐々という感じで、エリオットの脇の下に手を入れて受け取った。

身体が強張っているので、なんだかロボットみたいにぎくしゃくしている。噴き出しそうになったけれど我慢我慢我慢。

もちろん、エリオットも何だか、思ってたのと違う的な顔になって、むむっと眉間に皺が寄る。

うふふ、この、仕草旦那様にそっくりなんだよね……でもまぁ泣き出したら長いので、抱っこを代わろうとすれば、リックがすっとわたしの前に立って両手を差し出した。

「オレも抱っこしたいっす！」

「あん？」

そう言ったリックをオセ様は嫌そうに見る。それから身体を斜めにして、思いきりリックから胸の中のエリオットを遠ざけた。

「……なんか嫌だ。お前、その辺の犬の子みたいな扱いしそう」

珍しく真面目な顔でそう言って、エリオットを抱き込む。それがちょうどいい感じにはまったらしく、エリオットの柳眉《りゅうび》がほどけて、頭がこてん、と胸に落ちた。

「えー？　オレこれでも、マヤもホワイティも生まれた時から面倒見てるんですけど」

「マヤもホワイティも馬だろうが！」

本気で憤ってるオセ様とキョトンとしているリック。

思わず旦那様と顔を見合わせて噴き出してしまう。

ふいにエリオットが何度も首を振り振り、オセ様の胸にしきりに顔を擦りつける。

まぁるいコバルトブルーの瞳が合うと、エリオットから小さな手が伸びてきて、ほにゃっと顔が溶けてしまう。お昼寝時間が短かったから、またおねむの時間だろう。

「次はお母様が抱っこしましょうねー」

ふふふ、お母様とか言っちゃって……！　なんて自分でも思うけれど、半年も過ぎればすっかり慣れたものだ。オセ様からエリオットを受け取る。

ポンポンと背中を撫でると、ズッシリと身体を預けてくる。おくるみ越しでも温かな体温に汗をかいてしまいそうだ。ちょっと布の隙間を空けて、優しく揺らしていると、微かな寝息が聞こえてきた。

「あ、寝ちゃったんすか。残念」

両手をワキワキさせながら、リックはそう言う。

「こぇえな！　っお前、俺が帰ってもしばらくエリオットに構うなよ⁉」

「ええー、オセ様に禁止されてもなー」

いつもとは打って変わって焦るオセ様に、リックはちょっと悪そうな顔をしてから、すっとぼけた口調でぼやいた。……多分リックより背の低いわたししか見えなかった表情だけど、リックなりに意趣返しできたのなら何よりだ。

『よかったね』と、笑ったわたしにリックは、ぱちんっとウインクをしてくる。

実はリック、エリオットをあやすのが誰よりも上手で、寝かせるのも上手い。もちろん何十回と抱っこしてくれているんだけど、オセ様には暫く内緒にしておこう。

「まぁまぁみんな集まって、こんなところにいらしたのですか」

そう言いながらやってきたのはマーサさんとリンさんだ。その少し後ろからアルノルドさんもやってきた。

「うっわ……アルノルド、ヤバいな。あれだけ呑んだのにケロっとしてるとか人間じゃねぇよ」

全く平常通りのアルノルドさんの姿に、オセ様が顔を引き攣らせている。

「久しぶりに楽しゅう時間を過ごさせて頂きました」

穏やかに微笑んでそう返したアルノルドさんだったけど、旦那様に視線を向けると眼鏡の縁を持ち上げた。

「しかしジルベルト様。少しエリオット様の顔を見に行くだけと仰っていたのに、一体いつ戻ってくるつもりなのですか」

「……悪いな」

「ナコ様も上着をもう一枚羽織って下さいませ。春の日差しは意外と強いのですよ」

アルノルドさんがお小言モードになったのに便乗したわけじゃないだろうけど、リンさんが手にしていたケープをわたしの肩にかけてくれる。

そんな騒がしいやりとりにもかかわらず、エリオットは目を覚ますことなくスヤスヤと可愛らしい寝息を立てている。

どこもかしこも柔らかい、赤ちゃんの甘い匂いにほっこりとする。

はぁ。可愛い。赤ちゃんって世界中の幸せをぎゅうっと集めたみたいな可愛らしさがあるよね。見てるだけで幸せになる。

うちの子、改めて可愛いなぁと緩んだ頬を自覚しつつ戻せないでいると、旦那様が屈み込んで顔を覗き込んできた。エリオットに気づき、目を細める。

「ナコもお昼寝してはどうですか。昨日は
気遣ってくれる旦那様にわたしはくすりと笑う。

「旦那様も付き合ってくれたから眠いでしょう」

「いえ、私は慣れていますし。目も少し赤いですよ」

旦那様の手の甲が冷たくて、触れられた頬が気持ちいい。

「重くありませんか。代わりますよ」

旦那様はそう言ってくれたけれど、わたしは首を振る。確かに眠ってしまったエリオットは重いけれど、なかなか離しがたい温もりなのだ。

「幸せの重みを実感してるんです。家族が増えるってこんなに幸せなことなんですね」

ひとりきりで生涯を終えようとした旦那様と。そしてこちらの世界にひとりぼっちでやってきたわたし。

引き合うように出逢って恋をして一緒になって、こうしてエリオットが産まれて三人になった。

誰にも見えない未来を怖がっているなんて、今が勿体ない。エリオットが産まれてからは特にそう感じるようになった。赤ちゃんの成長は本当にあっという間なのだ。

「ええ。ナコ。幸せをありがとう」

なんだか泣きそうになって思わず俯けば、エリオットが眠りながらにっこりと笑っていた。まるで聞いていたみたい。

「だーかーらー！　イチャイチャすんじゃねぇよ！」

「オセ様、邪魔したら後でナコ様に噛まれちゃいますよ！」

「もうここでお茶にしてはどうでしょうかねぇ」

「では乳母車を持ってきます」

「仕方ありませんね。ではお茶会が終わってから、ジルベルト様には頑張ってもらいましょうか」

それから料理長自らオセ様と作ったというお菓子を運んできて、お庭はパーティのような賑やかさに包まれたのだった。

Jパブリッシング　http://www.j-publishing.co.jp/fairykiss/　定価：本体 1200 円＋税

フェアリーキス
NOW ON SALE
1～2巻
Aryou presents
Illustration 氷堂れん
いつか陛下に愛を
三食昼寝付きの後宮ですが、
陛下の言いなりになんてなりません！
「そなたにはナファフィステアの名を与える。今後はそう名乗るように」異世界に飛ばされ、妃候補として後宮に入れられた黒髪黒い瞳の《黒のお姫様》ナファ。後宮で地味にひっそり生きるつもりが、国王アルフレドの興味を引いてしまう。「今夜はそなたのところで眠りたい」「嫌よ。陛下はそこのソファに寝て」けんもほろろな塩対応をするものの、アルフレドは強い執着心を見せて一人悶々と思いを募らせているようで!?
フェアリーキス ピンク
fairy kiss
Jパブリッシング
http://www.j-publishing.co.jp/fairykiss/
定価：本体 1200円＋税

残り物には福がある。3

著者　日向そら　© SORA HINATA

2020年7月5日　初版発行

発行人　神永泰宏

発行所　株式会社 J パブリッシング
〒102-0073　東京都千代田区九段北1-5-9 3F
TEL 03-4332-5141　FAX03-4332-5318

製版　サンシン企画

印刷所　中央精版印刷株式会社

ISBN:978-4-86669-303-3
Printed in JAPAN